Louis Couperus

Het snoer der ontferming

慈悲の糸

ルイ・クペールス

國森由美子 訳

作品社

慈悲の糸

◆慈悲の糸◆

慈悲の糸

序奏

浄福と慈悲の阿弥陀、高く伸びた茎の先に花を咲かせ、陽ざしを浴びてきらめく幾千もの蓮華の池を越えて、至福の涅槃《ねはん》に入ることをみずからは望まなかった阿弥陀、その阿弥陀が東の水平線の上に、あるいは高みから波打つように下方に向かう山々の広大な稜線の合間に姿を現わすとき、その両眼は、胸元は、指先は光り輝く。

そして、その光とともに首の周囲の〈慈悲の糸〉を摘《つま》みあげる。死後の世界に阿弥陀のそばへ寄るすべての者たち、たとえ、ちっぽけな、とるに足らぬ者であれ、今こうして、両眼に光輝をたたえたその姿を仰ぎ見るすべての者たちへ向けて。いかにちっぽけでとるに足らなくとも、苦難に満ちた現世の生を終えたすべての者たちがその糸をつかみ、胸にしかと抱くようにと、首に三重《みえ》に巻いた糸を持ち上げるのである。

というのも、この仏こそ、死にゆく者たちそれぞれが浄福に至るまで、幾千もの蓮華が茎高く陽を浴びて花を咲かせるきらめきの池を越えて涅槃に入ることをみずからは望まなかった、かの阿弥陀如来なのである。阿弥陀仏に祝福あれ、南無阿弥陀仏。

第一話　女流歌人たち

一

さて、二人の女流歌人をご紹介しよう。流麗な韻律に包まれた詩歌の美が朝廷に花開いた藤原時代のことである。高貴な出自を誇る藤原氏は都に興り、華美を極め、権勢を恣《ほしいまま》にし、内裏にひっそりと暮らす、太陽の女神である天照大神の子孫、神々しい存在である帝《みかど》をしのぐ勢いだった。

椿の庭に面した黄金の御殿《パビリオン》に宮中の者たちが集まっていた。だれもが歌人である。女たちは裾や袖を周りに靡《なび》かせ、男たちは袖を両側に張り出し、それぞれ錦繍《きんしゅう》の装束を大きく広げて坐していた。男たちは髻《もとどり》を結った光沢のある髪に冠をかぶり、纓《えい》をうしろに垂らしていた。女たちは香油の匂いを漂わせた髪を、ただ、いくらかの房だけを青い網の目に包んだその髪を、長々と垂らしていた。

華やかな牡丹の花の地模様に、金色の鶴たちの優雅な刺繡のある錦繡の襞《ひだ》が四方に大きく広がり、絹の壁の円陣を組んでいた。そこから琺瑯《ほうろう》のような美しい――男の歌人たちは角ばった肩の上、女の歌人たちはほっそりとした肩の上の——数々の顔が、無言のまま浮かび上がっていた。

それは、もう久しく一滴の雨も降らない、暑苦しい春のことであった。あたりは静まりかえり、外で、池のほとりをびっしりと覆う黄緑色の苔の上に赤紫の椿の花がばさりと落ちる音が聞こえるほどであった。池には弓なりになった細い橋——弧を描く一枚岩の橋である——がかかり、金色の鯉たちがきらめきながら行き交う水面《みなも》に、細く長くその姿を映し出していた。

午後遅い光が射し込み、熱気が庭にたちこめる中、居並ぶ歌人たちの間に小町が姿を現わした。世にも美しい女性である。と同時に、小町は居並ぶ歌人たちの中でも群を抜く存在であり、詠《よ》む歌はどれも翡翠《ひすい》や水晶《クリスタル》を磨き上げた宝石のようだった。どの歌も美しく玲瓏《れいろう》と響く珠であり、その響きの中に細やかな情感や胸に迫る思いが秘められ、一瞬きらりと光るのだった。小町の歌は中国の名高い詩人の作に勝るとも劣らないものだった。また、その指先に持つ筆が、優雅に揺れる草茎のように、気の向くまま細い巻紙にさらさらと書きつけていく高貴な日本の文字は、中国語そのものと言ってもいいほどだった。小町の日本語は、ほぼ中国の言葉だったのだ。

かくのごとく、小町は数多くの藤原の歌人たちの中にあって異彩を放つと同時に高貴な存在であった。

黒玉《こくぎょく》の紗《しゃ》のようなその小町の長い黒髪は、被衣《ヴェール》の銀の網目から透けて見え、小町が足を運ぶたびに、その周りにある装束の裾が壮麗に重々しく靡いている。装束の柄は、朱紅色の絹の地に描かれた、あるいは刺繍された金色の日輪と菊の花である。周りに大きく広がる装束の襞には、翳《かげ》りを帯びていく緑の輝きが添えられている。

小町はうしろに二人の侍女、傍らに二人の少年を従え、車座になって居並ぶ歌人たちの中央に佇《たたず》んでいた。少年たちは、蒔絵の小箱に入った小町の優美な筆墨の一式を携えていた。小箱の蓋には、ずっしりとした絹の飾り紐がついている。

小町は、雨乞いの歌を呪文のごとく朗詠した。

歌人の言霊《ことだま》が響くその周囲は静寂に包まれ、外で赤紫の椿の花がばさりと落ちる音が聞こえた。

小町は雨の神、龍王に訴えかけた。真率に優美に訴えかけた。水晶や翡翠の如く澄みきった歌……高貴な中国の言葉に似てはいるものの……磨き抜かれた日本の言葉で龍王に懇願した。乾ききった花や木や石に憐みをかけたまえ、渇ききった獣や人々に恵みを与えたまえ、雨の神よ、聞き入れたまえと。

歌を詠み終えると、小町の指から細い巻物がひらひらと垂れ、指は魅入られたように天に向けられていた。そのとき、珠のような霰《あられ》が、数か月ぶりの雨滴がぱらぱらと、埃《ほこり》にまみれ水に飢えた椿の葉の上に落ちてきた。

すると、やさしく気品に満ちた称賛の声をあげながら歌人たちは立ち上がり、小町を囲みながら、一同そろって障子の漆塗りの敷居のところまで進んだ。そして、言葉の魔術師が雨雲に覆われた空から呼び寄せた雨が降り注ぐのを一同そろって待ち受けた。池では岩と睡蓮の花の合間を、鯉たちがうれしそうに飛び跳ねていた。

二

その後何年もを経て、業《カルマ》という冷酷な掟がもたらしたものは、ただの人間の身であるわれわれには理解できない。小町よ、崇高な魂を持ち、あの磨かれた宝石のような数々の歌を詠むことのできた貴女《あなた》、そして、その歌を天女――迦陵《かりよう》頻伽《びんが》のように裾をはためかせ、音楽を奏で、極楽の空高く舞い、歌う――、あの天女の奏でる琵琶の音のように、魂にしみわたる声で詠むことのできた貴女が、なぜ、見る影もなく落ちぶれる宿命《さだめ》になったのか？　雨を呼び寄せ、神々の加護を得ていたあの歌人の貴女が？　彼方の平地で、鼻息荒く尾を振る馬に乗り、背丈を越える槍を突き出し、背丈を越える弓から矢を次々と放ち、鎧《よろい》に身を固めた侍たちが鎬《しのぎ》を削り合う中、悲惨と困窮の果てに、年老い、痩せこけ、襤褸《ぼろ》をまとい、貴女は道沿いを逃げ延びる。そして、松の木の下の慈悲深い岩陰に身を寄せる。松の木は、まばらな細い針葉の傘で貴女を守るかのように、その一番長い枝を貴女へと差し伸べる。

ああ、小町よ、なんの咎《とが》なのか？　松の木の周りにはもう二羽の鷹が輪を描き、遠くからは野犬たちが鼻を鳴らし近づいてくるというのに、いったい、前世で何をしたからというので、今そうして木陰の岩に皺《しわ》だらけの顔を寄せ、襤褸をまとい、悲惨と困窮の果てに死ぬという冷酷な宿命がめぐってきたのか？　貴女のあり余る詩歌の才と美貌は、これ以外の運命に値しなかったというのか？　小町よ、死ぬがよい、息絶えるがよい。天空から貴女を見下ろす慈悲深い菩薩がおられる。わたしにはどなたなのかはわからぬ。子どもたちや旅する者たちや無辜《むこ》の民たちのためのあのやさしい仏、地蔵菩薩かもしれぬ。貴女がこの菩薩に歌を捧げたことがないのは、この菩薩があまりにも慎ましやかな仏で、貴女の、時に不遜、時に艶《あで》やかな詩歌に値しないと思ったからなのか？　もしかすると、東の浄土から光り輝きながら昇り、西方の園、金色の蓮の花に満ちて輝く池に囲まれた西方の浄土へと赴《おもむ》く阿弥陀如来だろうか？　それとも、観音ご自身かもしれぬ。幾多の手を差し伸べ、蝕《むしば》まれた体や魂を慰め癒すことのできる観音菩薩である。貴女は観音の後光に包まれ、浄《きよ》く慎ましやかな来世へと導かれていく。とすれば、比類のない詩歌の才へのうぬぼれや神々の加護、それが貴女の背負った咎であったのだろうか？

三

ああ、二人目の歌人、紀内侍《きのないし》よ、貴女は小町よりも幸せではあった。帝のおわす京都の庭園の中、朱と緑の漆塗りのささやかな御殿に似た小さく風雅な家、とりわけ、その家の小さな自分の庭で、幸せに暮らした。貴女は夢見がちな性質《たち》で、小町ほどの思い上がりは持ち合わせていなかった。宮廷歌人たちとはできるだけ距離を置き、神々に向けて歌おうなどとは夢にも思わなかった。紀内侍と呼ばれた歌人である貴女には、木々や花々、鳥たちが孤独な魂の友であった。愛の女神は貴女に対して非情であったかもしれぬが、一羽の鶯《うぐいす》が心を慰めてくれた。小さな――帝のおわす都の庭園の中の――貴女の庭には梅の木が一本あり、それは貴女の自慢であり宝であった。とりわけ、春先になると、薄紅色とすみれ色の入り混じった花が咲き、やがて色が薄れて純白に近づき、満開となった。梅の木は軒を越え高く伸び、祝福の腕を差し伸べるかのように枝を広げていた。貴女は夢見るように、愛らしい家の縁側で小さな文机《ふづくえ》に向かい、筆を手に持って、時おり筆を嚙んだりしながら、詩心あふれる言葉を探し求めるという甘美な営みに没頭した。貴女が筆を下ろす長い巻紙が足元に波打っていた。夢見るように梅の木に全神経をそそぐ。朝に、夕べに、夢見るように。そうして、夕べには鶯がやってきて、花の咲く枝にとまり、愛はたとえ幸ありとていつも苦しきものと、貴女に歌いかける。その鳥が貴女に向かって歌う言葉を、貴女は優美な文字でさらさらと書きとめ、鶯のさえずる歌は貴女の詩歌となるのだった。

貴女の梅の木はあまりにも美しく、その美しさは帝にまで聞こえた。初春のある日、薄紅色に紫色に、梅の木が花に覆われていたころ、帝はその木を検分におでましになった。そうして頃合いを見はからい、その木を自分の庭にお移しにならんとした。ああ、秋はあまりにも寒々しく、朱と緑に漆塗りされた小さな御殿の上はうつろだった。家を覆い祝福の腕を広げる枝はもちろん、今や一枚の葉もない。紀内侍は悲嘆の涙にくれ、もう歌を詠むこともなかった。涙ながらに、寒さにかじかんだ指を燠火《おきび》が赤々と燃える火櫃《ひびつ》にかざし、温めているだけだった。

そして、鶯はといえば、憐れなことに、梅の木の在処《ありか》がわからず、行先を見失い、歌人に歌を届けることもなくなった。

あるとき、歌人はありったけの悲嘆の思いを託して歌を詠み、細い和紙に記した。そして、帝の庭にそっと忍び入り、極寒の冬の寒さの中、その紙を梅の枝に結びつけた。枝に降り積もった雪の白と梅の木に結ばれた白い紙は見分けがつかないほどだった。だが、雪解けのころ、帝は雪ではないものに気づき、それを開いて悲痛な思いを詠《うた》った歌を読んだ。

勅なればいともかしこし
うぐひすの宿はと問はばいかが答へむ

それを目にした帝は、鳥に、木に、女に辛い思いをさせたことを知った。そして、時機を見計らい、庭師に命じて梅の木をもとの朱と緑に漆塗りされた小さな御殿の周りにある庭に植え替えさせた。

紀内侍は縁側の漆塗りの短い脚のついた文机の前にすわり、朝に夕に、筆を手にして夢見るように梅の花と鶯に思いを寄せていた。そして、時おり筆を噛んでは、陶然と詩心あふれる言葉を探し求めるのだった。

第二話　岩塊

弟子が師匠――薬師如来を信奉する僧侶である――のお供をし、夕陽の赤く染まる中、大谷川《だいやがわ》の切り立った崖ぞいを歩いていた。そのとき、弟子は、この渇水の時節、川が干上がり、川床に折り重なるように高く積もった無数の岩が見渡す限り広がっている光景に目を奪われた。

「川床のあの岩の微動だにしないさまといったら！」と、若い弟子が瞑想から覚めたように大声をあげた。弟子は斑模様《まだらもよう》の絣《かすり》の着物に袴《はかま》をはき、僧侶の傍を歩いていた。袴はかつて侍たちが着用していたものである。弟子たちが忠誠と誠実という往時の徳に思いを馳《は》せるよう、着用させているのである。

「しかしな、あの岩たちは生きておるのじゃ」師匠が言った。「というのもな、石とて、草や獣や人と同じく、非情物ではないのじゃ」

「お師匠様、生きているのでございますか？」腑に落ちない様子で弟子が訊いた。

「あの岩たちが生きておらんとな？」師匠が問い返した。「風雨に晒され、深く皺の刻まれたあの顔を見るがよい。岩たちが体を持っておるようではないか。深く刻まれた皺、風雨に晒された頭や顔を持つ体をな。あの岩たちが生じてからというもの、何世紀もの間、風と水が岩たちを責め苛《さいな》み、そうして、高みから低い場所へ、高い山から谷底へと、引きずり下ろしてきたのじゃ。さらに幾多の川が岩たちを運び、今、こうしてこの広い大谷川に折り重なっておる。この乾季が終われば、また水があふれ、流れが岩たちを運び、海へと連れていくであろう……だがな、海を越えてまだ先に行くのじゃ」

「どこまででございますか、お師匠様？」

「涅槃の地に入るまでじゃ。すると、輝く浄土の池の仏になるがの」

「お師匠様、ここにあるたくさんの石や、あそこに積み重なって身じろぎもしない岩は、もうどれぐらいのあいだ、そうしているのでしょうか？」

「人の世でいえば、たとえ幾世代もそこにあろうと、〈永劫〉から見れば、それに何の意味があろう。〈清浄〉が目指すものについては、〈忍耐〉こそがその功徳の〈起源〉ではないか？　若者よ、ここにあるたくさんの石や岩は、いつかは涅槃の地に赴くのじゃ。

　これらは、いわば大地の骨じゃ、水が血じゃ、木々や草花が肉じゃ、生きておる。ひとたび生きて、来世に涅槃の地に入る。この物言わぬ岩たちが瞑想にふける姿を見よ。身じろぎもせず瞑想している。波打つ水が岩たちを研ぎ、滑らかにし、嵐が岩たちをなぎ倒し転ばせ、その顔に深く皺を刻む。雨風に晒され、水に丸く磨かれた顔をして瞑想にふけり、谷川の水があふれ、さらに遠くへと押し流してくれるのを待ち受けるのじゃ。まずは海へと、その海は地上の海でしかないが、最後には海という海が行きつく先の海へと連れていってくれる。瞑想する姿を見よ。せわしなく動く魚や鳥、花々や木々とさえ比べても、もっともっと深く瞑想しているとは思わぬか？　おまえには物言わぬ非情のものに見える岩たちは、若者よ、おまえが有情のものと思っているものよりもさらに深く瞑想しながら、おまえが想像する以上に早く、清浄なる海へと向かうのだぞ」

「それで彫刻師があの岩たちを使って像を彫ったのでございますか？」

弟子は、川の岩で彫られた不器用で何の変哲もない並び地蔵を指さした。すぐれた作とは言えないが、子どもたち、旅する者たち、無辜の民を守ってくれるやさしい地蔵菩薩の像である。どの地蔵の膝や手や頭の上にも、ところせましと大小の無数の石が積まれている。その石はどれも、子どもたちや人々が担うこの世の重荷を、どうかわが身の代わりにお引き受けくださいと心優しい地蔵に願い、置かれたものである。

「あのお地蔵どのは、風雨にもまれ磨かれ、身も心も尽きていくただの石ころや岩より先に涅槃の地にお入りになると思うかね？」と、師匠が言った。

「いいえ、お地蔵さまご自身はそのようなことはなさいません」と、弟子は顔を輝かせて叫んだ。

「お地蔵さまは、ご自分の像にならなかった石や岩を先にお送りになります」

弟子は身をかがめ、丸い小石を拾った。それは、川岸のはるか上、並び地蔵に沿って続く小道にある黒い玄武岩のような石だった。

そして、思った――小石よ、黒い玄武岩のかけらよ、たとえわたしがお前を家に持ち帰ろうとも、お前は必ずや涅槃の地に向かうであろう。だが、わたしは……罪深い人間であるわたしは？

赤く染まった夕陽を浴び、低い川床に無数の岩が敬虔な姿で見渡す限り折り重なっていた。この渇水の時節のため、動きを封じられたように岩たちは微動だにしなかった。岩たちが水に押されるのを待ち望んでいるのかどうか、上から眺める若者には見てとることができなかった。岩たちは、待ち受けていた。深く思いに沈み、待ち受けていた。風雨に晒され、深く皺の刻まれた顔には、とこしえに忍耐を夢見る思いと瞑想に透徹せんとする気迫のようなものが漲《みなぎ》っていた。

第三話　扇

諸君は、近江の海という、京都や大津の近郊にあるリュートの形にひじょうによく似た湖をご存知であろう。それは琵琶湖と呼ばれているが、なぜかといえば、〈琵琶〉は一種のリュートだからである。とても美しい湖で、晩秋に紅葉が赤紫に染まるころになるとそれは格別であり、すると、琵琶湖の岸辺のところどころに、朱塗りの葉の輪が現われるのだ。

そして、穏やかな水面を――そこには矢印型に、岸辺に立ち並ぶ杭さながらに、漁師たちがしかけた網代《あじろ》がある――やさしく撫《な》でるかのように、枝垂《しだ》れた枝先から赤く色づいた紅葉の葉がひらひらと舞い散り、水に浮かぶ珊瑚《さんご》のように漂う。琵琶湖の湖上を吹き渡る風が、ほかのどこよりも、なぜ、かくも美しく紅葉の葉を散らすことができるのか、わたしにはわからない。もしかすると、そこには精霊の魔法かなにかが潜んでいるのかもしれない。

琵琶湖は、景勝地が八か所もあることで有名である。というのも、〈大日本〉のほかの地域には三つ、七つ、九つの名勝の地を誇る場所があり、琵琶湖もそれにひけをとらぬよう、近江八景なるものがあるのだ。最初の景勝の地は、石山寺の秋月ではなかったか？　二番目は、比良山の暮雪か？　三番目は、瀬田の夕照だったろうか？

　残りの五つを挙げようと思えば挙げられるかもしれないが、その美しさをお伝えするためには、瀬田の夕照だけで十分こと足りよう。というのは、わたしが諸君にご覧いただきたいのは、秋のある午後、西に広がる金色《こんじき》の光、その空一面を染めた黄金の夕陽に赤い珊瑚の色の紅葉の葉が映え、〈風の精〉が吹き渡ると、その赤く染まった葉が美しく舞い上がり、やがて水面に落ちて、湖面が唐紅《からくれない》にゆったりと波打っている光景なのだから。そしてまた、湖がしだいに狭まり瀬田川となっていくあたりにかかる、細く長く伸びた瀬田の長橋も忘れずにしかとご覧あれ。

　それは、二重の橋である。というのも、川の流れのさなかに小島があり、橋はまず、一方の岸からその島へとゆるやかに弧を描き、島からまた向こう岸に向かっているからだ。橋の弧は、見事な筆致で描かれたように、黄金の輝きを背景に黒玉色に細く長く伸びており、手前の橋から向こうの橋へとおのずと二つに分かれ、水面にはもう一組の二重の橋が映って、その姿は唐紅にゆったりと波打つ水面に寸断され、ゆらゆらと揺れている。

　この光景があまりにも美しく、橋を渡っていた絵師は――おや、なんたることだ、名前を忘れてしまった！　あの若い、後に盛名を馳せることになるあの絵師のことなのだが――立ち止まり、風に吹かれながら、黄金と深紅の光景に見とれていた。絵師は湖の向こう岸へ行く途中であった。そこには、扇に絵を描く仕事の依頼主である商人の山荘があり、商人はまだ、楓が珊瑚のように赤い、秋の盛りをその山荘で過ごしていた。

　絵師は絹の風呂敷に扇を包み、小脇に抱えていた。十二本か二十本か、正確な数はわたしにはわからないが、商人の注文に応じて描いた扇を携えていたのである。どうしてそんなことになったか、これもわたしにはなんとも言えないが、一本の扇が風呂敷からするりと抜けて、はらはらと開き、そして風に飛ばされ、一瞬ふんわりと舞い上がった。かと思うと、まるで大きな蝶のようにひらひらと欄干を越え、紅葉漂う水面の随《まにま》に落ちていった。「あっ!」絵師は扇を失って落胆の声をあげたが、そのあとで、実は、舞い上がった扇が宙に漂う優美な光景を思い浮かべ、微笑《ほほえ》んでいたのだった。

さもありなん。木の葉や扇を乗せ、瀬田の長橋から湖上へと吹き渡る風は、ほかのどこよりも、なぜかくも美しいのであろう？ なぜなのだろう？ 扇を失ったにもかかわらず、絵師は心を奪われていた。またあの魅惑の瞬間を味わいたかった。扇が一本、無駄になった？ それのどこが悪いのだ！ 日々の糧《かて》を得るために自ら描いた扇だが？ だからなんだというのだ！ 絵師は絹の風呂敷から二本目の扇を抜き出すと開いた──絵師がそこに描いたのは、白い花菖蒲の間にいる銀灰色の鳩たちの図である──。そして……絵師はその扇を空高く投げ上げた。ああ、風に吹かれてひらひらと舞う扇のなんと美しいことか、まるで精霊が目に見えぬその手で扇をつかみ、もてあそんでいるかのように、ふわりと漂うかと思うと、さっと身をかわす。そうして扇は、初めに落ちた仲間のもとに、紅葉漂う水面の随に落ちていった。

絵師は夢中になった! 美しさに魅入られてしまったのだ! なにもかも〈風の精〉のせいだった。というのは、今や絵師は、なんのためらいもなく、風呂敷から次々と扇を取り出し──一本一本が日々の糧である扇をすべて、鳩や梅や桜の花、雪の積もった小枝にとまる雀たち、はたまた、音楽を奏でる芸妓を乗せ琵琶湖をすべりゆく屋台船を描いた扇をすべて──一本一本はらはらと開いては、空高く放り上げたのである! 扇が大きな蝶たちのように、風の吹くまま、ひらひらと舞い上がり、やがて、一本一本、ゆらゆらと紅葉漂う中に落ちていくのを見んがために。

若い絵師は、瀬田の長橋の上に一瞬呆然と立ち尽くした。一本一本が日々の糧に等しい労作をすべて風の中に放り投げてしまったのか？

そのとおり、放り投げてしまったのである。だからこそ今、満面の笑みを浮かべ、ひらひらと舞う姿を、無上の美をかいま見た喜びに酔いしれて、今度は包む中身のなくなった絹の風呂敷を高々と振りかざし、さっと手を放した。絹の風呂敷が、美しい小鳥のように、さもはかなげに、ふんわりと、やわらかな色をひらめかせ、湖上をひらひらと舞いながら、ゆらゆらと漂う——十二本か二十本かの——扇と紅葉の中に落ちていくのを見んがために。

木の葉や扇やその他もろもろを乗せ、瀬田の長橋から水面に吹き過ぎる風は、ほかのどこよりも、なぜかくも美しいのであろう。

第四話　蛍

入り海に突き出た天橋立《あまのはしだて》は、天の梯子《はしご》である。夕月夜の中、銀色にたゆたう別世界のような水面を離れ、遠くに霞《かす》む丘の上を越えて立ち上がっていくように見える。まるで横になっていた梯子を目に見えないたくさんの手で持ち上げることができるかの如く、不思議な姿でせり上がっていくようだ。ゆっくりと、丘の方へだんだん斜めに持ち上がり、さらに高く天に向かって、光り輝く梯子の段々とともに、次第に翳りながら、天空の奥深い夢の中へと消えていく……。

だが、岸辺に近づくほど、現実に引き戻される。花崗岩《かこうがん》の岩々——この時間、いくばくかの星がまたたく淡青がかった夜空に、するどい断面を青黒く見せている——の傍らを、女が六人、笑いながら歩いている。女たちは梯子のことなど考えていない。かつて仏陀や涅槃を夢見、あの丘の上で瞑想を続けていた聖人《ひじり》が、一段一段を恍惚として昇っていったあの梯子である。その聖人は今、丘を見下ろす天上の高みで瞑想を続けている。女たちは天上はもとより、月や星のことなどさえ考えもしない……。

女たちの心の中はまだ子どものように幼い。ただこの現世《うつしよ》のこと、蛍のことしか頭になく、指さし、笑いころげ、歓声をあげている。

というのも、蛍が何千も何千も、光を明滅させ、天橋立の上を飛び交っているからなのだ。青黒い崖を背に天橋立を縁取っているような、今や黒い影のようになった松の木々の間に、天橋立を縁取るように打ち寄せ、今やほとんど鏡のように凪《な》いだ銀の泡の波の上を、蛍の群れが飛び交っている。

いくばくかの星がまたたく夜空の下、何千もの蛍が飛び交い、女たちを誘う。女たちは六人、銀色の夜に艶やかな姿でそぞろ歩いている。至極淡い色に転じた女たちの着物――抹茶色や鳩羽鼠、桜色や一輪草の紫、燻《くゆ》るお香の青の色で、きらめく花や鳥の柄はその中に紛れて見えない――は、女たちがかまわず水に入っていくにつれ波打ち、そこに群生する葦にからまる。手に団扇《うちわ》を持ち、蛍をあおぎ寄せ、嬌声をあげながら、女たちは蛍を手のひらや手ぬぐいの中に捕らえ、中が透けて見える紙箱に入れていく。

蛍は、まるで紙提灯《かみぢょうちん》のほのかな明かりのように、箱の中でなお光を放っている。そして、女たち、その着飾った女たちは、光の吐息をつき、息絶え絶えに明滅する蛍を、まるで黄色にきらめく飾り物を身につけるようにして頬や胸に当て、互いの艶《つや》やかな髪にあてがうのだが、ああ、しかし、その光はあまりにもはかなく、やがてかき消えていく……。笑いころげる女たちのために、捕らえられ、光の吐息をつく蛍たちは何百も死んでいき、葦の上へ、岩の上へと落ち、地面に累々と横たわる。

原子ほどの小さな命である。はるか彼方の薄闇に、あの梯子が、堤が、心ゆさぶる幻影のように、だんだんとせり上がっていく。それは急勾配に、星へ、天空へと昇っていく。現世の生を終えた魂が夢見た天空へと……。

その中を、地上や葦や水の上で、情けを知らぬ女の手のひらで、何百もの蛍が苛まれ、息絶え、死を迎える。

第五話　草雲雀《くさひばり》

　朝一番の露が降りる中、ときに草雲雀は、細い草の葉につかまり、なお眠っている。前日、草雲雀は何時間も浮かれた音楽家のようにあちこちをさまよい歩き、飛び跳ねながら、提琴《ヴァイオリン》を思いきり弾き続けていた。というのも、咲き残った紫色の大輪の牡丹の花の上に、咲き始めた大きな百合の花の上に、陽が燦々《さんさん》と降り注いでいたからである。百合の花たちは、白く香り高い花びらをはじくように開き、その中の緋色の雄蕊《おしべ》を見せていた。

　草雲雀は、その日を、太陽を、地上の美を、日本の花々の壮麗な姿を――これほど見事なものはどこにもない。そして、その香りはすばらしく、見事である――讃えながら、提琴《ヴァイオリン》を奏でていたのである。そして日が暮れると疲れ果て、細い草の葉にしがみついた。草雲雀はなおもそのまま眠っている。草の葉は金剛《アダマント》の露に覆われてきらきらと輝き、眠る草雲雀の上にも、その動かぬ背やしがみついた肢《あし》にもきらめいていた。

　早起きの少女が、露の景色を見ようと、裸足《はだし》のまま庭に出てきた。赤と黒の縞《しま》の着物を着ているだけである。まだ朝早いので、髪は金色に輝く細い布で結んでいるだけで、それが額に垂れている。

少女は子どもであり、早く目が覚めたので露を見ようと思ったに過ぎない。露は牡丹の花にしたたるように降り、百合の花の中、緋色の雄蕊の周りや雌蕊《めしべ》の上に、鏡のようにきらめいていた。そして、中央に陣取った蜘蛛《くも》が身構える中、撒《ま》き散らされた小さな小さな真珠のように、蜘蛛の巣にもかかっていた。

少女は眠っている草雲雀に気づいた。きゃっと喜びの声をあげ、かがみ込んでしげしげと見つめると、すぐに家に戻っていく。そして、黄緑色の地に白い朝顔を刺繍した着物をまとった姉の手を引きながら戻ってくる。

二人そろってかがみ込み、目を覚まさないようにとでもいうかのごとく、草雲雀をそっと見つめる。

しかし妹は虫籠を携えてきている。小さな真四角の竹籠である。きりぎりす用のものだが、草雲雀用にもなる。少女というものは、きりぎりすでも草雲雀でも、籠の中に入っていれば、小鳥のようにかわいく思うのである。

妹は姉に籠を手渡し、姉は細い指先で扉を開ける。妹は、小さい妹のほうは……なんと、眠っている草雲雀の盾のような翅《はね》をそっとつまみ、さっと、籠の中に押し込む。と同時に、すかさず扉を閉める。

露にぐっしょりと濡れ、草雲雀は目を覚ますと、はっと目を見張る。囚われの身ではないか。少女が両手に挟んで持っている籠の中に閉じ込められているのだ。そして、四つの目が嬉しそうに上からじっとこちらを見ている。草雲雀は途方に暮れ、虫籠の格子につかまり這《は》いまわる。少女たちは笑い、籠を黄色の縁台の上に置く。縁台の傍らには灰緑色の仙人掌《サボテン》があり、棘《とげ》という棘を縁台に向けている。ああ、少女たちはなんと嬉しそうなのだろう。少女たちは小さな薔薇の葉を一枚、格子の隙間から草雲雀に向かって差し出す。

陽が昇る。生命を育む大きな陽、天と地の太陽である。太陽は、無量光仏として天の光を司《つかさど》り、全知、至善の仏である阿弥陀の姿に譬《たと》えられる。阿弥陀仏はなぜ世界が存在し、なぜ少女たちや草雲雀たちが存在しているかを知っている。

輝く太陽が昇っていく。八月である。あたりの山々が頂《いただき》を高く掲げ、うっとりと太陽を仰ぎ見ている。咲き残った紫色の牡丹の姿はすでに消え去り、咲き始めた百合の花が生命の喜びにあふれ、蕾《つぼみ》を次々にはじけさせている。虫籠の中の草雲雀は縁台に置かれたまま、忘れ去られている。だが、草雲雀は太陽を目にすると、歌い始める。竹の格子にしがみつき、提琴《ヴァイオリン》を弾き続ける。ちっぽけな虫は無量の光に向かって消魂《しょうこん》の歌を一心に奏でる。日がな一日。やがて、照りつける陽の中、意識を失い、格子をつかんでいた肢が離れていく。

そして、籠の底に倒れ、横たわり、黒い屍となって、絶命する。

だが、そんな草雲雀の魂にも、無量無辺の阿弥陀仏は慈悲のまなざしを注ぐのだ。

第六話　蟻

苔むした岩がその庭の階段の役目をし、鯉が泳ぎまわる池から果てしなく続く山々を望む高台へと続いていた。

静寂に包まれた庭の中、この階段を登る人はほとんどなく、何千匹もの蟻が押し合いへし合い、右往左往しながらうねるように石の階段を登っていた。蟻たちは、まるでバベルの塔を登り、バベルの塔を下るかのように、動きまわっていた。

階段の下の土中には並外れて大きい蟻の巣があり、そこには部屋や広間、通路や広い貯蔵室がいくつもあった。その巣は、言わば円天井に覆われた大都市であった――並外れて大きい蟻の巣ではあったが、無論、鯉の池や庭、山々や宇宙と比べれば何ほどのものでもなかった。

少なくとも蟻たちは、自分たちの巣は地下の大都市であると思っていた。そして、東京や横浜のような大都市に暮らす人間に勝るとも劣らず、忙しく働いていた。労苦を厭《いと》わず、何千回も上り下りし、巣の中を行き来した。階段の左右の端に沿って上り下りする蟻の一群は、まるで動く遊歩道のようであった。

幼虫たちの世話、冬のための食糧集めや貯蔵。限りなく、果てしない作業と終わることのない営みである。

苔むした階段の上、岩の裂け目のあいだを蟻たちが進み、そのせわしさの中、衝突が生じた。時には事故が起きた。庭師の足が何匹かの蟻を踏み潰すことがあったのである。――蟻たちはその足のことを〈宿命〉と呼んでいた――そんなときには、上り下りする蟻たちの中に突如、動揺が走った。蟻たちの何匹かは、死んだ仲間、瀕死の仲間を巣の中に運ぼうとし、他の蟻たちはかまってはいられないとばかりに身をかわし、無関心に通り過ぎていった。

鯉の池の近くで――池は水たまりと言うにはあまりにも広く、蟻たちは大海だと思い込んでいた――大きな蝶の翅を見つけた一匹の蟻がいた。蟻たちは山のことも空のことも、見もしなければ知りもしなかった。それは、永遠無窮の世界であり、その中で蟻たちはあまりにも忙しく、そのことを考える時間さえなかった。というか、〈見なかった〉からこそ、考える必要がなかったのである。

蝶の翅を見つけた蟻は大喜びだった。翅は薄い膜で、翅脈《しみゃく》の合間にまだ鱗粉があちらこちらに残っていた。蝶の翅は、冬用の備蓄に余りあるもので、ちょっとした財産であった。ささやかながらも財産なのである。蟻は、助けを借りず、翅を持ち上げ、巣の入り口のある階段の中ほどまで独力で運んでいこうとした。ほかの蟻たちが物珍しそうにやってくるが、蟻は仲間の助けを借りたくはなかった。蝶の翅が蟻の都の共有財産だとしても――蟻の都では、すべての所有物は共有である。少なくともそういうことになっている――この蟻は自尊心が強く、自分が見つけたものは、どうしても自分で上まで引き上げ、巣の奥深くまで届けたかったのである。

蟻は仕事にとりかかった。翅をしっかりと挟み、前後に揺さぶったり押したりしながら前へ進み、うしろ向きになり引っぱりながら進んだ。加勢に来て、逆に自分を翅やその他もろもろといっしょに押し倒したりする仲間たちに、蟻は罵声を浴びせた。ごつごつした岩の上を一段ごと、翅を引きずっていくのは大変だった。それに、苔のぬかるみを行くのは想像以上に困難だった。穴やくぼみ、苔の茂みなど、障害物や罠が随所に待ち受けており、そのたびに、よけて遠回りをせねばならなかった。それが一番きつく、一番大変な仕事だった……。

散歩をしている者が階段を上ってきた。それは人間、年配の男だった。男は蟻たちが、慌ただしく、延々と石の階段を右に左に上ったり下りたりしているのを見た。蟻たちを踏まないように気をつけてはいたが、ときに男の足は知らず知らずのうちに〈宿命〉となり、何匹かを踏み潰していた。中ほどは空いていると思い、混みあった左右二筋の遊歩道を避けて中央に思い切って出てきた蟻たちであった。

男は蝶の翅と格闘している蟻を見た。そして、その蟻の働きぶりに興味をそそられ、かがみ込んで、押したり引いたりしている蟻の動きを目で追った。男は苔の上にすわり込み、何分も眺めていた。蟻は休む間もなく押し、引き、そして、仲間の蟻を追いはらった。一つ上の段に到達すると、小躍りし、無我夢中となってさらに翅を引きずり上げていった。

男はそれを見続けていた。

蟻は、巣の入り口に辿《たど》り着いた。だが入り口は、どんなに押しても引いても、翅を押し込むにはどうやら小さすぎた。

何匹もの物見高い蟻たちが集まり手伝おうとしたが、蟻は罵声を浴びせて追い払い、自分一人で獲物を巣の中に引き入れようとした。翅は大きすぎ、入り口は小さすぎた。

男は半時もの間、その様子を眺めていた。

すると、仲間の蟻たちが、翅を抱えた蟻に何やら策を授けたようであった。同じ段の向こう側にもうひとつ入り口が、もっと大きな入り口があるではないかと。蟻もそれを思い出し、一人で、自力で、もっと大きな入り口のほうへと翅を引きずっていった。そして、蟻たちの歓声に包まれながら、翅を携えて暗い門の中へ、巣の中へと姿を消した。

男は蟻の働きぶりを目で追っていた。あたりはもう夕闇に包まれていた。その蟻が天職、任務、勤勉といったものとは違う別の衝動に突き動かされていたことには思いが及ばなかったが、男は自分が、ただの通りすがりの自分が、偶然の〈宿命〉が――だが、これが果たして偶然であろうか？――生殺与奪の権を持っていたのだと思った。わが宿命の足をほんの数回下ろすだけで、あの蟻を、ほかの蟻たちを踏みにじり、石の下の地中の巣をすべて壊してしまうこともできたのだと。

男は山の頂を見上げた。星空の下の広大な夕闇に、消えゆくように限りなく連なる稜線、次々に数を増して輝き始めた星々、無数のきらめきの世界……。

わたしの浮世絵には苔むした岩の階段しか描かれていない。傍らの草の上には、きのこに似た花崗岩の灯籠《とうろう》が明かりをともさず立っている。しかし、石段の隙間の苔、そこには何千もの黒い蟻が上り下りし、あちこちにある門や入り口を抜け、目に見えぬ巣の中に消えていく。そして、広大な夕闇の空に無限に広がる山々の稜線が翳っていき、次々と、数え切れないほどの星がきらめき始める。永遠無窮の世界が。

第七話　明かり障子

たいこ橋のかかった京都の川沿いの通りである。橋も川も通りも空も、宵の口の青い紗幕の中だ。橋はターコイズ、水はラピスラズリ、通りはインディゴ、空はコバルトの青である。月も星もない夜だが、家々や岸辺の輪郭は、はっきりと見てとれる。

家々は、細い竹を組み合わせて建てられているかのようで――それよりも頑丈そうには見えない――、木枠の列の間に無数の四角い紙の枡目《ますめ》が並び、部屋の電灯をほのかに映し出している。やわらかな、黄色がかった白い枡目は、その華奢《きやしや》な姿の奥にともる屋内の明かりをその背に受けている。家々は時に二階建て、時に三階建てで、階上にも階下にも四角い薄明かりが漏れている。

通りの後方の青い夕闇の中には、かろうじて輪郭を見せ、夢見るように眠る丘が高く連なっている。丘を背景にして、遠く、はるか彼方に塔の影が見える。恐らく寺院の塔であろう。屋根の四方の先端がそれぞれ負けじと、燕の飛翔の姿のように、跳ね上がっている。

ラピスラズリ色をした青い水面を、小舟が影の如く黒くすべるように進んでいる。船頭は立ったまま、長い竿に手をかけ一息ついている。半分開いた障子窓から、艶やかな黒い琺瑯のような顔の輪郭をのぞかせ、一人の女があたりを見ている。結い上げた髪に、女の背後の明かりが当たり、一瞬ゆらゆらと輝く。左にも右にも、上にも下にも家々の枡目の薄明かりがともっている。

薄明かりの枡目の中の、川岸に並ぶ華奢な家々の奥にひそむ、秘密めいた魅惑。ただ、半分開けた窓に寄りかかる一人の女だけが、その秘密を少しばかり垣間見せている。船頭が女に向かって何か叫ぶと、女は口に手を当て、なにやらそっとささやく。逢瀬の約束か。

今気づいたのだが、川岸のすぐそば、女の家の下には竹格子の向こう側に小さな庭があり、白い椿の花が満開である。白い花は、暗く青い夕闇の中、枡目の薄明かりの黄色がかった影の中にかすかに見えている。なかば開いた窓の左右の薄明かりはほの暗く沈み、枡目は、家々の薄明かりの室内の秘密を封じ込めている。

第八話　篠突く雨

浮世絵の大家、歌麿の浮世絵で見た光景である。あるとき、その光景を思いがけず、現実にこの目で見た。時にほんの一瞬ではあれ、見たり出会ったり読んだりしたものが、われわれの心を震わせ胸を打つものとめぐり合う準備をすることがあるのは、なんとも不思議である。

歌麿の浮世絵では、渦を巻き猛《たけ》り狂う雲から篠突く雨が、斜めに、家々をめがけ、身をよじらす松の木をめがけ、雨に濡れ波うつはるか遠くの丘の上に容赦なく叩きつけていた。

現実にもまさしく強い雨が容赦なく叩きつけていた。この地では、水は今もなお、生あるものなのだ……じっとして動かぬ水たまりでさえも、そうして日々を送り、夢を見たりしているのかもしれない……だが、とりわけこの雨は、激情にかられた水の姿だった。

雲から地上に向かう雨の勢いは怒濤の如く、斜めに構えた雨の姿は激情に満ちていた。言わば――割れることなどない、硝子《ガラス》の雷光のように――おのれのやむにやまれぬ衝動に駆られ放たれる水晶《クリスタル》の閃光のように。魂を宿して生きている雨脚だった。その内なる衝動とは、雲の上から地上めがけ、家々を、丘を、松の木を狙い撃ちすることだった。

郵便はがき

料金受取人払郵便

麹町支店承認

6246

差出有効期間
2024年10月
14日まで

切手を貼らずに
お出しください

102-8790

102

［受取人］
東京都千代田区
飯田橋2―7―4

株式会社 作品社
営業部読者係　行

【書籍ご購入お申し込み欄】

お問い合わせ　作品社営業部
TEL 03(3262)9753／FAX 03(3262)

小社へ直接ご注文の場合は、このはがきでお申し込み下さい。宅急便でご自宅までお届けいたし
送料は冊数に関係なく500円（ただしご購入の金額が2500円以上の場合は無料）、手数料は一律
です。お申し込みから一週間前後で宅配いたします。書籍代金（税込）、送料、手数料は、お届
お支払い下さい。

書名	定価　円	
書名	定価　円	
書名	定価　円	
お名前	TEL　（　　）	
ご住所 〒		

ガナ
名前

男・女　　　　歳

住所

メール
ドレス

職業

購入図書名

本書をお求めになった書店名

ご購読の新聞・雑誌名

●本書を何でお知りになりましたか。

イ　店頭で

ロ　友人・知人の推薦

ハ　広告をみて（　　　　　　）

ニ　書評・紹介記事をみて（　　　　　　）

ホ　その他（　　　　　　）

本書についてのご感想をお聞かせください。

入ありがとうございました。このカードによる皆様のご意見は、今後の出版の貴重な資
して生かしていきたいと存じます。また、ご記入いただいたご住所、Ｅメールアドレス
小社の出版物のご案内をさしあげることがあります。上記以外の目的で、お客様の個人
を使用することはありません。

雨は斜めに突き刺す槍のように降り注いだ。そもそも雨はただの水に過ぎず、それを受け止めるもの――人の手、丸い銅器の曲線、土の窪《くぼ》み、低きに向かう川の流れ――の形にそれぞれ変化して流れ去っていくものである。だが、この雨は、防ぎようのない力で吹き荒《すさ》び、家々や木々や、雨に濡れた遠くの丘が無傷のまま持ちこたえていられること自体が不思議に思われるほどの激烈さだった。

紙でできた丸い番傘――雨よけにも日よけにもなる――が、そこら中に林立し、くるくると回ったりはためいたりし、道ゆく男たちや女たち、父親や母親に抱きあげてほしいと泣きじゃくる子どもたちを守っていた。たくさんの下駄――前後に高いヒールのついた木のサンダルである――が、雨がこしらえた丸い水たまりにばしゃっと踏み込む。

蓑をまとい、菅笠をかぶった農夫たちが、道や田んぼのわきを急いで駆け抜けていく。全身を覆う蓑の藁が下方に突き出ている彼らの姿は、一瞬、黄色いヤマアラシが立ち上がって歩いているかのように見えた。蓑からも、丸く大きな菅笠からも、滝のように雨水が流れ落ちている。

立ち上がって走るヤマアラシでないとわかってしまえば、農夫たちの姿には独特の優美な佇まいがある。水がしたたり落ちる蓑の黄色は、降りしきる雨の景色の中で、水の鈍色《にびいろ》と、遠くの薄墨色の丘を背景にした稲のやわらかな緑の色と、前景で身をよじらせている松の幹の黒々とした色とに見事に溶け合っているのであった。

鋭く激しい雨が、地上や木々、そして人々の頭上をすきまなく埋めている油のように黄色く丸い番傘の上にひとたび達すると、その威力は失われもはや猛威を振るう存在ではなくなった。雨水は気力を失い、ぽたぽたとしたたる疲れきったしずくとなり、幾多の傘の縁から、木々の葉から、屋根の瓦から、そこかしこに落ちていった。農夫たちの黄色い蓑や菅笠からも、まるで数珠の糸が切れ、その丸い大きなガラス玉の連なりが水に溶けて流れ出したかのように、水浸しの地面のそこかしこにしたたり、落ちていった。

第九話　野分のあとの百合

ある夏、早くも野分が大輪の鬼百合の上を吹き荒れ、茎を折り、葉をことごとくもぎとっていった。しかし、二、三日後には突如として茎が立ち現われ、もぎとられた葉のところに蕾が開き始めていた。曇り空の下の、低い丘の上の光景である。まだ昇り始めたばかりの赤みがかった丸い月が低くかかり、その赤く丸い月の光に照らされて、百合の葉が左へ右へと伸びていた。

兼好という名の法師が、弟子と散策をしていた。この法師は〈孤独〉と〈憂愁〉を詠う歌人として名声があった。

「お師匠さま、口惜しゅうてなりませぬ。風が吹き荒れ、この丘の百合たちを台なしにしてしまいました。それに、なんと残念なことに、月に雲がかかってまいりました！」と弟子が言った。

兼好は立ち止まり、答えた。

「風に吹かれたこともない盛りの花のみが美しいというのか？　望月の隈《くま》なき空だけが？　若者よ、花たちは野分が吹き荒んだ日の前よりも美しく見えるぞ。見よ。花がまた息を吹き返し、生気に満ち、花開こうとしているではないか！　それに、月だ。紫色に腫《は》れたように雲の合間から血を流す姿は一層美しくはないか？　若者よ、おまえは感性を磨かねばならぬ。

　非の打ちどころのない百合や一点の曇りもない月の光は美しいものだ。だが、散り萎《しお》れた百合や村雲かかる月はもっと美しいものだ。皺というものは、皺もなく表情もない顔に美しさを添えるものなのだ。影や陰影は最高の美をもたらす。あれは何だと思わせ、考えさせてくれるのだ。人生に関わるもの、情熱に関わるもの、悲しみにさえ関わるもの――つまりは雲や烈風だ――そういうものが、わたしにとっては大事なのだ。感情のない不動心よりもな。

　わたしには、この野分のあとの百合たちは存在の重みを増したかに見えるぞ。黒い雲の合間に血を流しながら昇ってくる月は、わたしには同胞のようなものだ。血のしたたるような光の中で、なぎ倒されてもまた花開く百合たちは、花たるものの最高の美なのだ。ともかくおまえはそういうものを見極め、心を動かすことを学ばねばならぬ。若者よ、感性を磨くがよい」

第十話　枯葉と松の葉

ある大名が茶室で客人を待っていた。茶の湯を催すのである。茶室は磨きぬかれた杉材でできており、高名な作庭師が手がけた庭の池——岩間のすべてのものが何かを象徴している池である——の傍らに佇んでいる。開放的で趣《おもむき》のある山小屋にも似て、格式通りの質素な造りであった。池のわきの小さなたいこ橋——弓なりの長い一枚岩の橋で、その姿が緑色や金色の鯉の泳ぐ池に映っている——の向こう側は、緋色に咲き乱れる躑躅《つつじ》に沿って、ビロードのような緑色の苔が池の傍らを覆い、さらにビロードのような黄色の苔へと続いていた。

花崗岩でできた灯籠が、小さな仏塔の周りに三つ、四つと立ち並び、塔の先が松の梢《こずえ》の間に垣間見えていた。松の木たちは、庭師がその手腕を発揮し、身をよじらせた姿をしている。というのも、太い枝や細い枝が自然にこのような美しい姿になることは滅多にないのである。

大名は庭師たちに池や茶室の周りを掃き清めるように命じた。優美にきらめく緑砂利の道にはかさかさと鳴る枯葉が落ちていた。大名は、客が来る一時前《いっときまえ》に検分に来たが、不機嫌だった。庭師の頭領《かしら》が慌てふためき、庭の道は今このように熊手でかき清められ、枯葉一枚も落ちてございません、何故《なにゆえ》お気に召されないのでしょうかと、恐る恐る、今や飛ぶ鳥を落とす勢いの大名である主人に尋ねた。

審美眼にも長《た》けた大名は、それには答えず、むっとしたように、とっさに草履の足でつま先立ちになり、松の木の一番下の枝を閉じたままの扇子ではらった。すると、茶室の傍の通路に松の葉が幾本かぱらぱらと落ちてきた。

「このほうがよいぞ」と、晴れやかな顔で大名が言った。そして、大名は客人を待ち受けるため、茶室に入っていった。

庭師の頭領は、すべてを理解した。なるほど、このほうがよほどよかった。意図的でなく、心地よく、かた苦しくない。これが自然の秩序というものだ。熊手でかき清められた通路の上には松の葉が幾本か散っており、この上なく好ましく見えた。

第十一話　鯉のいる池と滝

岩々の上から水がたぎり落ちていた。その岩は庭園にある小さな池に人の手によって巧みに積まれたものであった。池の周りも積み重ねられた岩に囲まれている。轟々《ごうごう》と流れる滝の水は、泡立ち、砕け散って、陽射しの中、そこかしこで虹色に輝いていた。

池にはたくさんの――色鮮やかに輝き、宝石にも似た、白、金、銀、緑、青、赤の――錦鯉が、抜きつ抜かれつ、休む間もなくせわしなく、ぐるぐると泳ぎまわっていた。

轟々と流れる水が、歌っているかのように叫んだ。

「ああ、見るがいい。われらが造り出した小さな池の中を、鯉たちはなんの目的もなく、なんとせわしげに、抜きつ抜かれつ、休む間もなく、ぐるぐると、ただただ泳ぎまわっていることだろう！　水であるわたしは、絶え間なく岩から落ち、泡立ち、砕け散り、わたしの目的、彼方の尊き目的の地へと――それは彼方にあるはずの海だ――流れゆく！　滝の流れであるわたしは、川となり、広大な流れとなって、わたしのめざす目的の地へ向かうのだ、永遠なる海へ！」

池の周りや滝の下では、人の手によって巧みに積まれた丸い塊《かたまり》の岩たちが、微動だにせず、瞑想していた。そして、岩たちはびっしりと覆われた厚い苔の下でつぶやくように言った。
「われらは水のようには流れず、鯉たちのようには泳がず、この不動の中には目的もない。だが、賢者や聖者たちが誓ってくれたのだ。人の手でここに不動の姿勢に積まれたかの如く見えたにしても、われら岩は、仏陀と同じように、いつかは尊い涅槃の地に向かうであろうと。忍耐がわれらの智であり、瞑想がわれらの唯一の行である。われらは待ち受ける。待ち受け、瞑想する。忍耐強く、動かずに……」

鯉たちはせわしなく泳ぎまわり、水はせわしなく岩から流れ落ちていた。そして、二羽の大きな黒い蝶が紫色の椿の花の上を、愛のささやきを交わしながら、せわしなく飛びまわっていた。

第十二話　着物

わたしは歌麿に関する本を読んだ。たとえば、日本の絵画に精通していたエドモン・ド・ゴンクールがこの美人画の大家のことを記したものである。そして、『青楼十二時《じゅうにとき》』のことも読み、手に取ってこの目で見たいと思った。そこで、京都の古書肆にこの十二枚揃いの錦絵を探してくれるよう頼んだ。

長く待たされたあと、狭い階段を上り、天井の低い正方形の部屋に通された。そこには年代ものの屛風があり――くすんだ美しい金地に、幾星霜もの日没に耐え抜いてきた不滅の鳥や花のように、鶴と牡丹が描かれている――そこへやっと、書肆の子息である少年が現われ、深々とお辞儀をしながら、あちこちから調達してきた『十二時』の何枚かを差し出した。全部は揃っていなかった……。

その何枚かの〈刻《とき》〉を手に取って見た。一世紀以上前には〈江戸〉と呼ばれていた〈東京〉にあった遊郭の中で過ぎていく〈刻〉である。歌麿はその〈刻〉を、夜の花街、吉原の女たちの姿を通して描いた。優美で華やかな姿である。そして、生地も柄も豪華な着物を波うたせるかのようにまとっている。

子《ね》の刻は正子《しょうし》、丑《うし》の刻は午前二時、寅《とら》の刻は午前四時、辰《たつ》の刻は午前八時、申《さる》の刻は午後四時、酉《とり》の刻は午後六時、亥《い》の刻は午後十時。

どの刻にも欲情が漂っているが、特にわたしの目を惹《ひ》いたのは、その優美で華麗な姿であり、琺瑯の艶をした美しい面長の顔であった。高く結い上げた豊かな髪は、黒玉で結った輪のようであり、そこに宝石のようにきらめく簪《かんざし》や笄《こうがい》が挿してある。さらに目を惹いたのは、何かを言いたげな小さな手や、小刻みに歩く足であった。絵の中でまるで動いているかのようである。そして、指で絵を少しずつずらしながら見ていくと、わたしを魅了したのはやはり、裾の波うつ着物であった。

歌麿は、着物の絵師とでもいうべき存在であった。着物といっても、あでやかな吉原の女たちが着ていたのは一世紀以上も前のものである。今日のものよりも、もっと幅広でふっくらとしており、ゆるやかに仕立てられていた。たとえば、ある女は全体に白っぽい、ほんのり緑がかった着物を着ており、そこに薄紅色の桜の枝が地柄とびっしりした刺繍とでほどこされていた。もう一人の女は、薄桜色の地の着物で、大きな蝶たちの飛んでいる図柄が織り込まれており、さまざまなやさしい色彩が溶け合うその中でもとりわけ珊瑚のような赤やオレンジ色が際立っていた。

また、女たちの一人が青い着物をまとっていたことを覚えている。青といってもごく薄い青で、雪月夜の色であった。そこに銀を帯びたやわらかな緑色の柳の枝が華やかな姿で織り込まれ、柳は噴水の水のように優雅そのものの姿であたりに垂れていた。日本の柳は憂愁《メランコリー》とはあまり縁がなく、消え入るようなたおやかさを帯びた優雅な存在なのである。

〈夜空の黒〉――暗い青である――の絹の着物には金色の鯉が泳いでいた。鯉は裾のあたりのものが大きく、中央に向かうほど小さくなる。胸や袖や背中には、銀がかった線がうっすらと伸びており、それがまるで水や雲のように見え、愛らしく笑う着物姿の女が池の風景の中に佇んでいるかのようだった。

背の高い葦が〈錆朱《さびしゅ》〉の着物の裾から伸びあがり、その中に黒い影をした花菖蒲《はなしょうぶ》が負けじと背伸びしていた。そのさらに上には、夢見るような鶴が三羽、一羽は背中に、二羽はかがみ込む女の脇に佇んでいた。

〈蓮の芽の緑〉の着物には大小の扇、その開いたものや閉じたものが入り交じり、いくつも描かれ、まるで放り投げられた扇が生地に入り込んだかのようであった。いくつかの一番大きな扇は名匠たちの作品を模したものであった。そして、華麗極まる姿の女は、ゆったりとした〈黄金の檸檬色《れもんいろ》〉の着物をまとい、そこには大きな鳳凰がただ一羽だけ描かれていた。ふさふさとした尾は、背を彩るほど大きくかざされ、ふわりとした羽は下方へ、美しく着飾った女の膝元へと広がっていた。

ああ、女神がまとうように見事な〈花魁《おいらん》〉たちの着物よ！　花魁というのは押しも押されぬ上位の遊女である。〈青楼〉では地位の高い存在であり、楼主でさえ気を遣う相手であった。花魁は楼主と年季奉公の契約を交わしてはいたが、その美しさをもてはやす客たちに支えられ、楼主をしのぐ力を持っていたのである。

白粉《おしろい》を塗った花のような面差しに黒髪を結った遊女《ヘタイラ》たちの、女神の着物姿であった。やわらかな暗い色調の帯を遊里のならわしどおり、四角形の結び目をうしろではなく前結びにしていた。

重たげな裾を周りに靡かせ、波立たせている小柄な女たちは、歌麿の好みに合わせ理想化され、背の高い、細身の、優美な、首を少しかしげた姿となった。さらに絵師の手にかかると、かわいく笑う小太りの女たちも、細面《ほそおもて》で、鼻の高い、長い目じりの女神に似た姿となり、金や象牙や珊瑚の簪や笄で後光のように飾られた髪の陰からあらがえない誘惑の流し目を送るのであった。〈青楼〉住まいの女たちは、もはやそのような女神ではない。かくの如き女神の着物は、骨董屋で、たとえ極上の品をしまってある秘密の引き出しを開けてくれたとしても、めったにお目にかかれない。そのような絢爛豪華《けんらんごうか》な色や着物は、歌麿の、そしてその弟子たちや後継者たちの浮世絵の中でしか見られないのである。

この日本の〈花魁〉たちのように、自分の着物を、自身の好みをはるかに超越した絵師や仕立屋——歌麿はそのどちらでもあり、昼夜を分かたず〈青楼〉に日々を送っていた華麗妖艶の芸術家であった——の趣味にまかせた女は、おそらく世界中のどこにもいなかったであろう。この日本の女たちのように、これほど華麗で粋に、大胆で泰然と、金や絹の、花、枝、鳥、蝶、扇の輝きの中に身を包み、着物を波うたせるようにその思わせぶりな体を誇示し、あるいは半ば隠していた遊女《め》は、おそらく世界中どこを探してもいなかったであろう。

ああ、この着物を讃美している汝《なんじ》よ、銘記するがよい。たとえ絹のほつれでも、たとえ一本の糸でも、それがたとえ金であれ木綿であれ、やがては永遠の流れに漂い涅槃へたどり着くのだと！

第十三話　花魁《おいらん》たち

一

　これは在原《ありわら》という花魁である。敢然としていて、十九世紀初頭、〈青楼〉にいた名のある仲間たちの中で一番の存在であった。花魁はいにしえの武者姿、武将の出《い》で立ちである。この色を売る女武者は、提灯に照らされた遊郭の中――提灯の金色の紙には何やら書いてあり、その奥には、まるで宮殿のような庭が暗闇の中に浮かび、巨大な灯籠が鯉のいる池を取り囲むように並んでいた――で、ことあるごとに言い寄る客たちを見下し、よせつけなかった。あまりにその度が過ぎるので、楼主が、このお方はお金持ちで、おやさしくて、非の打ちどころがないのだよと、言い寄る客を持ち上げ、とりなすありさまであった。

　花魁は鎧を身につけている。だが、胸板は金属やなめし革の作りではなく、真珠母《しんじゅぼ》である。兜も銅製ではなく――女には重すぎる――、象牙と金で作られ、二本の優美な鹿の角のような鍬形《くわがた》がついている。

裾幅の広い袴は、腰のあたりで錦のコルセットのように狭まっており、朱色の絹地に丸い大きな紋章が鏤《ちりば》められている。名前は知らぬが、五枚花弁の想像上の花で、その周りは五つの切れ込みのある円に囲まれている。

その花魁が姿を現わした。大胆にも女物の――金糸銀糸で織られた――幅広い帯を武者姿の上から腰に締め、背中には矢を負い、幾本かの矢が、まるで数条の陽ざしのように胡簶《やなぐい》から大きく突き出ていた。背丈より高い巨大な弓を身から遠ざけて突き立て、寄りかかり、勝ち誇ったように居丈高な笑みを浮かべ、なんとか自分の気を引こうとする大名を睥睨《へいげい》し、武者の姿で――その装束一式は大名に属する武将のものである！――蔑《さげす》んでいた。

花魁が遊郭の階段の最上段に登場すると、女郎や小間使いの女たちなど、青楼のすべての女たちや太鼓持ちの男や下男たちは、その美しさと大胆不敵な姿に驚き、狂喜の叫び声をあげ、羨望の眼差しで見つめた。そして、大きな丸い壺のように見える、何やら書いてある金色の提灯が、花魁の周りを華やかにあかあかと照らす中、縮み上がった楼主と度肝を抜かれた大名は、恐怖に蒼ざめ、薄暗がりに立ち竦《すく》んでいるのであった。

二

これは大隅《おおすみ》という花魁である。ある僧がこの花魁に入れあげていたが、女犯《にょぼん》の罪を犯せば、来世に極楽浄土に生まれ変われない、なんとかしてくれと女に泣きついていた。

これは、橙《だいだい》、金、緑に輝く地に緋色の牡丹の柄が鏤められた着物を身にまとった大隅である。その着物の襞の間で、女の愛欲、そして自分自身の欲望の奴隷となり果てた僧が、絡みつくように見え隠れしていた。男と女のいったいどちらが求めているのか、はたまた拒《こば》んでいるのだろうか……。

これは、何枚も高く重ねられた豪華な絹の布団の上の大隅である。布団には大小何羽もの鳥の柄が織り込まれ、刺繍されている。小間使いたちが布団の側にしゃがみ込み、火鉢の上に載せた燗鍋《かんなべ》で酒の燗をし、大隅は差し出された酒を箔蒔絵の盃で飲み、酔い、顔がほてっている。

これは、僧を虜《とりこ》にし身銭を切らせて、女との接吻と抱擁以外のことは何も望まない男にしてしまった大隅である。僧はやがて、逆巻く川に身を投げ、自ら命を絶ってしまった。そして、冷酷な輪廻転生の掟に従い、生まれ変わり、一匹の蟇《ひきがえる》となった。夜になると、蟇は跳ねながら、高い籬《まがき》の向こうにそびえる〈青楼〉へと向かった。

蟇は身をかがめて庭へ、そして、大隅の房室に続く廊下へ忍び込んだ。折しもその部屋から、大隅の新しい情人が歓楽のひとときを終え、帰るところであった。蟇は身をどんどん膨らませ、化物じみた巨蟇となった。そして部屋の敷居を跨《また》ぐと、大隅に跳びかかり――大隅の叫び声がどんなに遊郭中に響き渡ったことであろう！――復讐の炎に燃えて襲いかかり、凌辱し、扼殺《やくさつ》するのであった。その後、女の霊魂が何に輪廻転生したかはだれも知らない。だが、世間の者たちは、大隅もまた、蟇になったであろうと思っている。

三

これは薄雲という花魁である。絶世の美女で、手練手管に長けており、薄雲が格子窓に囲まれた張見世の中で――張見世には敷居があり、女たちは敷居の左側にいる。敷居の右側には客座敷があり、大きな銅の花瓶に菊の花が昔ながらの作法で活けてある――微笑んでいると、男たちのだれもが楼主に向かって薄雲を指さすのである。薄雲は紫の輝きの混じった青地に銀色の菊の花をあしらった着物を身にまとい、髪には青緑色の碧玉――あるいは翡翠――の簪や笄を光輪のように挿している。薄雲には契りを交わした男はおらず、壮健でやさしい男であれば、だれでもかまわないと思っていることは、万人の知るところであった。

薄雲は冷たく、そして美しい。常に笑っている。そもそも花魁であるから、自分よりも身分の低い遊女たちと一緒に格子窓の向こうにいる必要はないのだが、薄雲は楽しむためにいるのである。外の通りの格子窓の前で、女たちを見ようとぎらぎらした目で押し合いへし合いしている男たちを小ばかにしたり、その気がありそうな素振りをして、からかう楽しみである。というのも、楼主がその都度、あの子は値が張りますものでと言うからである。薄雲の冷淡さは見た目だけであり、巡礼者や登山者のように通ってくる男たちの熱い思いが心の奥に届けば、富士の山を照らす八月の太陽のようにあかあかと燃え上がることがあるかもしれない。

しかし、薄雲には契りを交わした男はいない。猫を飼っている。チベット高原にいる種で、大きな雄猫である。白というより黄に近い色の見事な猫で、輝く大きな緑の目をし、跳ね上がった虎髭《とらひげ》が小刻みに震えるようすは、小さな虎に見えなくもない。猫は、あたりに波打つように引いていく着物の裾に覗く薄雲の足に、ずっとまとわりついている。

薄雲のもとに通う客同士は嫉妬しあうようなことはないが、この猫には嫉妬している。薄気味悪くさえ思っている。黒と紫の絹の布団が積み重ねられた、小さくもきらびやかな薄雲の客間に入るとき、客は猫と一緒はかんべんしてもらいたいと言う。そうすると猫は、戸の向こうに居すわってうるさく鳴き、毛を逆立てて威嚇するのである。

その日、薄雲は禿《かむろ》たちを連れ、熱い湯気がもうもうとたちこめる湯殿に向かっていた。そこに、大きな包丁を手にした料理人が忍び寄り、いつものように薄雲についてきた猫の首を、湯殿の敷居のところで突然切り落とした！　だが、見よ、そのとき、忠義と恩義を物語るすさまじい出来事が起きたのである。

というのも、絶叫し、逆上する薄雲や、わめき騒ぐ女中たちを尻目に、切り落とされた猫の首が跳び上がり、湯船の踏み台のところでとぐろを巻いていた大きな蛇にいきなり喰らいついたのである！　ほとんど白い色をした蛇は、踏み台や手ぬぐいの白に紛れ、見分けがつかなかったのだ！

そして、自らの遺骸を血の海に残したまま、憤怒の形相をした首は、のたうつ蛇を嚙みちぎった。かみ殺された蛇、今や息絶えた首、そして向こうに横たわる血の海の中の遺骸を目の当たりにし、薄雲は絶望と怒りのあまり、両腕を振り上げ、浴衣が脱げても気にもとめずに遊郭を飛び出し、通りを駆け出した。長い黒髪だけを身にまとった薄雲は、髪のあいだから乳房がはみ出すのもかまわず、この恨みは必ず……と叫ぶのだった。

第十四話　屏風

諸君がこの中のものをご所望になるかどうかはさておき、居間や寝室用の屏風のいくつかをご紹介しよう。

この二羽の孔雀の図はどうであろう。見事な羽を大きく広げた――ただし、開ききってはいない――雄の孔雀が、ずっしりとした杉の幹にもたれかかるかのように見える岩の上に、誇らしげに立っている。杉の枝は両側へ水平に伸び、いかにも日本らしい美的な佇まいである。

飾り羽のない、地味な色合いの雌の孔雀は、慎ましげに夫の威風堂々とした姿の陰に隠れるようにしている。この屏風は、大広間にはぴったりで、ひときわ輝きを増し、見栄えがするであろう。

この雁の図はどうであろう。雁たちは三角形の隊列を組み、地上に降り立つところで、組みしかれた葦の群生の中にその姿が次第に消えていく。葦は、四曲一隻の屏風の三面いっぱいに描かれている。この屏風は、どちらかというと私的《プライベート》な場所に適している。

だが、諸君が寝室用の屏風をお望みであれば、この二羽の雀の図柄が一番よいであろう。雀たちはならんで寄り添い、雪の降りつもった楓の一枝にとまって眠っている。枝は、四曲の屏風の中ほどの二面の一方に突き出ており、そこには冬の朝日の淡い薔薇色に包まれた、白くやわらかな冬景色があるだけである。

　つまり、寝室の衝立《ついたて》にふさわしい落ち着いた図柄なのである。四曲のすべての面は白い、といっても、金色がかった白である。この慎ましやかな地色に必要だったのは、か細い楓の枯れ枝のある冬枯れの景色でしかなかったのだ。ジグザグに伸びた数条の枝が描かれたこの屏風は、物静かな雰囲気を醸《かも》し出してくれるであろう。

　諸君が明け方に目覚め、窓掛《カーテン》を開け、しだいに明けていく朝の部屋の佇まいの中、眠い目をこすっていると、雪景色の中に眠る二羽の雀がふと目に入る。すると、愛らしいと思う気持ちが湧いてくる。諸君はまだ毛布の温かみをほんのり感じているが、雀たちは――本物ではなく、絵師が白と薄い鈍色とやわらかな灰色で描いた雀たちである――ふわふわとした羽毛をふくらませ、寒さに震えながらそれぞれの冬着の中に身を縮めているのである。

第十五話　ニシキとミカン

一

隅田川の船頭であった父親が船の転覆事故で亡くなって、痩せ細った雀の雛のようにお腹がすいたと泣きわめく幼い三人の弟妹を抱え、母親が苦労を重ねているのを見た姉のニシキは、吉原の妓楼へ向かった。太った楼主が店の前の敷居のところで腰かけているのをよく見かける格下の妓楼であった。

ニシキという名は、娘の黒髪がまるで錦か水に濡れた絹のように美しく、艶やかであるのを自慢して父親がそう呼んでいたからである。そもそも、そんな名はこの娘のような下々の者には似つかわしくなかった。

これまでニシキが何度も見かけたとおり、楼主が敷居のところで腰かけにすわっているのが目に入った。ある午後のことだった。二、三人の仲間と話し込んでいる。ニシキは楼主を見て、〈七福神〉の〈布袋〉に似ていると思った。太鼓腹で、頼めばなんでも快く請け負ってくれそうに、人がよさそうに笑っている。また、禿《は》げあがった額には、なにかご用かねと気さくに問いかけるような皺が刻まれていた。

ニシキは自分の斑模様のつぎはぎだらけの着物を恥じた。けばけばしい色である。そんな子どもじみた色を身につけるような年齢《とし》ではなかった。もう十四歳だったのだ。格下の〈青楼〉の敷居に陣取り、扇子でみずからをあおいだり、煙管《きせる》をふかしたりしている男たちに近づいていくと、その探るようにじろじろ見る目に気圧《けお》され、ニシキは立ちすくんだ。

「なにか用かな？」と、楼主が訊いた。

連れの仲間が、はやしたて、笑った。

「いえ、なんでも」とニシキは言い、その場を立ち去った。

しかし、一時後《いっときご》――あたりは暗くなっていた――どこからともなくその場にまた戻ってきた。楼主は今度は一人で居眠りをしていた。そのうち提灯に明かりがともり、少女たちが通りと格子窓で隔てられている張見世にずらりと座って準備ができるのを待ちながら、そうして過ごすのである。

ニシキは先ほどと同じように、立ったままであった。そして、深々とお辞儀をすると、楼主が目を覚ました。

「なんの用だね？」と楼主が訊いた。

「おっ母さんは貧乏で」またお辞儀をしながら、ニシキは言った。「うちは暮らしに困っております。小さい子がまだ三人もいて、お腹がすいて泣き叫びます。年季奉公をお願いに参りました。旦那さま」

「お前がか？」と楼主が馬鹿にするように言った。

　ニシキは、深々と三度目のお辞儀をした。

「はい、旦那さま、そのとおりです。あの女の人たちのお仲間に入れてもらえないかと。年齢《とし》は十四で、まだ生娘です」

　楼主は蔑みながら不服そうになった。内心は気がすすまなかったものの、

「じゃあ、中に入って、見せてみな」と、やさしげに言った。

　ニシキは、楼主の後について、まだだれもいない張見世や真っ赤な牡丹の花が花瓶に生けてある床の間の前を通った。奥の方には小さな池のある狭い庭があった。ここは所詮、格下の妓楼でしかなかった。

　楼主は、半ば蔑みつつも半ば上機嫌になりニシキを振り返って、帳場にしている楼主の部屋に押し入れた。丸い玉がついた算盤《そろばん》が置いてある漆塗りの文机の上のほうには、小さな仏像が瞑想するように鎮座していた。

「じゃあ、着物を脱いで、見せてみな」と楼主が、半ば侮蔑をこめ、半ば上機嫌な様子で言った。

ニシキは、つぎはぎだらけの着物の襟を開いた。そして、さっと脱ぎ捨てて裸になった。痩せぎすな娘で、胸のふくらみはほとんどなかった。まっすぐな腰の線は男の子のようで、腕は痩せ細り、手足は大きかった。

　ニシキは、気丈にもその子どもらしい黒い瞳で楼主の目をまっすぐ見ていた。どうしても年季奉公をしたかったのである。二年か三年。

　楼主は腹を抱えて大声で笑い始めた。

「なんと不細工で貧相なのだ！　胸なんかぺっちゃんこじゃないか！　むしり取られた鶏の雛みた

いだぞ！　あっはっは、がっはっは、ひっひっひっ、おまえみたいなのは、どうしようもないわ！」ニシキは侮辱され、縮み上がったが、髪をとめていた一本だけの髪留めをさっと抜いた。髪は、絹の水が流れ落ちるように、痩せ細った膝にまで、ニシキの周りをするするとすべり落ちた。「ほおー、ほっ、ほっ」楼主はまだ半分腹を抱えて笑ってはいたが、いくらか機嫌をよくして言った。「ふん、ふん、なるほど、きれいな髪をしてるな。で、不細工なの、名はなんという？」

「ニシキと申します」と娘が答えた。

楼主は喉の奥から奇声を発し、また腹を抱えて笑い始めた。

「なんと大層な名だ、がっはっは、ひっひっひっ」ぷっと吹き出したり、声を張りあげたり、ひきつったような声を出したりする楼主。「おまえのお父つぁんは、お殿さまだとでも思ってたのかね！」

楼主は、笑いすぎて着物の中でひくひくしている太鼓腹の脇を片手で押さえ、これはたまらぬとばかりに、もう一方の手で扇子を開け閉めしていた。ニシキはそれには応ぜず、解いた髪をマントのように体の前に広げて、まるで黒玉の輝きが溶け出したように、子どもながらに満面に笑みを浮かべて楼主に送るのであった。

楼主は口の中でなにかぶつぶつと呟《つぶや》くと真顔になり、ふたたび笑って、上機嫌になった。

「よかろう、おまえさんを雇ってやる」楼主は言った。「三年か四年な。証文を作らにゃならん。お上がうるさいのでな。そうだ、おまえは、前借りがしたかろうな」

「あ、はい」ニシキは言った。「おたのもうします、旦那さま」

「着物を着な」と楼主は言い、文机の前にすわった。「印鑑を持ってるかい？」

「印鑑？」とニシキは聞き返した。

「判子《はんこ》のことじゃよ」と楼主は、機嫌をとるように言った。「持ってないのかい？　じゃあ、こっちで用意しよう。ニシキという判子があるはずだ」

そう言って娘のほうを振り返ったが、娘にはなんのことかよくわからなかった。

「商売は商売だからな」と楼主は真顔になったかと思うと、上機嫌になって言った。「証文はちゃんとしてなくちゃならんからな。ちゃんとこしらえて、ニシキという判子も見つけてやるよ。字は読めるのかい？」

「少しだけなら、旦那さま」

「そうかい、そうかい、ちょっと待ってな」

ニシキが髪をまた結い上げている間に、楼主は、細長い紙いっぱいに文字を書き連ねていた。文字は、まるで幾多の蜘蛛が這いまわっているようであった。楼主はそれから、引き出しを開け、なにかを探していた。

「やっぱり！」楼主は叫んだ。「思ったとおりだ！　ニシキという判子があると思ったさ。娘御《むすめご》、ほら、これだよ。わしが押そうか？　いやいや、ひっひっひっ、そりゃあだめだ。おまえさんが押しな。ほら、ここだよ。そう、いい子だ。それから、これは前渡しのお金だ。八円と五十銭。もっと欲しいのか？　おまえさん、時は金なりだぞ。まずはしっかり稼いでもらわにゃ。そうしたらこちらにもそれなりの考えがあるんだからな。よしよし、そのお金を持っておっ母さんのところへ行きな。いやまて、もう三円やろう。だめだめ、それ以上は。さあ、すぐに行きな。戻ってくるな？　まさか、持ち逃げなんてしないだろうな？　十一円と五十銭。すぐに戻ってくるんだぞ。おまえさんは湯に入らにゃならんからな。なにか臭うぞ、ぷん、ぷん、ひく、ひく、くん、くん……そう、貧乏人の臭いだ。まず、それを落とさにゃならん」

楼主は、嫌な臭いを嗅いだかのようにぷうと息を吐き出した。使用人が提灯に明かりをともすのが、ニシキには見えた。それから、もの憂げに体をゆすりながら女が二、三人、階段から降りてくるのも見えた。女たちは笑っていた……きっと自分のことを見て笑っているのだと思ったニシキは、逃げるようにその場から駆け出した。男の子のような足取りで、十一円と五十銭をしっかりと手に握りしめて。

二

ニシキは〈青楼〉で――その晩に妓楼に戻り、湯浴《ゆあ》みをさせられ、着物をあてがわれた――花魁つきの禿として見習いを始めた。ここには花魁が――この格下の妓楼に勤める最高級の遊女が――三人いた。

ニシキがつき人となった花魁は――聖なる輿という意味の――ミコシという名前であった。両親は、自分たちの娘がまさか苦界に身を沈めるとは夢にも思わずに名づけたのだ。しかし、ミコシは、お神輿《みこし》には神聖なものが入っているけれど、わたしの神輿には俗世の秘密といっしょに、他の人が考えるありとあらゆるものに比べて、とても神聖とはいえないものが入っているんだわ、と冗談半分に思うのだった。

ミコシは意地悪な女であった。自分が格上の妓楼の花魁になれなかったことを残念に思っていた。そして、つき人の禿たち二人をいじめた。禿はニシキのほかにもう一人いて、年上だった。ミコシは二人に悪態をつき、長い針で突いたり、湯船の熱いお湯をさも間違えたかのように二人の足にかけたりした。二人は叫び声をあげて跳び上がり、やけどを負った。

もう一人の禿は、見習い期間二年で突然姿を消した……ほんの短い間であったが、妓楼内では、ミコシの通い客でうしろ盾でもあった老年の男と逃げたという噂だった。楼主は、花魁のつき人をする代わりの禿をすぐには見つけられず、ニシキはその分忙しくなり、苦労が絶えなかった。

だが、やがて、ある若い侍がミコシを見初め——ミコシは確かに美しく、手練手管にも長けていた——、毎晩通ってくるようになった。ミコシは、若く裕福な情人を得たことで満ち足りた日々を送り、次第にやさしく振る舞うようになった。たった一人の禿のニシキに対しても。

「よくお聞き」とミコシが言った。「見習いを始めてもう一年になるけれど、おまえはまだ初心《うぶ》で、子どもだよ。いいかい、男というものは獣だからね、飼いならさなきゃいけないんだよ。暴れる野獣を、熱い鉄の棒や鞭で手なずけるようにね。どうやるか教えてあげるからね」

ミコシは男を手なずける方法を微に入り細をうがって、ニシキに伝授するのだった。

ニシキはもう生娘ではなかったが、店で客をとることはあまりなかった。だが、ニシキは遠からず新造になるはずであった。禿と花魁との間の位で、遊女の仲間入りをするのである。ニシキは、花魁——そして、当時の日本の習慣では、既婚婦人——のように、まだお歯黒をしてはいなかった。子どもにすぎないとはいっても、男たちのことはすでに知っていた。男たちは、ミコシが教えてくれたとおり、獣であった。

ある晩、ミコシが通りと格子窓で隔てられた張見世に出るというので、ニシキはミコシのうしろについていった。そこでは提灯の明かりに照らされた女たちが思い思いにふるまっており、男たちが外に群がっていた。女の一人は本を読む振りをしていた。客の中には、ちいさな房室の中で遊女が、たとえば、漢詩について話したりするのを好む男たちもいるからである。

またある女は、男たちに流し目を使い、あまり品がいいとは言えないが、もう一人の女とくすくす笑っている。男たちは、この展示品にも似た女を一時借り受けるか一晩借り受けるか品定めしながら、女が流し目を使い、くすくす笑い、気を引こうとするのを見ている。

つつましげに目をふせている女もいる。悲し気に、あるいはもの憂げにしているのはその場にふさわしくないので、ニシキは姉女郎のミコシのうしろで、しかたなく小さな笑みを浮かべていた。幼子たちを抱え、今も生活苦にあえぐ母親に大した仕送りもできずに、ニシキの人生は散々であったにもかかわらず。

ニシキ自身は、食事に不自由することもなく、美しく、ふくよかになっていった。そして時折り、格子窓にところ狭しと群がった男たちの視線が姉女郎の——居丈高にあでやかに、柑子色《こうじいろ》の絹地に冬景色を刺繍した着物を身にまとい、妓楼一の花魁だとはいえ、格下の妓楼に埋もれている自分を無念に思い、なげやりな表情でいる——ミコシをすり抜け、自分に向けられているのを感じた。まだ名もなき、将来の新造に。

一年の月日が流れた。ある若い男がいた。ニシキを指名することはほとんどなく、もっぱらある一人の年配の女に入れ込んでいた。それでも、ニシキはつかの間の儚《はかな》い恋を、そして、その恋がもたらす苦しみと辛さを十分味わっていた。ニシキは沈みがちで、病気がちであった。また、若い侍に見限られたミコシはニシキをののしり、尖った簪で突き刺すのだった。

母親と弟妹たちは相変わらず貧困にあえぎ、自分自身も年若い禿や新造好みの老人に病をうつされ、楼主にそれを悟られまいとしていたころ、ニシキはみずからの命を絶とうと思った。

三

だが、若き者は、どんなに惨めでもやはり生きたいと思うものである。病をかかえた娘、新造になる――病が癒えてからであるが――はずの禿、その娘は惨めな生にしがみついている。そもそも、自ら命を絶つのは忌むべきことである。仏陀もそう望んでおられない。そして、無量光仏の阿弥陀であれ、子どもや疲れた人たちの味方のやさしい地蔵菩薩であれ、千本の慈悲の手で心を癒してくれる慈母のような観音菩薩であれ、菩薩たちは惨めな者たちを見守り、救いの手を差し伸べてくれるかもしれない。

それに、惨めな日々の中にも時には素晴らしい一日がある。陽が輝き、花の香りが漂い、絶望のどん底にいる者に魔法をかけてくれる一日が。それでニシキは決めかねていた。二、三里先にある高い岩の上から、下の急流に身を投げようかどうかと。

少しの空いた時間に、なんとか稼いだいくばくかのお金を母親のところに届けに行った折には、川の近くにある寺に迷い込むこともあった。大きな寺院である。そこにある小さめの阿弥陀堂の中にもときどき入った。阿弥陀は偉大な仏であるが、解脱《げだつ》を終え威厳に包まれた仏陀にはやはり及ばない。仏陀は、涅槃の高々と伸びた蓮の花の間に、もう長らくまどろんでいるのである。

そしてもはや、絶望のどん底にいる者たちのことは顧みない。まあ、そうはいっても、仏陀は何世紀もの間、散々そうしてきたのだ。そろそろ休んでもよいではないか。だが、無量光仏の阿弥陀は違う。西方から東方へと輝き渡る存在にもかかわらず、絶望のどん底にいる者、惨めな思いをしている者、病に苦しむ者を忘れることはない。すべての人を浄土に迎え入れるまで、涅槃のことなど見向きもしないのである。

この寺や川の近くで、ニシキはミカンに出会った。ミカンというのは、生まれたときに、両親がつけた名前である。ミカンは、僧侶になること、阿弥陀に帰依することが自分の使命であると思っていた。とはいえ、ミカンを幼いころから知っていた寺の長老は、容赦なくミカンに厳しい試練を課した。

得度を受ける前には、境内の片隅にある僧房の前で昼夜を分かたず、座禅をせねばならなかった。雨の日も雪の日も、ぬかるみの中で。着るものも食べるものも、ほとんど与えられなかった。だが、まだ若く強靭な体を持っていたミカンは、病に倒れることもなく、その試練に耐えた。長老はついに僧門に入ることを許し、ミカンは今や僧侶となっていた。

それでも、長老はこの若い僧侶を常にたしなめるのだった。おまえのその使命感はよいとして、おまえの中にはまだ煩悩《ぼんのう》に囚われた罪深い若者が棲《す》もうておると。ミカンは飲み食いを好み、女を好んだ。必要以上に食べた——真の隠者は、三日に一度、米一粒を食せば事足りたのではなかったか？　ミカンが酒を飲んだり、婦女や娘を好色な目つきで見たりするのを長老は知っていた。そこで、金色の阿弥陀像に向かい、三時間、その都度頭を下げながら、南無阿弥陀仏と念仏を唱えるよう、ミカンに命じた。

ミカンは、三時間ずっと念仏を唱え続けた。それからもう三時間、自ら進んで唱えた。だが、それが終わると、ひもじさと寒さのあまり、米飯と鶏を食べ、酒を一杯飲んだ。ミカンは茶屋の縁台に腰かけ、店の女の子たちがミカンをからかいながら給仕していた。それを長老に見られてしまったのである。

　長老はミカンを叱りつけた。おまえには真の使命などない。阿弥陀様に帰依するなど、たわごとにすぎぬ。ましてや、寂滅の地に赴き、仏陀様ご自身を拝顔するなど、到底かなわぬことじゃと。

長老様のおっしゃる通りだ、この使命感は本物ではなかったのだ、とミカンは思った。自分が食べてしまった鶏はいつかは仏になる身だったのだと。仏陀ご自身もかつて鶉《うずら》の姿ではなかったか？だから、償いをせねばならない。だがどうすればいいのか、ミカンにはわからなかった。

　ミカンは途方に暮れ――とりわけ、ミカンはそれでも仏陀を慕い、阿弥陀を崇敬し、まるで天の声のような、これがおまえの使命だという声を確かに耳にしていたからである。その声は、この地上や寺の中で、もうそれ以上考えることもできない、夢見ることもできない高みに昇れと、ミカンに幾度も幾度も言うのであった――、川辺をさまよっていた。そうして、同じく途方に暮れ、さまよい歩いていたニシキに出会った。

四

　二人はそこで言葉を交わすようになる。なぜなら、二人の悲しげな目が出会ったから、二人が十九と十五という年齢であったからである。そして、二人はこの川辺で孤独に震え、心は孤独に蝕まれていたからである。通りすがりに視線を交わしたとき、二人は半ば顔を向け合い、微笑み合った。いとも悲しそうに。そして一目で、一瞬の微笑みで、二つの魂はお互いの絆を認め合うのだ。特にニシキの孤独な心は。ニシキが通り過ぎようとしたとき、ミカンが声をかけた。

「ちょっと待ってくれないか。どうして川辺をうろついているんだ？」

ニシキは、自分は妓楼のミコシに仕える禿であること、名前や年齢、もうすぐ新造になること、少し病気だが医者は大したものではないと言っていることを話した。

そしてミカンは、自分は向こうのお寺の一番若い僧であること、出家する前の名――ミカン、それはオレンジ色の林檎《りんご》のような実である――や年齢、お寺の長老の怒りを買ったことを話した。そして鶏を食べてしまったこと、仏陀ご自身も鶉だったし、生きとし生けるものは仏になれるかもしれないから、それはいけないことなのだと語った。

そのように二人は知り合った。互いの名を知り、互いの手をとり、互いを愛《いと》おしく思った。二人は若く、見た目も好ましかったから。男は若く、たくましく、娘は錦のような美しい黒髪をしていた。少し病気らしいが、医者が言うように大したことがないのならば、それでよかった。

そこでミカンは、その晩妓楼に行くと言った。

五

その晩、ミカンはニシキを〈青楼〉に訪ね、揚げ代を払った。毎晩ニシキを訪ねたかったが――ニシキが好きで、力になってやりたかった――その金はなかった。一介の貧しく若い僧侶でしかなかったからだ。阿弥陀仏は、自分に帰依した一切衆生に西方あるいは東方にある黄金にも等しい浄土を約束してくれるが、この現世では黄金はおろか、一銭の金も恵んでくれないのである。

ニシキはそのことをミコシに話した。ミコシは、そのときばかりは親身になり、ミカンが隙を見て裏門から忍び込むことができれば、ミコシの部屋を逢瀬に使ってもよいと言った。ミコシの部屋は、ニシキの小部屋に比べ、人目につかない場所にあったからである。

そして若い僧と娘は逢瀬を重ね、この世の苦しみのうちにありつつも、互いを大きな愛で慰め合った。二人は長い間抱き合ったまま、もはや接吻をすることもなく、たった一つの行灯《あんどん》しかない薄暗がりの中で、顔をぴったりと寄せ合い、じっとしていた。二人の目は、互いの顔の向こうを見つめていた。夢見るようにはるか遠くを、未来を見通そうとするかのように。まるで、二人を待っている幸せがあるかもしれないとでもいうように……。

しばらくして、ミコシの笑い声が近づいてくるのが聞こえると、二人ははっと跳ね起き、ミカンはさっと部屋を抜け出して、ニシキはすり切れた錦の座布団を整えて差し出し、ミコシの前に額《ぬか》ずいた。通い客を連れて部屋に入ったミコシは、布団の準備ができていないとニシキを罵《ののし》り、簪で突き刺した。

ミカンもまた体調を崩し、しかし医者は大した病気ではないと言っていたころのことである。長老は、寺の僧侶たちから、ミカンが毎晩のように〈青楼〉の周りをうろつき、幾度となく中に忍び込んでいることを聞いた。

それを知った長老は、ミカンを僧房から、寺から追放した。ミカンはその夜、ミコシの部屋でほんの少しの間二人きりになれたときに、それをニシキに告げた。そして、ニシキのことはこの上なく愛しいけれども、とても辛いと言った。あれ以来鶏肉などずっと食べておらず、心やさしい阿弥陀さまを崇敬し続けてきたし、仏陀さまのことも、最高位の御仏として、遠くから一条の光を拝むように、もうこれ以上はできないほど崇《あが》め奉ってきたつもりだったのにと。

わたしも辛いとニシキが言った。新造になったらほどなく〈青楼〉を出ることができると思っていたのに、三年だけ奉公すれば済むと思っていたのにと。でも、楼主は十年だと言って、証文を見せつけ、読めるかいと言って、〈ニシキ〉という文字の判子を取り出して見せたのだ。

ニシキによると、楼主の物言いは穏やかで機嫌がよかったらしいが、それでもニシキは辛かった。

ミコシがその証文を読み、三年ではなく十年と書いてあると教えてくれたからである。

そして、ミカンとニシキはずっと静かに抱き合っていたが、二人同時に——まだ年若いとはいえ、二人はこの地上に苦しみの魂を持つ同じ境遇だったから——互いの耳に何かをささやいた。そしてミコシが、通い客と一時を過ごすため、笑いながら近づいてくるのを耳にすると、二人は〈青楼〉をそっと抜け出した。

外は冬の寒さであった。雪が家々の上に、寺の塔に、柳の枝に、川を覆うようにそびえる岩々に積もっていた。だが、この凍てつく寒さも川を凍らせることはできなかった。ただ、唐檜《とうひ》の木々には氷柱《つらら》が下がり、雪の積もった岩からは水が流れ落ちていた。

あたりは暗く、その夕闇の中に白一色の光景が——むこうには白い山、あちらには白い町——ゆらゆらと浮かんでいた。ミカンとニシキは、しっかりと抱き合い、すでに行先を知っているかのように急ぎ足で進んでいった。川を見下ろす一番大きな平たい岩の上で二人はしばらく息をついた。そして、ミカンが腰に巻きつけていた縄をほどいた。鳥居や神社にかかっているような神聖な縄である。

「ちょっと待って」ミカンが縄を自分に結ぼうとしているのを見て、ニシキが言った。ニシキは、もう一つ上の岩に地蔵像があるのに気づいていた。自然石から彫り出した像である。ニシキは重そうな石を探すと手に取り、にっこり笑いかけながら愛しい人に見せた。

ミカンはわかったとうなずき、ニシキと同じように重そうな石を探した。そして、二人はその岩へよじ登っていった。ミカンがニシキの手をとり、岩の上に引き上げたとき、ニシキの髪ははらりとほどけ、白い夕闇の中、黒い錦の外套《マント》がニシキを覆うように包んだ。

岩に登ると、二人は地蔵像に向かって深々と頭《こうべ》を垂れた。地蔵菩薩はやさしい仏で、子どもたちや、この世の悲惨の中でもがき苦しむ人たちすべてを慈しんでくれる。その地蔵が、全身を覆った綿毛のような雪の中から二人に向かい、にっこりと微笑んだ。ニシキとミカンは、地蔵像の膝元に二人同時に石を載せた。その石は、地蔵菩薩に自分たちの現世の苦しみをすべて引き受けてもらうためであった。そうすれば、苦しみから解き放たれ、願わくは罪業もなく、彼岸へ赴くことができるのである。そんなことはありえないと、信心の奥の奥に潜むものなどないと、だれに言えるであろうか。

ミカンは自分の体に縄でニシキをくくりつけた。ミカンのほうが背が高いので、ニシキを抱き上げ、しっかりと縛って腕に抱きかかえた。そして、ニシキを抱えたまま、二歩、三歩、岩の先端へと向かった。その先は奈落であった。

川の流れが見えた。冬でも流れは速い。ミカンは、ためらいもなく跳んだ。ニシキはうっとりと笑みを浮かべて目を閉じていた。まるで愛の悦《よろこ》びの最高の瞬間を、この世であれ、あの世であれ迎えたときのように。

激流は、氷のように冷たくはあったが、腕を惜しげもなく広げ、二人を受け止めた。そして、波に呑み込んで連れ去った。

次の日、二人の遺体が発見された。二人の遺体は晒し者にされた——お上のお達しなのだ——心中の罪の重さと酷《むご》さを人々に知らしめるためである。

だれもがしたくない仕事をする者たちが二人を埋葬し、その夜、彼らは吉原で二人のことを歌うのであった。哀切に満ちた曲を、一人の僧と一人の遊女が死を選んだ悲しい物語《バラード》の歌を。
人々は静まり返り、青ざめて聞いていた。花魁たちも、青楼の障子窓を開け、身を震わせて聞いていた。ミコシもじっと聞き入っていた。楼主は怒り、ミコシに窓を閉めさせると、証文破りめ大損をしたと、ぶつくさ不満をたれた。

六

しかし地蔵菩薩は、二人のこの世の苦しみを、二人のあらゆる罪業をも、一身に引き受けてくれていた。観音菩薩は、碧玉の壺から無上の塗香《ずこう》を取り出し、天界へと昇る二人の魂に幾本もの手で塗った。天女たちが裳裾をひるがえして二人を出迎え、天上の琵琶がいまだ耳にしたこともない妙なる調べや響きで二人を導く中、東から西へと渡る阿弥陀如来がその浄土の扉を開くと、二人は金色に輝く雲にのり、中へと入っていくのだった。

第十六話　歌麿の浮世絵

『青楼絵抄年中行事』下之巻より

蒸し暑い夏の夜、青楼の二階桟敷《さじき》や川面に揺れる小舟の上で生を謳歌する光景のなんと美しいこと！　あたりは銀色の月光に包まれ、夢の世界のように見える。すべては幻影の世界だが、客たちも女たちも、夢見心地で抱き合い、青い水晶《クリスタル》のような筋がただよう空を見上げて、だれもが幸せそうである。

この澄みきった静けさに包まれた幸せの中ではだれもが詩人や歌人になる、そんな、この世のものとは思えない夏の夜の恋の光景である。この夜、月は銀の光に満ちあふれ、その光は空や山や川に広がり、屋根という屋根から、屋形船の舳先《へさき》からしたたるように落ちていく。船では、着飾った女たちが、緑と黄の珊瑚の簪や笄を、光輪のように髪に挿し、恋の病の青白い面差しで女神のように佇んでいる。

すべては、美と幸福と愛の世界である。貧困や病はもとよりここにはない。罪業もない。災厄や悲惨や苦悩という言葉すら存在しない。悪霊、魔物という文字さえ存在しない。それらすべては、満ち満ちた月の光と目くるめく幸せの中でかき消されているのである。

船には白い牡丹の花が山のように積まれ、幽《かす》かな香りが漂っている。あまりにも幽かで、花の香りには思えない。女たちが幽かな声で歌っている。あまりにも幽かで、歌声だとは思えない。男たちが三味線や琵琶で幽かに伴奏している。あまりにも幽かで、弦を爪弾く音だとは思えない。岸辺からは笛の音が幾度も幽かに聞こえてくる。あまりにも幽かで、はるか遠くの噴水の水がしたたり落ちているかのようだ。

すべては、月の光——苦悩や悲惨などこれっぽっちも存在しえないほどに、あふれかえっている——の中の幻影だとしても、優雅な男たちとあでやかな女たち、この地上の人たちの愛の光景は、なんと美しいのだろう！　そして、そこに憂愁《メランコリー》の翳りはないのだろうか？　その憂愁も美しくはないのだろうか？　憂愁は今宵のやさしい銀色の幸せが落とす、ただの青い影にすぎないのだろうか？

『青楼絵抄年中行事』の中に登場する高級遊女の一人、雲井が歌う。

「独りきりの夜であれば、この銀の光の月の夜に蒼き物思いもするけれど、惚れたお方といっしょなら……主《ぬし》はこうして腕の中……心はうれしく輝いて、歓喜の声も漏れようというもの！」

そして、吾妻の歌。

「この悦びは、いつわりの輝き、銀色のいつわりの輝き。そのいつわりの輝きの中で、わたしのきれいな体は夢見心地よ。この夢も体の抜け殻もいつか空に舞い上がり、いつか浄土であの人のもの！」

そして、亀菊。

「月よ、輝きよ、もどって来ておくれ。墨田の川に映っておくれ。月を隠す雲を連れて、やがてこの身に訪れる、秋のことなど考えなくていいように。今は夏、白銀の夏の夜。小舟が白と黒の花菖蒲の中を行く。わたしの肌のように白く、髪のように黒い花の中を……」

そして、都《みやこ》。

「わたしは、ああ、黄金のために身を売るただの遊び女よ。だけど、今宵の月は、わたしを銀色に包み、慰めてくれる。わたしは月の光をいっぱいに盛った白い器。黄金の山を盛られても、この銀だけは渡さない！」

そして、宮城野。

「もう行くの？　わたしの腕を離れて。もう少しいてよ、いてよ！……ねえ、みんな聞いてよ。あの人は行き、向こうの影に消えていくの。思い出だけで幸せかしら。ほかのだれかの腕が、わたしを抱きしめるなんて、もうないかしら。見て見て、もうだれかの腕につかまえられる！」

五十人いる歌人たちの歌のいくつかの例である。世にも不思議なこの一夜に歌う五十人は、その美貌と愛情の深さと秀でた歌で、名高い女たちであった。船が水面をすべり行き、青楼から何人もの遊女たちが下を眺めている夜である。その遊女たちの優美な姿が影絵のように動いていた。

このひとときには、悲惨も苦悩も災厄もなく、あたりを覆いつくす銀色の流れ、その光の洪水の中、豪華な着物をまとった優美な姿の奥に、幽かに青い憂愁が潜んでいるだけだった。

第十七話　吉凶のおみくじ

〈青銅馬の神社〉の高台から見下ろすと、長崎の町は山と海の間に大きく広がっている。ある夏の一日、幾人《いくたり》もの参拝客が、歩を進めるたびに音楽を奏でるように下駄を鳴らし、曲がりくねった長い坂道を登っている。眼下に広がる光景が次々と変わるたびに、何度も歓呼の声をあげながら、巨大な檜《ひのき》の木が並ぶ中を抜けていく。

この長い坂道は、町から神域へと続き、そこに鳥居が立っている。青銅製の大鳥居である。弓なりになった二本の柱が空に浮かぶ笠木を支え、笠木はその上の夏空を支えているかのようである。その向こうにある諏訪神社——青銅の馬はそこに立ち、神々の使者がいつの日か雷鳴と稲光とともに降りてくるのを待ち受けている——その社務所に烏帽子《えぼし》をかぶった神主がいる。どこか夢でも見ているかのような気のぬけた顔で、吉凶を占うおみくじを売っている。賽銭を払い、がらがらと抽選器を回すと、運勢の書かれた長い巻紙のおみくじが一つ、ぽとりと手のひらに落ちてくる。

二人の少女——〈モモ〉と〈スイカ〉という名である。赤い葉をした黄色い花と薄い青色の林檎とが雑然と入り乱れた、これ以上ないほどの斑模様の着物、つまりは安物の木綿の着物を着ている

――が、それぞれ、吉凶を占う抽選器をがらがらと回している。そして、手に落ちてきたおみくじを、少女らしくくすくす笑いながら開ける。

モモが歓声をあげる。

「スイカちゃん、わたしの、大吉！　ほら、見て見て」

モモは、指で文字をなぞるように読んでいく。

「空に一点の曇りなき望月の夜なり」

「此神籤《このみくじ》の人は、順風満帆、福運来《きた》る。さりとて、常日ごろ、万事に気配りし、注意、怠《おこた》るべからず。去らずは、危うし」

「運気　よし」

「願い事　難関あれど、かなう」

「疾病《やまい》　かかれども、なおる」

「婚姻　すこぶるよし」

「旅　よし。つつがなく成就す」

「待人《まちびと》　おそらく、来らず。されど、ほどなく、たよりあり」

「失物《うせもの》　北と西をさがすべし」

「方角　東南の間」

「ええっ！」スイカが叫んだ。「モモちゃん、すごいすごい、いいことずくめ！」

「スイカちゃんのは、どう？」

「えっ、えっ、そんな！」と、スイカが悲嘆の声をあげる。

「ばかねえ、いったいどうしたのよ？」

「わたしは凶！」と、スイカが叫ぶ。

　スイカが読みあげる。

「雷雨黒雲、行く手は暗し」

「人生の岐路に苦難災厄あり。防ぎがたし」

「万事、凶運。望みかなわず。重き病に早死にす」

「女子は、嫡男産むことかなわず。男子も、嫡男つくることあたわず」

「旅に出るべからず。必ずや災難に遭うべし」

「怨憎会苦《おんぞうえく》の試練、免れず。天のお告げ、あることなし」

「貴重な失せ物、見つくることあたわず」

「西から東へ凶風吹き荒れ、汝《な》が人生、枯れて吹き飛ぶ葉の如き定めなり」

「ええ！」と、二人は顔を見合わせ、びっくりして叫んだ。

「ひどい！」と、モモが青ざめ、目を丸くして言った。

「心配しないで！」とスイカが気を取り直して言った。「だいじょうぶ、なんてことない。このおみくじ、ここにある木蓮の枝に結ぶから」

　スイカは、下駄でつま先立ち、背伸びをして、何百もの花を見事に咲かせている木蓮の枝に凶のおみくじをしっかりと結んだ。

「あ、そうだよね！」とモモが顔を輝かせ、その小さな手で拍手をした。頬には赤みがさしてきた。

「そうしたら、南の風がすぐにでも吹いて、悪運を吹き飛ばしてくれるわ。そして、代わりに福運に替えてくれる。幸運は、いつも東から吹く風が運んでくれる」

二人はまた嬉しそうにくすくすと笑い合い、下駄の音を響かせながら階段を降りて、天空を支える青銅の鳥居を通り抜けていった。無数の凶のおみくじが、そればかりではなく、ありとあらゆるおみくじが、そこかしこの灌木の枝に結んである。おみくじを引いた人が結んだのである。風が幸運をもたらしてくれるようにと。

第十八話　源平

ここに何枚かの武者絵がある。叙事詩に登場するような英雄、豪傑たちが描かれ、ロマンに満ちている。これは平氏の棟梁、清盛である。手のつけられない暴君であり、十二世紀の日本史の重要人物である。この絵の清盛は、金地の黒糸縅《くろいとおどし》の鎧に身を固め、鍬形のついた金と黒の兜をかぶり、恐ろし気に眉を顰《ひそ》めている。口髭の下の唇は残忍そうで、緑の大きな目が、獅子の如くぎらぎらと輝いている。

怒りに燃え、仁王立ちになり、金色の大袖が黒い着物の袖を大きく覆っている。金色の草摺《くさずり》の合間には幅広の黒い袴が見え、巨大な大小二本の太刀を腿のあたりに横に構えている。胡簶《やなぐい》を斜《はす》かいに背負った姿は、背の矢軸の羽根の束が広げた翼のようでも、ぴんと立った尾のようでもあり、奇怪な猛禽類を思わせる。

清盛のうしろにいる女たちは、優美に、恥じらいがちに、意匠を凝《こ》らした日本の宮廷ふうの衣装に身を包んで裾を大きく広げて、黒髪の下に白い琺瑯のような顔を見せ、前面を覆いつくすほどの巨大な清盛の陰に隠れるようにすわっている。女たちは清盛の愛人とその姉妹で、宮廷にあふれんばかりである。女たちは、小さな子どもたちを帝にすべく育て、殺害と陰謀の果てに、今もずっと清盛の意のまま、気の弱い親王たちを帝位につけて、名ばかりの天下を治めさせている〔訳註：清盛は時の帝に娘を嫁がせ、生まれた男の子を帝位につけて、圧倒的な権力を誇っていた〕。女たちの姿は、宮廷の杉の柱の中に白い椿の花が入り乱れて咲いているようである。

だが、そんな子どもたちや女たちの姿も銀色の靄《もや》に包まれ、輪郭のない姿になっていく。ただ、黒と金色の暴君の姿だけが前面に大きく浮き出て見え、その背後は、すべて影、うつろな影のようである。

清盛は都を京都から福原へ遷《うつ》す。この何枚かの絵には、侍や仕丁《しちょう》たち、それに廷臣や女官たち、内親王やそのつき人たちが列をなして進んで行く様子が描かれている。どれも、色彩あふれる十二世紀の日本の一大絵巻である。

宮廷の輿が通り過ぎていく。お供の者は、赤と黄色の狩衣《かりぎぬ》を白い指貫《さしぬき》の上にまとっている。衣服には主家の丸い家紋が鏤められている。頭に被った烏帽子が結い上げた髪の上で踊るように揺れている。網代輿の周りを囲む、弓矢を持った武官たちは、緑の狩衣に銀に輝く指貫の姿で、逞しいふくらはぎを見せ、深沓《ふかぐつ》をはいた足を踏ん張って立っている。口髭をはやし、気難しそうな表情である。頭に黒い冠をかぶり、その老懸《おいかけ》は蝶の羽のようだ。羽軸は円を描いて背中から突き出し、矢が光輪のように広がっている。

さて、清盛の権勢欲に公家たちも嫌気がさし、民も圧政を憎むようになった。すると、源義朝が清盛の前に立ちはだかり、後の源氏の台頭を用意する役目を果たした。清盛の身振り手振りは魔物のようであるのに、義朝の顔は仏のようである。鎧や服も清盛の黒と金と違い、輝く夏空のような青と金である。そして、その二人の間に、義朝が寵愛した美しい女、常盤御前《ときわごぜん》がいる。常盤は、子の牛若、のちの大英雄である義経の命乞いをするため、清盛の意に従うのである。

かなり脚色されたロマン的な絵図である。画面いっぱいに描かれ、衣の襞を大きく波打たせた姿、熱情や激情を鏡のように映し出す表情、まるで動く言葉、動かされる言葉のような両者の身振り手振り。これらは、先の中世の行列の場面にも当てはまり、この両名、否、三名が主人公であるならば、なおさらである。すべてはオペラのようであり、甘美なメロドラマのようであり、演出過剰の叙事詩のようである。

そして、さらに胸に迫るこの絵……。それから年月が経ち、病気だか、毒を盛られたか、策略にはめられたか、暗殺だかで、暴君の清盛が亡くなる。清盛は錦で包んだ大きな枕の上で、断末魔の形相をし、まるで悪霊にとり憑《つ》かれたかのように身をよじり、うねらせている。そして、それは平家の没落を意味する。やがて源氏はうち勝つのだ。

その勝利は、一の谷の戦いのあと、決定的となる。平家軍は総崩れとなり、馬に鞭をあてて敗走する。馬たちはたてがみと尾を荒々しく、また優美に振り乱し、目をむき、頭を反らし、疾駆する。大混乱、退却、敗北、破滅。見よ、高く、傾いて揺れるいくつもの幟旗《のぼりばた》を。二重の日傘のようにも、日除けのパゴダ傘のようにも見える。その長くどっしりとした旗先の筆で、曇天の空に自分たちの命運を書き表わしているかのようである。

源氏の軍が平家を追っている。長い長い槍を横に構え、まるで槍騎兵たちが突撃し、威嚇し、襲いかかるように。背後には、石垣の上に建つ城や櫓《やぐら》が見える……観光客は今でも――たとえば小田原で――見ることができる……そして、向こうのほうの水路や川、海はといえば、今の神戸である。

そこを、そこを目指し、平家は敗走する。それを源氏が追走する。

日本史上に名高いこの戦《いくさ》は、下には大地が広がり、空には厚い雲が乱れて飛び交う中で繰り広げられている。一団の軍の合間で、松の木々が、大地に根を生る木々が、今まさに眼前で起きている光景に……源氏が平家を追いつめる……心動かされたかのように、突如、身を高々とよじらせ、枝をくねらせている。

そして、そこに見える海も、白い波頭をうねらせて心を揺さぶられている。波打ち際で繰り広げられる凄惨きわまりない光景を目の当たりにし、海もどうして平静でいられよう。わたしが見ている絵では、海は大きく波打ち、泡立ち、逆巻いている。絵に描かれた人たちの胸中同然に。

波にもまれ、平家側の何艘もの船が上へ下へと激しく揺れている。重たげで大きな帆をかかげた豪壮な唐船《からぶね》である。帆には平氏の家紋が大きく誇らしげに見え、舳先にはまるで飾り紐のように、どっしりとした黒いもやい綱がかかっている。源氏の軍が近づいてきたとき、赤と金の漆塗りの屋形の中には、やがて打ち負かされる運命にある平家の公達《プリンス》たちが大将たちの間に傲然とすわっていた。鎧に身を固め、鍬形の兜をかぶり、太刀を側に置き、無造作に扇を手に持ち、海の向こうをうかがっていたのである。

激しい風が吹き、平家の船が上へ下へと揺れる中、逃げ惑う平家方の人々が渚から船に向かって群がる。公達《きんだち》や武将たち、泣き叫ぶ着飾った女たち、随身たち。つき人に担がれあちらこちらに傾く輿。逃げるために、ただ、逃げるために、すべてが重なり合いひしめいている。

熊谷直実《なおざね》の姿が見えるであろうか。源氏方の武将で、筋骨隆々の巨漢、一騎当千の強者《つわもの》である。

この戦いでも平家の陣に一番乗りするなど、数々の武功をたてている。その怪力のすさまじきこと！　渚に群がる人々の中にそびえ立つ威風堂々とした姿！　その日の陽射しが、これから起きる一大事をすでに知ってでもいるかのように、その偉容を光輪に包み、光り輝いている。

というのも、向こうに、挑むようにあたりを睨みつけている平家方の若武者がいるからだ。緋《ひ》縅《おどし》の鎧をまとった、すらりと背の高い姿である。近くにはもやい船が用意され、逃げ惑う幾人もの男女がわれ先にと乗り込んでいる。若武者がちょうど乗り込もうとしたとき、うしろで、あたりにこだまするが如く大きな声が響き渡り、若武者は振り返る。敵にうしろを見せるのか！　という直実の声である。

若武者が逃げるのをためらっていると、老輩の男と高貴な身分らしい女――この二人は何者であろう?――が、若武者を船へと促す。つられて若武者は自分も逃げようと、小具足をつけた片足を渡し板にのせる。その途端、卑怯者！　と罵る直実の声がする。馬上で大音声《だいおんじょう》をあげ、敵にうしろを見せるのか！　と先ほどのせりふを繰り返す。若武者はもう我慢ならず、直実のほうに向き直り、叫び返す。

「よし、相手になろう！　だが、こちらには馬がない！」

「ならば、わしも馬を下りよう！」と直実が叫ぶ。

直実は馬をさっと下り、その馬を家臣に預けて、若武者に向かっていく。そして戦いが始まり、二人は大きく重い太刀を振り回す。平家一門を一人残らず討ち取り、殲滅する、それが直実の宿願である。緋縅の鎧を身につけ、ただならぬ気配のする若武者は一門の者に違いないと思い、ゆえに戦いを挑んだのである。

激闘がしばらく続く。だが、すぐに勝負がつく。背は高いが痩身の若武者は、剛力無双の直実の敵ではなかった。地に倒れ、組み敷かれてしまう。その光景を見ていた、向こうの平家側の船の上から悲鳴や泣き叫ぶ声が聞こえる。老輩の男と高貴な身分らしい女――この二人は何者であろう？――が悲嘆のあまり、両手をかざし、天を仰いでいる。直実は、してやったりと言わんばかりのうれしそうな顔で、獣のような声を出している。若武者は身動きできず、直実の両膝に押さえ込まれ、気絶寸前である。

直実が、首を切り落とさんと若武者の兜の緒を乱暴に外し、兜をすばやく取る……と、そこで見たものは？

なんということであろう。神よ仏よ、これはいったい？　戦った相手は、平家の名だたる武将だと思っていたが、そこにあるのは失神寸前の若者の、いや、少年の、いや、ほとんどまだ子どもの顔である！

平家という野に育てられ、すくすくと成長した若木のように、あまりにも背が高く、しかもいかめしい鎧に身を固めた姿に、直実は一人前の男であると勘違いしたのであろうか？　少年である、いや、ほとんどまだ子どもである。

これが、敦盛《あつもり》であった。まだ十六歳の春を迎えたばかりである。悲嘆にくれた父親と母親、つまり敦盛の両親は向こうの、平家の落人《おちうど》が先を争うように乗り込んだ船の上にいた。あの老輩の男と高貴な身分らしい女である。

そして今、少年が目を大きく見開く。なんということだろう。直実は、怒りにまかせて猛り狂い、こんな戦知らずの少年を相手にしていたのだろうか？　膝を押し当てた鎧の下の体は、強いといっても、あまりにも幼く感じられ、直実ははっとして、痛くはないかと思わず力をゆるめるのであった。顔は淡い桜色で、この年ごろの公達の風習に従い、薄化粧をしている。お歯黒もしている。平家は、なよやかで華やかな公家の世界にすっかりなじんでいたのである。まだ顎に一本のうぶ毛も生えていない、十六の春を迎えたばかりの少年であった。

「小童《こわつぱ》、お主はいったい何者だ？」唖然として、直実が叫ぶ。

「名は、敦盛……」

「お主がわしの挑戦を受けたのか？」

「受けぬわけにはいかなかった……」

「お主など、所詮、わしの相手ではないわ！」

「卑怯者になりとうなかった……」

「お主は勇気ある、勇気ある若者じゃ！」

「はよう、首をとれ！」

「首をとれとな？」

「敗れたわれに、このままおめおめと味方の者のところに帰れと仰せか！」

「首はとらぬ、去れ！」

「首をとれ、命ずる！　貴殿にはそうする権利と使命がござろう！」

周りには味方の源氏の軍が集まってくる。敦盛を討て、さもなくばわれらが、憎き平家一門のその若造に死以上の苦しみを味わわせてやると息まき、首をはねろと迫る。

「首をとれ、首を！」と敗者の少年が命じる。

「ならば、首をとろう！」と直実が、観念したかのように嗚咽《おえつ》を洩らす。

「昨日、お主と年も違わぬ息子がともに戦って討死したときにも、涙しなかったわしが！」

「首をとれ！」と敦盛が再度懇願し、「ただ、この戦いの一部始終を、あそこに逃れた父母に伝えたまえ。昨日も母が撫でたこの髪の一束を、そして、その遺髪に添えて、この笛を、わたしが〈月あかりの音〉と名づけたこの笛を届けたまえ」と直実に頼むのである。

敦盛は、懐《ふところ》におさめてある笛に手を伸ばし、自らの髪を指し示す。兜をとった髪は長く、波打っている。それを見た直実の心は、この恐れを知らぬ天下無双の武将の心は、砕けるのであった。その刹那、天が直実に命じた如く、太刀を手にする。

そして、一撃で首を落とす。少年の胴から子どもの首が離れ、赤紫の幼い血が流れ出して、あたりは血の海となる。

源氏の武将たちは、得たり顔である。だが、直実は嗚咽している。ついぞ泣いたことのない直実が、息子が討死したときにも涙しなかった直実が。こんなはずではなかった、こんなことをしたくて、国のため、民のために立ち上がったのではない。これは手柄などではない、無意味な惨殺でしかない！

直実は、息子を叱りつけたことを思い出した。息子がまだ小さいころ、いたずら心と遊び心で、枝にかかる桜の花を棒でたたき落としていたからである。だが、今自分がしたことはどうであろう？　この天下無双の武将の自分も、花の命を意味もなく、みだりに、臆面もなく、散らしてしまったのではあるまいか？

直実は、血の気の失せた子どもの首から、黒髪を二束、太刀でていねいに切り取る。その顔は、これほどにも早く生を終えるのを惜しむかのように、お歯黒をつけた女の表情で、一瞬苦悶の笑みを浮かべた。

笛も手にした。その少年が唇に当て、月あかりのように銀色に澄んだ音色で奏していた笛である。そして、この笛と遺髪を、直実の胸中の苦しみと懺悔の念を伝える文を添え、敦盛の父母に送る。笛と遺髪を託された使者は、苦難と危険を乗り越え、何日かかろうとも、海を渡って二人のもとに届けるであろう。平家一門はこの日の戦いのあと、凋落の一途をたどる。だが、直実の心は晴れなかった。

直実は鎧を脱いで武器を捨て、阿弥陀に誓う。二度と、もう二度と、たとえ不倶戴天の敵を前にしても、命を奪うことはせぬと。一匹の蟻でも踏み殺すことはないであろうと。人や獣、友や敵の中には、冒しがたい生命が宿っている。その命が魂を涅槃の地に連れていく。直実は過ちを犯した。天下無双と言われた直実は、おぞましい過ちを、罪を犯した。直実はその罪を、死ぬまでその罪を償おうと心に決めた！

直実は褐色の僧衣をまとっている。京都の黒谷《くろだに》の寺で出家したのである。今でもその寺に行けば、敦盛の絵像を見ることができる。直実はその絵の傍で、昼夜を問わず何時も敦盛の冥福を祈った。阿弥陀に向かい、この手で殺めた少年の魂を御心に包みたまえ、勇気ある若者の魂を涅槃の地に導きたまえ、敦盛に許せと伝えたまえと。

木々に覆われた丘の上に、黒ずんだ杉の木造りの寺がつつましくひそやかに佇んでいる。境内には大きく枝を広げた松の木が二本あり、まるで身をよじり、祈りを捧げているような枝ぶりである。案内をしてくれる僧が、直実は出家の際、太刀と鎧をこの松にかけたと言い伝えられていると言う。

なにしろ直実は巨漢だったからのうと。直実はここで生涯、自分が手にかけた子どもの冥福を祈りながら罪滅ぼしをして過ごした。

寺の本堂の中はくすんだ金色に輝き、天井から吊るされた金色の天蓋が仏壇を覆っている。絹製の、いろいろな仏旗が周りに飾られ、華鬘《けまん》が壁の上方にかかっている。掛け軸には仏陀が涅槃の地で瞑想している姿が刺繡されている。われわれのだれもが、いつかは涅槃に入ることを願いさえすれば、菩薩や他の仏が導いてくれるのである……。

外に出ると、草むらの中に雛菊が一面に咲いている。寺の庭師が、小さく、か弱く、可憐な花だと愛《め》で、取らずにそっとそのままにしておくのである。そして、法然廟が佇むあたりの墓所に、直実と敦盛の供養塔がある。平家と源氏が向かい合って建っている。現世では敵であったが、死がすべてを流し去り、浄土で無二の友となり、並んで建っているのである。

この心にしみる供養塔は、空、風、火、水、地の五大を、石を削り、象《かたど》った五輪塔の姿である。方形の地輪、その上に円形の水輪、その上に三角の火輪、その上に半月形の風輪、一番上に空輪の宝珠がのっている。五輪塔を一目でも見て拝む者は、幾多の罪障を免れる。そして、巨漢と少年が地上に残したものは、この五輪塔にすべてこめられているのである。

二人はきっと今……それとも何世紀ものちのことか？　どちらでもよい。何世紀とはほんの数秒に過ぎないのだから……慈しみ合い、許し合い、浄土の無量光の中で抱《いだ》き合っているであろう。

だが、地上にはこの風雨に晒された五輪塔と、一面の雛菊と、この夕暮れどきに木々の梢でさえずる小鳥の声しかない。

第十九話　蚕

歌麿が蚕を描いたならば、作家であるわたしは、絵師が教えてくれたことを言葉で紡《つむ》いでみるとしよう。

動物や虫は、人間のために創られたかのようにみえる。人間はといえば、動物や虫にいつもやさしい気持ちで接するわけではないにしてもだ。人間のほうがはるかに強いからである。動物や虫のほうは控えめで我慢強いのである。もちろん、虎や蛇のような野生の動物は、ジャングルで人間を襲ったりはするが、やはり人間を恐れている。牛や馬やロバ、犬や猫などの家畜や飼育動物は――これらの動物もかつてはすべて野生であった――すっかり人間になつき、人間のほうも愛着を感じるようになった。

動物は、人間が命を授かっているのと同じく、〈魂〉を宿している。不思議なことだが、象も蟻もその意味では同類であり、いずれはみな涅槃に入るのである。星々や岩々、人々の霊魂やあらゆる原子、さまざまな元素とともに。

僧侶はそう説くのであるが、僧侶は人間や動物、魂や元素の神秘を洞察し尽しているのであるから、弟子であるわれわれはしっかりと瞑想しつつ、僧侶が象や蟻に関して説くことを、龍や不死鳥に関してであろうと、謙虚に信じるべきであろう。微々たる小さな虫についても同様である。虫とても〈霊魂の源〉から生命を授かっている。人間は、この虫たちがどうして生を亨《う》けたのかを知らず、しかし、自分たち人類に奉仕するためであろうと憶測するのである。

なぜそんなことが起こり得たか……ある中国の皇女が、白桑の木々の東屋でお茶を飲んでいた。お茶は流れる翡翠のごとく香《かぐわ》しく、桑の実は白い珊瑚の実のごとく、鬱蒼《うっそう》とした葉の中に点々と連なっている。皇女が、爪を長く伸ばしたその指で、卵の殻のように薄く優美な茶碗を持ち上げ、赤い唇につけたそのとき、白い繭《まゆ》が茶碗の中にぽとりと落ちてきたというのだ。

遊糸を丸めたような繭は、熱く湯気をたてている茶の中でほぐれ、一本の糸がほつれ出た。皇女は驚いて一瞬悲鳴をあげたが、その糸を不思議そうに眺めると、やがて繭を慎重にほぐし、絹を手にしたのである！

蚕が大きな白桑の葉の上で無心にその葉をかじっている……蚕が〈霊魂の源〉から生命を授かりこの世に生まれてきたのは、ただ中国の幼い皇女に紡がれ、絹の衣服に織られるためだけであったのだろうか？

このように小さなものが、世の役に立つためにとても大きなものに奉仕する役割を持って生まれてきたとすれば、われわれ人間は——いったいなんの役に立つのかはわからぬが——大いなる存在のために生まれてきたはずである。それは、われわれとたわむれ、われわれには見えず、その存在を意識することさえもない大天使たちかもしれない。蚕の幼虫も同じことである。やがて体は繭で覆われ、皇女を見ることもなければ意識もせず、皇女がまとう衣服が〈絹の糸〉から織られたことさえわからない。

さて、これからわたしの手元にある版画で見ていくのは、蚕たちが、意識することもなく、いかにわれわれのために生き、いかにわれわれのために役立ってくれているか、また、われわれが蚕に対して、おそらくは、いかに非道なふるまいをしているかということである。というのも、人間は、多かれ少なかれ、動物や虫に――それが大きかろうが小さかろうが――非道なふるまいをしているものだからだ。仏陀にとって獅子と蟻に違いがあるだろうか？　だが、人間が獅子をロープで捕えたときと蟻を足で踏み潰したとき、同じ罪に問われるであろうか？

山形とか米沢とかいう養蚕地から一級品の卵が届く。大きさがみな同じで、紫褐色である。その卵が白い紙の上に並んでいる。女たちが紙を手に取り、羽毛でそっと糊をつけている。卵は紙に張りつき、白い箱に収められる。三月の終わりのころである。春とはいえ、外では桃の花が寒さに震えている。まもなく桜の花が満開となり、花見も始まることだろう。だが、まだ冷たい風があたりを吹き抜けている。

十日後――この養蚕という仕事は時間がかかり、忍耐と丁寧な世話と献身的な努力が必要である――卵は青みが増し、女たちは桑の葉を摘み始める。葉には優美な切れ込みがあり、先がとがっている。葉を籠に詰め込み、納屋《なや》に運ぶ。葉はそこで細かく刻まれる。

女たちは――頭に白い手ぬぐいをかぶり、緑と白の縞模様の着物に桜色の前掛けをし、その前掛けは灰色の帯の下に垂れている――刻んだ葉を卵から孵《かえ》った幼虫の上にばら撒いている。

幼虫は十日ほど眠りにつく。体には節がいくつかあり、首の周りの節は大きめで、うしろから二番目の節には小さな角が生えている。生き、動き、食べ、生を謳歌している！　女たちは、羽毛を使い、幼虫を清潔な蔟《まぶし》の中に並べていく。

すべてを清潔に保っておかねばならない。というのも、幼虫たちは何度か眠りについたあと、いよいよ糸を、もうそれ以上はないほど高貴で優美な絹の糸を吐き始めるからである。人間はそれをもとに、生地をつくる。優美で繊細な絹よ、そうであろう？　幼虫たちは大きく成長し、藁の敷かれた蔟の中にいる。女たちは刻んだ桑の葉をもう与えない。あれだけ貪《むさぼ》り食った桑の葉を、幼虫たちはもう食べなくなるのである。

外は蒸し暑くなってきた。納屋の外にある庭には大輪の百合の花が咲き誇っている。白い花びらには華やかな斑点があり、強く身を乗り出した雌蕊の周りを暗紅色の雄蕊が囲み、艶《なま》めかしい夏の香りをあたり一面に放っている。照りつける夏の陽射しの時節が、炎に包まれた大将軍が凱旋するかのように近づいてくる。空気が炎のようにゆらめく向こうに、聖なる山、富士の山が、ちらちらと輝く紺碧の空の中、頂に白鼬《おこじょ》のような白い雪を残し、そびえ立っている。この時期には、信仰心の厚い巡礼者たちが何千人も、聖地を訪ねるために山々を登っていく。

日本全国、人々が、神々や聖者、仏や隠者を偲《しの》び、祈りながら山を登っていく時節である。

そして、蚕が、吐き出した糸で自らを白い繭に包む時節でもある。幼虫は、壊れやすい銀色の蜘蛛の巣のような、割れやすい丸いガラス玉のような繭に身を包み、まるで隠者が山奥の雪に覆われた岩屋に籠るように身を隠す。幼虫は愛らしい繭にくるまれている。そして、人間からお許しが出れば、変身《メタモルフォーゼ》を遂げ、乳白色のビロードの蝶のような、灰白色のふわふわとしたミミズクのような成虫となって、繭から這い出るのである。灰色の羽をしばし羽ばたかせ、オスがメスの周りをめぐり、メスが卵を産み、やがて、その卵からはまた幼虫が這い出てくるであろう。ああ、入り組んだ道を行っては戻る、この虫の生の目的はなんであろう？　人間に奉仕し、絹という高貴な生地をもたらすことだけなのであろうか？

何故、人間が何十億もの虫を殺害するのか、それは、仏陀のみが、そして他のもろもろの仏や菩薩のみが知っている。人間は、繭を煮えたぎる湯の中に入れるのである。めらめらと燃えさかる火にかけられた青銅製の釜の中に。そして、やがて、無数の絹の糸が、やむことなく次々とほぐれてくる。それは繭をつくるため、蚕が自ら吐き出した糸なのである。

そして、煮えたぎる湯の中で溶けていく繭からほつれ出る絹の糸を、無数の糸を、女たちが慎重に取り出し、この大きな糸車に巻き、柄をつかみ、回す、ただ回し続ける。遠からず、職人の女たちが織機に向かって織るであろう、男女を問わず人間にとって高貴極まりない生地、絹を。

仏陀よ、この人間を赦《ゆる》したまえ。絹にまとわれたいがため、何十億もの殺害を行なう人間を。菩薩よ、人間を導きたまえ。人間は、尊大ぶった人間は、着物の衣擦れの音や妻や娘にしっかりと結ばれた高価な織物の帯のために何十億もの殺害を行なっていることを考えてもみない……

人間は、自分の中に宿っているものに、虫の中に宿っているものに思いをいたさない。生きとし生けるものの生命の根源は、みな同じなのだということに。

荒涼とした冬、寒い冬がやってくる。人々は縫物をし、刺繡をし、裏打ちをし、絹の布団を用意する。その温かい絹にくるまれ、心地よさげに人生の不可思議に思いを馳せる。仏陀よ、赦したまえ。人間が、何十億もの殺戮を行なったあとに、豪奢と暖かさに包まれ、そうしてぬくぬくとしていることを。

雪がひらひらと舞い、桑の木の枯れ枝に雪が積もっている。そして、bombyx mori〔ラテン語＝蚕〕やsericaria〔ラテン語＝絹織物〕と、古《いにしえ》の言葉を知っている人なら言うであろうものたちが、またもや何十億もの紫褐色をした卵の中で、新たな生命と変身《メタモルフォーゼ》を待ち受けている。

第二十話　狐たち

うっすらと霧に包まれた夜、あたり一面が凍てつきそうな今宵、狐たちは四方八方からやってくる。白い水晶《クリスタル》が立ち並んでいるように広がる刈穂の田地を通り、忍び寄ってくる。すべて白い狐である。雪のように白い狐たちである。鼻先を闇に向かって突き出し、ふさふさとした毛を垂らした尾を鞭のように振っている。

白い毛皮は銀色がかった毛の集まりである。その冬毛は重い。少なくとも重そうに見える。目は緑玉髄《クリソプレーズ》のように輝き、闇の中できらきら光を放っている。目だけではない、あたりを窺《うかが》いながら、忍び足でこそこそとやってくる狐たちの体の周りにも、白い燐光のようなものが燃えている。それもそのはず、霧に包まれた薄闇の夜のこの時間、四方から忍び寄るこの数多くの狐たちは、亡霊なのである。

狐たちはこの世のものではない。かつて存在していた、稲荷神社に仕えていた狐たちである。善事も悪事もなし、田の守り神だったかと思えば、人々の幸福や富をぶち壊しもした。その狐たちが、白く覆われた刈穂の広い田地を抜け、ここへ来た――遠くに、霜に白く覆われた藁屋根の小さな農家が三軒立っている——そのわけは、今夜が狐たちの〈夜宴《サバト》〉の日だからである。一堂に会し、宴《うたげ》を催そうと、狐たちは互いに約束を交わしているのだ。薄闇の中、広大な夜の田を舞台に、亡霊の踊りを、幻影の舞いを催すのである。

すべてが白い。ただ、降り積もった雪はすでに解け、冬空の中に立つ松の木の、身をくねらせた枝々からは水がしたたり落ちている。冬空に幽かに見える星たちには輝きも光もない。雪と霧の白い魂が、死者を覆う薄い紗の裾のように、震えながら、冬枯れた木々の間を、低い茂みの傍を、人々が何も知らずに眠る小さな家の上をすべりゆく。

その幻影のような白い霧の中を、亡霊である狐たちがいたるところから忍び寄ってくる。水晶のような霜をかぶり、冬枯れて乱れた葦の合間を抜け、水路に沿って動く影は、乳《ミルク》がゆっくりと流れているようである。水路はまだ半ば凍り、ひび割れた氷を浮かべている。枯れ葦の葉には、解け出した水があちらこちらに金剛石《ダイヤモンド》の粒のような光をかろうじて放っている。青白いオパール色をした水路に沿ってちらつくのは、白鼬様《おこじょさま》のものだ。だが、白鼬ではない。白鼬ならばもっと小さいはずである。忍び寄ってくるこれらは、白狐である。あたりを窺いながら、いたるところから現われる亡霊の狐である。

そして今、狐たちは、霧に包まれた薄闇の中に身をよじらせたまま、不動の姿で立つ一本の松の木の下に、その物言わぬ大きな幹の周りに群がっている。一瞬たりとも立ち止まることなく、際限もなく、忍び寄り、あたりを窺い、互いの周りを回り、鼻先を伸ばし、前脚を上げ、ふさふさとした大きな尾をひきずる。

目には白い閃光のような狐火が燃え、せわしなく動く体の周りには、冷ややかな、幽かな白い光が暈のようにかかっている。だが、どうやら舞の儀式のようである。神社で白い衣装をまとった巫女《み》たちが神々に奉納する神楽のように、狐たちは松の木の周りを、互いの周りを回り、踊っているのである。もっとも、巫女たちの舞は神聖であるが、この亡霊の狐たちの舞は不吉である。この場に迷い込んだ者、居合わせた者は無事ではいられないであろう。夜宴《サバト》の夜の狐たちは、とりわけ忌まわしい欲望や獣欲にとり憑かれているからである。

狐たちは、ときに緑玉髄《クリソプレーズ》のような眼をさらに強く輝かせ、とがった口を大きく開けて笑う。口には銀色の髭がぴんと長く突き出ている。そして、淫らにかつ威儀を正し、煽情的かつ儀礼的に、互いに抱きつき、転《まろ》び合う。雄狐は雌狐を探し当てると、雪が解け、黒い珊瑚の色をした松の幹の周りで、恍惚として身をくねらせている。

そして、狐たちは、呻《うめ》いたり高く鳴いたりして狐の言葉を交わす。もうすぐ、一匹の選ばれし雌狐が向こうの農家へ行き、息子にのり移るであろう。目には見えない、きらりと光る銀の剃刀《かみそり》の刃の如く、その息子の爪の間から体の中に忍び込むであろう。獣の娘は人間の息子にとり憑き、その子の内臓を喰らい、心ゆくまで食いちぎるであろう。

舞は続く。だが、雪解けの時間が終わり、また氷のときがやってきたようである。田地はじわじわと凍てついていく。葦の枯葉の水の解け出したような金剛石の粒は、丸い水晶の塊となり、水路を覆っていた氷の水面は、その割れた鏡を元にもどし、降り始めた雪の数片がひらひらとあたりに舞い始めている。そして、舞い踊る狐たちの間に、突如ざわめきが起こり、狐たちは一斉に夜空を見上げる。

うっすらと光を帯びた星空から、狐たちの女王が降りてくる。九尾の狐である。女王が舞う。その亡霊の姿は他の狐と比べて大きいというわけではないが、毛がふわりとして毛皮の厚みが透けて見えるほどであるため、さらに幻影じみて茫と光り、エメラルドの緑に輝く目からは稲光のような長い光線を放っている。

そして、銀色の光の輪が不吉な女王狐の体を包み、ふくらんだ腰には九本の尾がある。その九本のふさふさした尾を自慢げに、鞭うつように、思わせぶりに、上げたり、地上に向けて下げたりする光景に、狐たちは喜悦の呻き声をあげ、女王が舞い降りてくる姿の周りを、あたりを窺いながら忍び足でぞろぞろと回っている。

女王は地上に降り立つと、狐たちの真ん中に体をねじ込ませ、媚態をつくり、狐たちを誘惑するように舞い踊る。この九尾の狐は、地獄の渚に住んでいた妖女にとり憑かれた皇女の亡霊で、かつて、地上に降り、世にも美しい遊女の姿に身を変え、天皇を誘惑しようとした。銀白色の繻子《サテン》の着物の裾から、ふさふさとした尾の先が見え隠れするのも構わずに。

だが、ある賢者がいた。賢者は、常人には隠れて見えないものを見抜く力を持っており、その女を、金属を磨いて造った鏡の前に連れていった。それは――阿弥陀か観音か地蔵かはともかく、衆生を救うまでは涅槃を願わず、この地上を見守ってくれる――菩薩を信仰する者が仏陀の御名を唱えると、真《まこと》の姿を映し出す鏡であった。

そのとき、天皇や居並ぶ人々が鏡に映し出された女に見たものは、九本の猥《みだ》りがわしい尾を体からぐいと突き出している女狐の姿であった。それがこの女狐、今、威儀を正しかつ淫らに踊る狐たちの中に降り立ってきた女王である。この亡霊たちの夜は、最初はうっすらと霧のかかる夜であったが、今、降り出した雪とともに凍てつき始め、水路の水も葦の茎も松の枝も、身を縮めている。

夜は凍てつく寒さの中で青ざめていく。むこうに、くっきりとした輪郭を見せ、三軒の農家が横たわる。そのうちの一軒には、この邪悪な一日の暁の露の中を訪れ、農家の息子にのり移り、とり憑くものがいるであろう。舞い踊る狐たちの中に体をくねくねとねじ込ませ、女王が舞う。そして、九本の尾を上げたり、凍り始めてぎしぎしと音を立てる水路や田の上を引きずったりする。

突然、女王がおぞましい笑みを浮かべ、叱咤するが如く甲高い笑い声をあげたかと思うと、白狐の夜宴《サバト》の一団は一斉に、今や明るくなった空に舞い上がり、ただの白い雲と化していく。灰色と鈍色のぶ厚い毛皮のように、冷たい空にどんより低く垂れこめている雪雲のようになるのである。やがて、そこから新しい一日のほのかな光がためらうように漏れ始め、その薄明かりの中、空一面に白い雪が舞い降りてくるであろう。ひらひら、ひらひらと舞い降りる雪の中に、すべてがかき消えていくであろう。

第二十一話　鏡

巨大な杉の木々や不思議な葉音を立てる樟《くすのき》の木々の暗い森の中、神秘に包まれた内宮に、ただ一人、斎宮として選ばれた帝の娘がいる。この若い皇女の名前は、天照大御神の一字をとったアマである。他の女官たちはそれぞれの部屋に戻り、このアマだけが残って一人祈禱している。まだすこぶる年若く、子どもである。聖域のうちでも最も聖なる場所に仕える斎宮として選ばれ、大日本――日出ヅル国――の最も大切な神器を守る役目を担っている。その神器とは、ここに奉安されている天照大御神の御神体である八咫鏡《やたのかがみ》である。

われわれ西洋人が〈夏の月〉と呼ぶ六月の末日、夏越《なごし》の大祓《おおはらえ》が催された。親王や大名、多数の女たちも含めた参拝の人々が、山田や鳥羽からやって来た。それだけでなく、海のむこうからやってくる人々もおり、二見浦の夫婦岩《めおといわ》を拝む。男岩と女岩と呼ばれる神聖な二つの岩で、太い注連縄《しめなわ》で固く結ばれている。人々は供物を捧げる。水をたたえた皿を四つ、米を山盛りにした椀を六十、塩を盛った鉢を四つ、それに野菜や果物や海藻も習わしどおりに供えた。

夜の帳《とばり》が下り、参拝の人々は、まだ興奮さめやらずも旅の疲れが出て、それぞれの宿へと散っていった。侘《わび》しく、暗い夜である。神社の建物群を囲む樟や杉の枝々が落とす影がつくり出す漆黒の闇の夜である。境内からはもちろん、建物の中からも物音ひとつしない。ここは、至上の神域であり、あたりが暗闇に包まれると、恐怖と畏怖の念に襲われ、背筋が寒くなる場所なのである。神々がここにおわしめすのだから。

神々はよき存在である。主神の天照大御神も、その弟の〈暴れん坊〉である須佐之男命《すさのおのみこと》でさえも。しかしながら、神々の存在を受け入れる敬神の心と叡智を授かっていない者には、だれがどの神なのか、どんな神なのかよくわからないため、恐怖と畏怖の念にただただ戦慄するしかない。

この伊勢の神域のあたりは、なんと静かなのであろう。針一本落ちても聞こえるほど静まり返っている。境内の中も、神社の周りも、扉の鎖《しざ》された建物の中も、なんと静寂に包まれていることか。

若い斎宮、アマは一人きりである。そして、一心不乱に祈禱を捧げ、最後の祈りを終えると、立ち上がる。二本の百合の花のような薄明かりが黄色くやわらかい光をふわりと放つ中、自分の周りの、暗闇に包まれた本殿の奥まったところにわだかまる密やかな影に見入っている。

今夜はわけもなく心が激しく揺さぶられ、アマは迫りくる気持ちを抑えきれない。幾夜も、魔物の誘惑に打ち勝つことができていたのに、今夜は、この静寂の中、自分の周りになにか圧倒的なものがあり、目を凝らしたくなる。感情が抑えきれずに、アマはゆっくりと舞い始める。本殿の薄闇の中で、白衣《びやくえ》に包まれ、畏敬の念をこめて巫女の舞を舞う。そのアマの周りを、ロウソクの百合の黄色い明かりが、ほの暗く照らしている。

子どものアマが舞う。斎宮のアマが舞う。愛を知ることはなかった。皇女であり、純潔なのだ。愛というものが乙女の心に宿るかもしれないことも、どんなに注意しようが心の中に忍び込んでくることも知らない。実際に、アマの心の中に忍び込んだこともない。愛は、うまくいってもいかなくても所詮魔物であるが、このまだ若い魂の中に忍び込んだことはない。だが、別の魔物、厄介な魔物がいる。

それは、好奇心という魔物である。そやつは、化け物じみた顔でにやりと笑い、化け物じみた大きな眼で見てやろう、化け物じみた大きな耳で聞いてやろう、化け物じみた長い指で触ってやろうと待ち構えている。

その好奇心という魔物が、まだ若い斎宮の、子どもの心の中に忍び込んだ。アマはそれが自分の敬神の心を脅《おびや》かすのを感じ、だからこそ舞い踊っているのだ。際限もなく、畏敬の念をその所作にこめて。しかし、今や疲れ果て、青ざめた顔でしゃがみ込み、絶望に打ちひしがれて、その小さな両手をすり合わせている。アマの周りの暗がりでは、何千という化け物たち、好奇心たち、魔物たちが、アマを、さあ、さあ、と誘っているかのようだ。

絶望に打ちひしがれた子どもの周りの、なんと静かで暗く、なんと空恐ろしいこと。皇女であるが故に、天照大御神の神鏡を守る斎宮に選ばれたのだ。だが、まだ子どもなのである。好奇心は、その弱みにつけ込み、その子にとり憑く。化け物じみた魔物がとり憑いたのである。アマはもう抵抗することができなくなり、今や……今や、好奇心の塊となり、見たくてたまらない……神鏡を。それを守る自分でさえ見たことのない神鏡をのぞき込んでみたくなったのである。魂の中で生まれてはならない、大罪に当たる願望である。

深い暗闇のように、アマの周りに暗い不安が漂っている。その不安の中から何千もの魔物たちが、すべての好奇心たちが、うっすらと立ち現われてはアマを脅かす。その間に、魔物の王らしき者が子どもの心の中に、まるで玉座についた皇帝のように悠然と居すわるのだった。

アマは立ち上がり、よろめく。そして、灯を一つ手に取ると、まるで夢遊病者のように腕をまっすぐに伸ばして暗闇の影に向け、その中を進んで、本殿の奥へ奥へとさまよい込む。施錠されていない扉を次々と抜け――その扉は、本来ならばアマの持つ聖なる鍵ですでに鎖されているはずであった――とうとう、神鏡が奉安されている内陣へと辿り着く。そもそも神鏡はだれの目にも触れてはならないもの、天照大御神の子孫である帝でさえも見てはならないものである。

そして、神鏡は高価な檜――境内の杉の高木に似た木である――の櫃の中にしっかりと納められている。金を鏤めた聖なる櫃は金蒔絵の低い壇の上に安置され、その上には金の瓔珞《ようらく》や金の飾り紐が金箔の張られた天蓋からかかっている。櫃には白い絹の布がかけられ、その布に垂れ下がる十六房の白と金色の房飾りが床にまで届いている。

アマは影の中を進んで櫃に近づき、灯を持った片手を伸ばす。周りの暗闇の中で、奇怪な顔たちがにやりと笑う。好奇心たちである。とり憑かれ、震えるアマの心に巣くう恐ろしき魔物の子女たちである。

一時《いっとき》、いや、数秒遅かった。アマはこの運命から逃れることができたかもしれない。阿弥陀の輝く救いの手や、観音の幾本もの救いの手を求めてさえいれば、この呪縛から解き放たれていたかもしれないのである。だが神々は、自分の尊い役目を忘れ、禍々《まがまが》しい魔物に心を開いたアマを苦々しく思っている。

罪を背負ったアマは、見放されたかに見える！　というのは、アマが櫃に近づいていったからだ！　アマが灯を床に置くと、黄色い光を放つ百合の花は萎れ、消えていくかに見える。そしてアマは、櫃を覆うずっしりとした白い絹の布を取ろうとする。震える小さな手で持ち上げようとするが、ほとんどびくともしない。まるで、金色の房飾りの重みがアマにものしかかり、下に引っ張っているかのようである。アマはよろめきながら重い覆いをたたみ、壇の上に下ろす。

そして、アマは櫃を開く。境内も本殿のどこも、静まり返った夜である。だが、その静寂と暗闇の中にはあふれかえるほどの好奇心たちが潜み、にやりと笑いながら、アマをそそのかしているのである。

アマは櫃を開く。蓋を取り……色あせた錦の覆いに包まれたものを取り出す。覆いは、幾世紀も昔のものであるが、その下にあるもっと古い覆いを、そのまた下にあるさらに古い覆いを包むものでしかない。というのも、神鏡はその朽ちた覆いから取り出されたことはなく、幾世紀もの間、絹が朽ちるたびに、それをそのまま新しい覆いに包んできたのである。天照大御神がこの神鏡に姿を映して以来、だれ一人として、その神秘の金剛の輝きを見た者はいないのである。だが、アマはもうアマではない、我を忘れている。ああ、神々よ、これからアマがなすことを赦したまえ！

アマは一番上の覆いを取りのぞく。それから、もうかなり擦り切れた覆いを、そして、ぼろ切れとなり果てた覆いを取る。そして最後に、絹の糸くずが、もはや塵《ちり》や蜘蛛の糸でしかないものが、神鏡からぽろぽろと落ちる。そして、アマはその両手で神鏡を持ち上げ、のぞき込む……。

その刹那、暗闇の周りの影たちは、いよいよ奥深く、黒々と、底知れぬものになっていくようであった。アマが手に持つ神鏡は薄闇の中にかろうじてそれとわかる楕円である。アマは神鏡の中に自分が見えるはずだと思ったが、自分の姿はどこにも見えず、見えたのは、驚くべきことに、地上がまだ高天原《たかまがはら》と一体であり、神々が山々や雲の上から現われ出でる天地《てんち》開闢《かいびゃく》以前の漂う混沌の光景であった。

アマはこの光景に恍惚となり、微動だにしない。その小さな手に持つ神鏡が途方もなく重いことにも気づかない。アマは鏡をのぞく。あたかも地上と天上の間にあるかの如き高天原が見える、そして、見える……天照大御神の姿が！

太陽神の天照大御神が、ただ好奇心の強い小さな娘にすぎない、幼い斎宮の前に姿を現わす！天照大御神が神鏡の中に、目を覆うほどの眩《まぶ》しさに光り輝く姿で天の梯《かけはし》に現われ——梯は一段一段、どれも陽光でできている——降りてくる。

その姿はたとえようのない美しさである。顔は太陽そのもののようであり、上衣も太陽のように輝いている。詩人も、歌い手も、聖人も、画家も、これまでだれ一人として、表現できなかった美しさなのである。

歌いながら天照大御神は降臨し、緑金色の田の中に降り立つ。その稲は天照大御神が神の手で自ら植えたものである。前かがみになり、指さしながら畦《あぜ》をつくると地面が窪んで田となり、女神が微笑むと豊かな土壌となり、高貴で優美な稲が次々と伸び上がって、神々と人間にとってこれ以上はない清浄な贄《にえ》が誕生するのである。神々と人間は、のちに両者の間に境界線ができることなど想像ができないほど、まだ同胞に近い。光り輝く稲がすくすくと育ち、絢爛豪華な稲穂となり、大きな金色の粒を豊かに実らせていく。

幼い斎宮は夢うつつである。神の姿の皇祖は、斎宮には気づいていないようである。その輝く目は、神鏡を手に持ち、恍惚となっている人間の子には一瞥もくれない。すると、にわかに空がかき曇り、斎宮の体に戦慄が走る。梯の最上段に天照大御神の弟、太陽神の弟神の姿が、斎宮の目に見えたのである。

荒くれ者の須佐之男命である。まるで東洋のタイタンのように、巨人のような姿である。顔は赫《あか》く、青い眉毛の下には目がめらめらと燃え、髪はごわごわと逆立っている。筋骨隆々とした赤褐色の四肢は、黝《あおぐろ》い鎖帷子《くさりかたびら》で覆われている。太刀を四本、腰に結んだ幅広の帯に稲光のようにぶらさげている。拳に握る長い槍はまるで木のように空に伸び、神は大股に立ち、憤怒の形相で足を踏み鳴らしている。その足は大きく、なめし革と金属でできた深沓をはいている。

実に見事な姿であり、その猛り狂った姿は美しくさえある。まるで自らの周りに雷雲や豪雨を集結させているかのようでもあり、周りでクサビが飛び交いぶつかり合う音がし、投げ槍が疾風《はやて》の如くかすめていくかのようでもある。須佐之男命が現われるやいなや、その光り輝く姉との間にいつも諍《いさか》いやもめごとが起きる。そして、姉が輝く稲穂の中を歩きまわっている今も、弟が黒い雹《ひょう》のつぶてと緋色に燃える不吉な雷光に包まれ、梯の上に姿を現わした今もまた。

これは天地開闢以来続く神々の戦いなのである。姉が叫ぶ。「そこの腹黒いろくでなしめ、そんなところでなにをしておる！」怒り狂った弟が叫び返す。「来たぞ、来てやったぞ、光り輝くおまえを俺様のお見舞いする嵐でこっぱみじんにするためにな！」

二人の目が闘志と怒りに燃え、にらみ合っていると、雹のつぶてが女神めがけて弾丸のように降り注ぎ、稲穂をたたき折る。女神は上衣や肩掛けで身をしっかり覆い、自らの陽の光を暗くし、天の梯から飛び降りてくる荒くれ者の須佐之男命から身を隠そうとする。その光景を幼い斎宮は鏡の中に見ている。だれ一人として目にしたことのない光景、神々同士の、男神と女神の、姉弟の戦いという身の毛もよだつ光景に、我を忘れて見入っている！

不気味な暗闇の中、荒くれ者の須佐之男は、その毛むくじゃらの巨大な太い腕で姉を捕えようとしているらしい……戦いが起きている……神々がどっと声を上げ、叫び、泣きわめく……すると、天空と大気圏の中にぼんやりと晴れ間が生じ、斎宮の目に、須佐之男が幾多の神々、何千もの神々の手で、山から海辺へと叩きつけられるのが見える。一方、辱めを受けた天照大御神は、引きちぎられた上衣のまま、彼方の岩屋に逃げ込み、開いていた戸を身振りで命じて鎖す。地上も高天原も闇に包まれた。

天地開闢前の、恐ろしき混沌の暗闇である。父なる神と母なる神――伊邪那岐《いざなぎ》と伊邪那美《いざなみ》という神である――から生まれ出た八百万《やおよろず》の神は、死と絶望の淵に立たされる。鎖された岩屋の前で、天照大御神に、現われ出て、また光り輝きたまえと懇願する。そして遺恨を晴らし、弟を未来永劫まで黄泉《よみ》の国に追放してもかまわないと約束する。しかし神々は、それはできないだろうことを知っている。戦いというものは、平和が訪れるまで続くのが〈永遠の掟〉だからだ。

だが、怒り狂った女神は岩屋を鎖し、姿を隠したままである。何日も――あるいは何世紀も？――経つうちに、地上は痩せ衰え、まだ不死の身ではない幾多の神々も死んでしまう。高天原は氷の円天井にすっぽりと覆われ、暗闇の中でひび割れ、混沌の中に崩れ落ちてしまいそうである。

しかしそこへ、神々のうちの重鎮である、思金神《おもいかねのかみ》という幾多の思慮を兼ね備えた神が、自らがまとう〈思慮の織物〉の放つ薄明の中に現われる。その織物の中には、常世の国で捕えられた鳥たちが何千羽もおり、思金神は鳥たちに春と愛の歌を教えている。

思金神は巨人の鍛冶師たち――魂を具《そな》えた最初の匠たちである――を召し、金剛《アダマント》を、地中で黄金を、海で巻貝を探してくるようにと言う。混沌と暗闇の中で行なう大変な仕事である。だが、鳥たちが思金神に教わった――ただの拍子《リズム》と旋律《メロディー》だけの――歌を真似てさえずる中、匠たちは金剛を磨き、鏡を造り上げる。おお、神々よ、それは今まさに、幼い斎宮がこわばった手で捧げ、我を忘れてのぞき込んでいるその鏡である!! 黄金からはこれまで目にしたこともない美しい幾多の首飾りをこしらえ、巻貝からは幾多の楽器を見事に造り上げて、神の霊感宿る音楽のわかる匠が鳥たちの歌の伴奏をするのだった。

そして、岩屋の前で神々の宴が始まる。岩屋の中には、怒りのおさまらない女神が幾世紀も――そう、幾世紀も経っているのだ――高天原と地上に満ちる絶望をよそに、閉じこもっている。

神木の榊《さかき》の木に幾多の首飾りや楽器とともに鏡を懸け、さえずる鳥たちをすべての枝のあちこちに止まらせる。光り輝く鏡、きらめく首飾り、音を奏でるたびに震える貝の楽器たち。見事な光景である。そして、鳥たちが、神々が怒りのおさまらぬ女神に捧げるこの贈り物の周りで、まず歌い始める。女神が岩屋から出てきてくれさえすればと!

しかし岩屋は、女神が応じる気などけっしてないかのように鎖されたままだった。思金神はじっと考え込む。たしかに、神々が女神に捧げた贈り物は、かつてないほどの最上のものだった。だが、怒りのおさまらない女神はその贈り物を目にしていないのである。ということは、贈り物を見てもらうためには岩戸を開けるしかない。

思金神は考えをめぐらし、策を思いつく。思金神は天宇受賣《あめのうずめ》を呼んだ。ふっくらとした頬をし、子どものようにはしゃぎ、小さな目をして笑いこけ、遊び盛りの子ヤギのように――闇に覆われる前のことだ！――高天原をいつもぴょんぴょん跳ね回っていた小さな女神である。思金神は、この子どものような女神と額を寄せ合い、相談する。

至福の一日となるはずのその朝、天宇受賣が鎖された岩戸の前で踊り始めた。あまりにも剽軽《ひょうきん》な踊りで、岩戸の前に集まった神々は笑った。その踊りは熱狂的で、かなり下品なものではあったが、神々はそれをよしとし、大笑いした。神々は、おどけて踊り狂う小さな女神の一挙手一投足にどよめき笑う。

天宇受賣はその小さな足を高く上げ、お尻を振って回り、ごろごろと跳ね回り、お腹をゆする。神々が、ああ、神々がどれほど笑い転げていることか！　と同時に、貝の楽器たちがさらさらと、かさかさと、ごうごうと音楽を奏で始め、何千もの鳥たちがそれに和す。流れる小川のような、たぎり落ちる滝の音のような拍子《リズム》、水晶のように澄んだ旋律《メロディー》である。

それは、薄闇の中の暗い影にすぎないが、幾世紀も鎖された岩戸の前で繰り広げられる、これまで一度も目にしたことも耳にしたこともない、見事な宴となるのだった。高天原と地上はまだ息絶えていない、消滅してはならない。この宴は、その高天原と地上が最後の力を振り絞り、陽光と春と生命を希《こいねが》うものであった。

その強い思いは女神にも伝わり、それと同時に、がやがやと楽しげな声も聞こえて、岩屋にこもる天照大御神は首を傾げた。外で一体なにが起きているのだろう？　一体だれが歌っているのだろう？　さらさら、かさかさ、ごうごうと鳴っているのは何だろう？　楽しげに笑っているのは何者だろうか？

この岩屋の中は光に満ち満ちていたが、女神自身は光を弱め――光を弱めることなどできるものなのか？――身をひそめていた女神はもう我慢ができなくなった。好奇心が胸に忍び寄り、とり憑いた。のぞいてみたくなった。いつもすべてを見渡していた輝く太陽である自分の目で。そして、光を輝かせ、立ち上がった。

岩屋の戸に向かい、戸をほんの少し開けた。そして、見た……天宇受賣が踊り、その背後に、不思議に輝くもの、不思議に歌っているものがあるのを見たのである。そのとき、好奇心が女神の心の奥へとさらに押し入る。そして、岩屋の戸を開け放った。地上の歓喜の瞬間であった。高天原の歓喜の瞬間であった。

太陽の光が、女神自身が放つ幾条もの光がさっと射した。頭にかぶった冠の周りの輝き、肩から羽のように突き出る光、指先から放たれる光である。しかし、女神は岩戸に押し寄せる大勢の神々の姿を目にし、すぐに戸を鎖そうとした。

だが、すでに遅かった。神々が懇願し、女神を押しとどめたのである。そして、女神には天宇受賣が踊っている光景が見えた。陽気な小さな女神は、踊りたわむれ、下品なしぐさで踊り狂っている。だがそれは、すべての神々の魂にいまだ宿る始原の本能を揺り起こす踊りであった。それを見た輝く太陽の女神も、笑いをこらえることができず、吹き出しそうになり、笑い、大笑いし、神々の笑いの渦に巻き込まれるのであった。

そして、笑いながら、輝きながら、天照大御神が岩屋から現われ出た。神々は、光輝く巨大な光輪に包まれたたずむ女神に、もう二度とお隠れにならないようにと懇願するのであった。天宇受賣が踊りながら、鳥たちを指さす。

女神は鳥たちを目にし、鳥たちが歌っているのを耳にした。神々の中の音楽の心がわかる者たちが貝や巻貝——やさしい音を出すものもあれば、甲高い音を響かせるものもある——を吹き、吹き鳴らし、響き渡らせ、最後に一斉に鳴り響かせると、神々は大音響に包まれながら、微笑む姉神に黄金の首飾りを差し出すのだった。

その首飾りは、長く連なった真珠の玉である。神々が貝の中に見つけ、天照大御神の首や胸を飾ったらどんなに美しかろうと思った真珠である。神々はその首飾りを両手で高々と掲げて女神の首にかけた。女神も一人の女であった。神々はみな、その神々しさとは別に、人間のごとき心を持っていたのである。

そして神々は、あまたの神々は、凱旋するかのように大歓声をあげながら、女神を榊の木のもとへいざない、金剛を磨き上げて造った鏡に姿をお映しくださいと言った。女神は、鏡に映ったその美しい自分の姿に、何世紀もの間岩屋の中に包み隠していた自分の美しい姿に、呆然とするのだった。

女神があたり一面に光を放ち、鏡の中に光が満ち、鏡からは光が放たれて、その三重の光の中で、高天原と地上は喜びに身を震わせ、幸せに包まれた。芽という芽が顔を出し、植物はすくすくと伸びて葉に覆われ、花々が咲いて、女神の田のあちこちで眠っていた人間や動物たちが目覚め、稲は高々と育ち、ずっしり実った稲穂の頭を女神に向けて垂れるのであった。

ほかならぬ金剛を磨き上げたものであり、手に持つ鏡はずっしりと重かったが、少女の斎宮はその鏡の中に神代の世の幸福を見た。人間がだれ一人として見たことのない光景を見たのである。

すばらしい、輝きに満ちた、神々しい光景だった。鏡の奥深くには、神々の戦い、神々の受難、神々の悦びの姿がまだ残されていたのである。重い鏡を持つ手が朦朧《もうろう》とした意識の中で下がり始め、斎宮は薄れていく意識の中で、聖なる金剛を蓋のとれた櫃の前の壇に置くと……一ひらの白い羽根のように、内陣の灯が消えゆく中、床の上にふわりと倒れ、そのまま身動きもせずに息絶えて、世を去った。

するとそ空恐ろしい魔物が、好奇心たちが、斎宮の体から、斎宮の周りから、周囲の影の中から逃げ出して、王らしき者を囲みながら塵の如くかき消えた……というのも、その夜、内陣の屋根が開き、薔薇色に染まる夜明けの中に女神の声が響き渡ったからである。

その声は天照大御神自らの声であった。

女神は叫ぶ。

「観音よ！　観音菩薩よ！　慈悲深い姉妹《はらから》よ！　極楽浄土におるだろうか？　降りてきてくれ、頼む、わたしが昇っていく地平線まで来てくれ！　観音よ、慈悲の菩薩よ、わたしの愛する姉妹よ、見よ、向こうの伊勢の神社の中に、息絶え、世を去った幼い斎宮がいる。わたしの聖なる鏡を守っていた者だ。観音よ、見えるか、内陣の中、開いた櫃の前、一ひらの羽根のように横たわっているのが？　おまえに頼みたいのだ、慈悲の菩薩よ、その子を、その魂をおまえの手に包んでやってくれ。

その子は確かに罪を犯した。好奇心を自分の魂の中に巣くわせ、誘惑に負けてわたしの鏡を暴き、のぞいたのだから。だが観音よ、わたしの姉妹よ、わたし自身も好奇心を魂に住まわせてしまったのだ。そんなわたしが、どうして自分がしたことと同じ罪であの幼い斎宮を裁けようか？　わたしは女神であるにもかかわらず、好奇心にとり憑かれ、岩屋の戸を開けたのだから。わたしの禁断の鏡をのぞいたのは、ただの人間の、いたいけな子にすぎぬ！　わたしはその子の罪を赦す。観音よ、おまえは、その子に慈悲をほどこしておくれ！」

女神の声を耳にした慈悲の菩薩である観音は、慈愛に満ちた手を差し伸べる。極楽浄土にいるこの菩薩の姿を、法悦にひたり、見たと思っている者は、観音は千手であるような気がする。実際には、その手は二つしかない。だが、その二つの手が、千もの功徳をほどこすのである。

そして、観音は下界に向かい、微《かす》かに開いた内陣の屋根を通り抜けて両手を差し伸ばすと、はじめに鏡を手にし、その宝鏡の周りを絹の糸くずで覆って、次いでその楕円の金剛を包み込み、櫃の中に納めて蓋を閉め、その上に絹の布をかけた……。

それから、息絶えた斎宮を母親のようにその胸に包み込んだ。

天照大御神、太陽神が地上に放つ日の出の光の中を、慈悲の菩薩が、手ごたえのないほど軽いなにかを携えて昇っていき、光り輝く姉妹の足下にそっと置いた。女神がかがみ込み、幼い死者に接吻すると、観音はその子を浄土の前庭に連れていき、新たな生を授けるのであった。浄土の庭の蓮の池では、聖なる白鳥たちが泳ぎ回っていた。

幾多の巡礼者たちが、羽根のようにうっすらと白いものを、小さな魂を、千の手が捧げ持ち、輝く太陽の前に連れていくのを目にしていた……。

内陣では、日の出の光の射す中、天蓋の下の布に覆われた櫃の前に、乙女の魂の抜け殻が横たわっていた。

第二十二話　若き巡礼者

人も獣も木も身震いするような、その秋初めての寒々とした一日が訪れたときのことである。〈海《ウミ》さん〉――生家ではそう呼ばれていた――という若者が、巡礼の旅、難行の旅の支度をしていた。十九歳で、見るからに心の和《なご》む容貌である。

海さんは松の若木のように美しく逞しい若者で、母親は、その優美で整った顔立ちをお堂の阿弥陀像のようだと思っていた。すっきりと弧を描いた眉毛の下の眼は遠くを見つめ、上唇の上にうっすらと髭《ひげ》を生やした赤い唇のあたりには、始終人なつこい笑みを絶やさず、この若者はまるでいつも楽しいことを考えているかのようであった。

丸い頭を覆う黒髪は短く刈り込んであるが、これから伸ばすつもりである。まだ幼顔の残る頬には、熟しかけた林檎《りんご》のような赤みがさしている。海さんの両親が住む吉野――この生家の祖先たちは、徳川家に仕える侍であった――を出発したのは、肌寒い朝であった。

今にも雨が降りそうで、風も激しく吹いていた。海さんは粗く織られた鼠色の着物を身につけ、その上にけば立った褐色の半纏《はんてん》をまとっている。杖を手にし、背中には草鞋《わらじ》や托鉢の椀を入れた包みを背負っている。父母の差し出す金銭は受け取らず、首には母親がかけてくれた阿弥陀の御名を記した守札と数珠がかかっている。

海さんは、大和の山々を越え、高野山の僧院を目指す巡礼の旅に出た。吉野の大きな寺の僧侶に、お前の魂は性質《たち》の悪い煩悩《ぼんのう》にまみれておると言われ、修行を積んでそれに打ち克《か》つための旅であった。

海さんは、下駄——まだ草鞋に履きかえていなかった——を履いたまま進んでいく。口元には笑みが浮かんでいたが、心の中は憂鬱であった。吉野の村や生家やあの寺をまたいつ見られるかもわからず、とりわけ、巡礼を終えて、高野山の僧院で厳しい修行をしたあと、いつ弟子として僧房に入れてもらえるのかも見当がつかなかったからである。

僧房に入る、それが海さんの願いであり、その若さの漲《みなぎ》る全身全霊で、仏陀や阿弥陀を崇拝していた。修行さえすれば、魂に巣くう煩悩を断ち切ることができ、そうすれば少なくとも、阿弥陀仏の輝く御尊顔をいつか拝すことができると思っていたのである。だがその願いとは裏腹に、海さんの心の中には、うごめき、身もだえするものがあった。

この愛すべき土地、故郷に別れを告げねばならないからであった。世にも名高い景勝地で、とりわけ春——ああ、たった数か月前のことだ！——はたとえようもなく美しく、桜の木々が満開となって、やさしい薄紅色の花に埋め尽くされる。その花盛りは千本桜と呼ばれ、下千本、中千本、上千本、奥千本へと、四月初旬から春爛漫の下旬まで咲き誇るのである。

するると、あたり一面を覆う桜の花の下には、やわらかな肢体をくねらせ、微《かす》かに髪油の香りを漂わせて、女たち、美しい女たち、花も恥じらう乙女たちが、喜びにあふれた大勢の花見客となり、千本桜の美しさを見よう、愛《め》でようとあちこちから集まってくる。

満開の桜の下の女たち、ちょこちょこと歩く姿、なまめかしく揺れる人形のような肢体、山吹色や深紅の着物、艶《つや》やかな黒髪、輝くつぶらな瞳、高く小さな声、小馬鹿にしたような笑み……海さんはそんな女たちが忘れられないのであった。

海さんは、女を見るとそのあとを追ったが、亭主持ちであったり、そのうしろに色とりどりの着物を着た子どもがいたりするのを見ると、すぐにやめた。だが、浮かれ騒ぐ花見の宴《うたげ》の中、女が移り気そうに海さんに笑いかけたり、こちらを振り返ったりするのを見てとると、女のあとを追い、抱きしめるのであった。月の照る晩に松林の中で、あるいは、女のあとを追ってそっと入っていった小さな旅籠《はたご》や茶屋の中で、女を何度も抱きしめたあと、海さんは若さ漲る男の体に満ち足りた幸せを感じた。だが一方、上唇の上にうっすらと髭が生え始めた赤い唇のあたりはいつも、女たちを魅了する魅惑の笑みをたたえてはいたが、まだ足りない、何かが足りないと、いつも満たされない思いのままだった。

海さんの笑みは、女に抱かれていると、まるで蕾《つぼみ》を開いていく薔薇のように大きく大きく輝いていった。女の心に、女の記憶に残るその笑みは、高価な錦の包みに入った金や珊瑚《さんご》を思わせた。

女たち、ああ、女たち……海さんは、女たちを抱きしめれば抱きしめるほど、さらにもっと抱きしめたくなるのであった。この罪深い欲望を、満たされることのない衝動を、海さんは僧侶に打ち明けた。そして、僧侶は海さんを厳しく戒めて言った。

「おまえは度し難い小僧だ。よいか、幻影というものは、いろいろな姿に変化《へんげ》して——たとえば、あまたの遊び女《め》だ。何千、何万ものな——日々の暮らしに勤《いそ》しむ人々の魂を幻惑するのだ。その幻影の罠から逃れることができぬ限り、蓮の花が神社仏閣の明かりの如く光を放つ、涅槃《ねはん》の地の輝く池に赴《おもむ》くことは決して叶わぬぞ」

　ああ、だが海さんは、心の奥にひそむ女へのやみがたい衝動をどうすることもできないのであった。牡丹の花々が巨大な紫の太陽のように咲き誇っていたころ、その牡丹の花の中から現われた三人の女のことが、海さんは忘れられない。牡丹の花は寺の裏にある松林の傍らに咲いていた。そこから寺へと参詣道が続き、道に沿って聖なる灯をともす灯籠が美しい列をなし、独特の雰囲気を醸《かも》し出していた。

　三人は、甘い芳香を放つ赤い花の中から花の精のように立ち現われた。その香りはまるで、高価な髪油を、女たちが男に撫《な》でてもらえるよう髪をなめらかに艶やかにするための精油を、ぽとりぽとりと垂らしているかのようであった。女たちは遊女であったのか、あるいはこの世の者たちではなかったのか、海さんにはわからないが、三人は海さんに微笑《ほほえ》みかけたのである。海さんは女たちと赤く漆塗りされた小さな家に行った。その家は、夜の闇の中、ルビーでできた社《やしろ》のように見え、障子の奥にはやわらかな黄色の明かりがともっていた。

　そして、あの別の女は？　その女は、川岸に咲く黄と紫の花菖蒲《はなしょうぶ》――一か月後の花菖蒲の時節である――の間から現われた。金色がかった着物にアメジスト色の帯をしめ、そこには、偶然にも黄と紫の花菖蒲の図柄が織り込まれているように見えた……この女の面影は海さんの心から完全に消えてしまったのであろうか？

　そんなことを考えながら、海さんは歩みを進めていた。今は秋、この秋初めての荒涼とした風が吹きすさぶ日である。突然、平屋の家の前一面に、空から落ちてきた幾多の星が白銀の光をまだたたえているかのように、ところせましと白菊が咲いているのが目に入った。

するると、平屋からことのほか美しい女が現われ、その落ちてきた星の花の中にたたずんだ。まだ巡礼の旅に出たばかりで、このあたりは見知らぬ土地ではなかったが、見たことのない女であった。

女は微笑みかける代わりに海さんを激しく見つめ、愛情のこもった目を大きく開き、そして腕を差し出した。だが、海さんが菊の間をかき分け、女に抱きつこうとした瞬間、女はふっとかき消え、海さんは一面の花の中にただ呆然と立ち尽くしていた。そして、これは魔物がしかけた幻影ではなかったか、と海さんは思うのであった。

近くには農家があり、雨に備えて大きな蓑をまとった二人の農夫がいた。二人が一体何事かといぶかしそうに自分のほうを見ているのを尻目に、海さんはきまり悪そうにそこを出て急ぎ足で立ち去り、首にかけた阿弥陀の守札、そして数珠に手を伸ばすと、珠を繰《く》りながら、呟《つぶや》くように念仏を唱えた。

一日中歩き続け、その夜は洞川《どろがわ》の小さな宿坊で、荷物を枕に眠った。そして、菊の精の夢を見た。目の前に現われた、あれほど白く、あれほど美しいものは菊の精か何かであったに違いないと海さんは思うのだった。日の出前に起き、粗末な食事を済ませて、巡礼の旅を続ける。食事は無一文の巡礼たちに無料でほどこされる習いであった。海さんは下駄を包みに入れ、今は草鞋を足にしっかりと結びつけている。

雨がたたきつける中、海さんはゆっくり、のろのろと歩を進めた。城壁や胸壁のようにそそり立つごつごつとした岩に囲まれた狭間には、逆巻く川が流れていた。

岩を削った段がほんの少しはあるものの、登るには険しい道であった。眼下に、筏《いかだ》を組み、その上に杉の材木を高く積んで、激流を下る筏流しが見えた。筏の上に立った樵《きこり》たちが、組んだ筏を力強く巧みに長い棹《さお》で操り、岩間を斜めに抜けて波に揺られ、小さな滝に転《まろ》ぶように滑り込んでは、また轟々《ごうごう》と流れる水に乗って進んでいく。

樵たちは上を見上げ、車軸を流す丸い雨雲の巨体を背に、険しく切り立った岩の上に危なっかしく取り残されたように見える若い巡礼のくっきりとした影を認めていた。そこには巨大な松の木が、幾世紀も前に落ちた雷のせいで幹は割れてはいたものの、幾世紀もの間、猛威を振るう嵐に幾度も耐えねばならなかったことを物語るようにその重い枝をよじらせ、絶望の身振りのまま不動の姿で立っていた。

はるか下から樵たちが大声で叫びながら手を振ってくれ、元気が出た海さんは、挨拶を返すと、松の木に向かって腕を伸ばして言った。

「ああ、木よ、年老いた松の木よ、この森の老師よ、存じております、何世紀も、ずっとここにおられて嵐の猛威に耐え続け、稲妻に幹を裂かれても頭《こうべ》を垂れて屈服されなかったことを。でも、それはそれとして、木よ、懐かしいわたしの吉野の、懐かしいわたしのお寺の、あのお偉いお坊様によると、木々や岩々、森や山でさえ、いつかは生の滔々《とうとう》たる流れにのって、涅槃の地に赴くのでございましょう？　ですが木よ、わたしもその流れにのれるのでしょうか？　この若さで、心の中は惨めな思いでいっぱいです。あの菊の精が忘れられないのです。自分があまりにも情けなく、あなたにすがりついて泣きとうなりました！」そして、海さんは、松の木の、裂けた往古の幹に抱きつき、頰に傷ができるのもかまわず、その荒々しい樹皮に頰ずりするのであった。

幾人《いくたり》かの巡礼たちが道に沿って歩いている。一人の者もいれば、列をつくり進む者たち、並んで歩く者たちもおり、それぞれ雨の中を、険しい急な道を登っていく。たとえば、酷暑になる前の春など、快適な時節に巡礼を行なうのは荒行ではない。荒涼とした秋の中を行く巡礼、降りしきる雪の中を行く冬の巡礼のほうが仏陀のお眼鏡にかなうのである。よりご利益もあるだろう。なぜなら、旅がどんなに過酷かしれないのだから！

海さんは屈強、壮健であったが、濡れた体にしみわたる寒さに耐えかね、震えていた。その夜は、高野口にある宿坊に泊まった。高野口には、信心深い巡礼たちのために懺悔《さんげ》の場所があちこちに設けられており、その一つであった。部屋の中央には炭火が赤々と燃える銅製の大きな火鉢があり、巡礼たちは指に数珠をかけてその周りに正座していた。

炭火は同時にランプの代わりともなり、あたりを照らしている。青い靄《もや》のような煙が被衣《ヴェール》に包まれた霊のように、瑠璃色《るりいろ》の幻影のように、音もたてず燃える炭火の上に舞っていた。隅に疲れきった二人の巡礼が横になり、眠っているようであった。二人が――おそらく遠いところからであろう――どこから来たかはだれも知らなかった。

しなびた木の実のような顔をした、かなりの年配の老人が巡礼たちに交じり、なにも言わずにじっと前を見つめていた。他の巡礼たちは、その年齢《とし》になって巡礼に同行する老人を畏敬の眼差しで見ていた。外では雨が泣くが如く降り、風が鞭うつが如く吹いていた。その場にいた海さんが畏敬の念をこめて言った。

「ご老人、お願いでございます、どうか弘法大師さまのことをなにかお話しください。われら一同、その輝かしい足跡を今こうして危険を顧みずたどろうとしております」

「願いごと、しかと承り申した」と、老人は答えた。

巡礼たちが少し老人の周囲にすり寄り、瑠璃色の幻影が炭火の上でひときわ舞い立つ中、老人は語り始めた。

「わしの周りにおられるご一同、このほんの一時《ひととき》の休息の宵、わしらを暖めてくれる炭火を囲み、おのおの思いにひたっておられる、同行の皆の衆、お聞きくだされ。そこにおる、林檎の色の頬をし、心なごむ笑みをたたえた若者が――できるものならわしの息子にしたいほどだがの――そこの若者が、弘法大師さまのことを聞きたいと申された……」

大師の名が出ると、巡礼たちは、海さんが最初にその名を口にしたときのように、すわったまま深々と頭を下げた。

「弘法大師さまは」と老人が続けると、巡礼たちはまた深々と頭を下げた。「聖なる仏法を諸国に広められた大師さまの名は、ただ空海と申された。後の世となり、時の醍醐《だいご》の帝《みかど》が諡号《しごう》を授けられて弘法大師さまとなり、そして、南無大師遍照金剛と崇《あが》められておられる」

「聖なる仏法を……」

「諸国に広められた弘法大師さま」と、車座になった巡礼者たちが小声で唱え、頭を垂れた。

海さんを含めただれもが、老人が弘法大師についてどんな話をするかは、想像がついていたが、周知の事実であったとしても、賢者の語る言葉に耳を傾けるならば、信心深い魂に巣くう激情や欲望を鎮めてくれないこともないであろう。

それで、一同は耳を傾けていた。老人は話を続ける。

「弘法大師さまは、世にも稀《まれ》なる生をお受けになられた。母君が大師さまをお産みになると、大師さまはその小さな手を祈りの形に組んでおられた。お小さいころから、その信心の深きこと、すぐに賢きお言葉を発せられ、筆をとると、霊妙な文字をお書きになられた。お釈迦さまの涅槃図も描かれ、この山々の洞窟の至る所に仏陀の御尊顔をお彫りになられたのじゃ。われらが道中で仰ぎ見たあらゆる山頂に登り、天を目指してそびえるその頂《いただき》でお祈りになられ、魔訶不思議な業《わざ》をもって、邪教の徒や迷う衆生を済度なされた。それから、誦経《ずきょう》のお力でな、女性《にょしょう》と化して誘惑せんとする幾多の魔物を追い払われた……」

「南無大師遍照金剛」と、海さんは呟くように唱え、燃える炭火の上で舞う青白い幻影を見ていた眼を閉じた。

「弘法大師さまは」と、年老いた巡礼は続ける。

「あらゆる魔障に打ち勝ち、そのあとで得度なされたのじゃ。土佐の室戸岬では、海からたくさんの怪物や恐ろしい龍が現われ、大師さまを海に引きずり込もうとしたがの、呪文を声高く唱え、追い払われた。その呪文は仏陀さま御自身が夢の中でな、大師さまにそっとお教えくだされたものじゃ。呪文と同時に、口からは宵の明星の光を化け物どもに向かって吐き出された。その銀の光はな、大師さまが毎晩座禅を組んでおられたときに、そのお体に吸い込んでおられたものじゃ。幻影がいろいろな姿で迫る甘い罠、女性の魔物の色香の誘いを遠ざけるためにな、大師さまはご自分の周りに結界をお張りになり、魔物の中の幾人かを選び、中に招じ入れての、大師さまのご真言でもって説き伏せると、魔物たちはすごすごと引き下がり、消えていくのじゃ。瑠璃色の煙のようにな……」

海さんはドキリとした。再び眼を開けていた海さんは、赤々と燃える炭火の上のベールに包まれた霊たち、瑠璃色の幻影たちを、ちょうど見ていたのであった。幻影たちは、立ち昇り、舞い、身をくねらせ、漂い、身をベールで隠し、ベールを脱ぎ捨て、なまめかしい裸身の姿で海さんのほうに腕を伸ばし、同時に二十もの口が、まるで血を流す椿の花のように開き始め、あえぐように波打つ胸の先が突起するのであった。

「ああ、南無大師遍照金剛！」と、海さんがうめくように唱えた。

「弘法大師さまは」と、老人が続ける。

「神秘の呪文をことごとく修得なされた。その呪文はな、われらを幻術から解き放ち、われらを苦しめる何千もの悪霊を遠ざける力をもっておるのじゃ。大師さまは、尊き阿闍梨《あじゃり》、恵果《けいか》和尚の弟子じゃった」

「南無恵果阿闍梨！」と海さんが叫ぶと、巡礼たちも唱和した。

「弘法大師さまは中国から、御仏《みほとけ》のお教えを伝える何千巻もの経典を――つまりは宝物じゃ――この瑞穂の国、日本にお持ち帰りになられたのではなかったかの？」

「大師さま、大師さま！」巡礼たちが熱狂して叫ぶ。

「大師さまは」老人が続ける。

「われらみなが目指す高い山の頂に建つ伽藍《がらん》を、つまりはあの霊山、高野山をお開きになられたのじゃ。それからな、大師さまは入滅されてはおらぬぞ。ある洞窟の中にお籠もりになっておられる。そこで、今か何世紀後かわからぬが、弥勒菩薩《みろくぼさつ》さまが現われるのを待っておられるのじゃ。弘法大師さまはお亡くなりになってはおらぬぞ。まだ生きておいでじゃ」

「大師さま！」と巡礼たちが戸惑いがちに叫んだ。半信半疑だったのである。

疲れ切った巡礼たちは、睡魔に襲われてばたりと倒れ、ある者はほかの者の膝を枕に深い眠りに落ちた。隅に引きこもった海さんに、瑠璃色の煙が薄く細く消えかかる中、幻影が近づいて来るのが見えた。牡丹の精でもなく、菊の精でもなかった。すべてを舐め尽す炎の精であった。炎の精は腕を伸ばし、海さんは、抗《あらが》う力もなく微笑みかけ、そして眠ることのない夢の中で炎の精をわがものにし、炎の精は海さんを独占した。

翌朝の明け方、巡礼たちが支度を整えて外に出ると、あっと驚いた。まだ秋の気配であった天候が急変していたのである。西風は北風となり、湿った雪がちらほらと舞っていた。東から昇ってきた青白い朝日は、自分を包み込む霧をなんとか振り払おうとしているかのように見えた。

はるか南には、海が灰色の敷布を広げたように翳《かげ》っている。そして山々が遠くまでうっすらと連なり、雪のかかった峰々がそばだち、いくつもの谷がその間をえぐっている。彼方には滝が、今は氷点下ではないが、凍てつく夜の寒さに凍ったまま垂れ下がり、ぎざぎざと稜線が続く中、谷と山の間を、足場の悪そうな急で細い道が続いていた。巡礼たちがこれからたどらねばならない道である。

その道は、見え隠れする帯のように谷に向かって下り、滝の周りを回るとまた山に向かって険しい坂道となって、風雨にさらされた三本の松の老木の周りを越え、彼方へと細く微《かす》かに弧を描きながら視界から消えていく。今はまだほとんど見えない高野の山頂へと続く道である。ここからは、巡礼たちの目的地である僧院の建物群は見えなかった。ただ、もうもうと降りしきる雪の中を、円を描いて空高く飛ぶ二、三羽の鷲が巡礼たちみなの目をとらえた。彼らにはその鳥たちが、大きく輪を描き、祝福し、鋭い鳴き声を上げ、神仏の加護を願ってくれているかのように思えた。

巡礼たちの歩く速さはそれぞれ異なっていた。年齢ごとに群れになったり、あるいは分かれたりしていた。年配の者たちは連れ添って歩き、前後に並んで進んでいく。健脚の若者たちは同じ速さで歩いていく。そして、おたがいの巡礼経験を語り合う。日本全国の三十三観音霊場を回った者たちもおり、弘法大師ゆかりの四国八十八カ所霊場めぐりを計画している者たちもいた。

そんな話の合間にも誦経をし、歩き、下り、登っていった。今、手に持つ杖は、まっすぐではなく、斜めに下ろされている。数時間後、あたり一帯の広い風景のキャンバスのあちらこちら、そして至るところに、広大な光景を背景に小さく見える巡礼たちの影法師のような姿が描かれているのであった。それは、大きな菅笠をかぶり、膝を曲げ、ふくらはぎに力をこめて、杖を斜めに、またまっすぐついて進むセピア色の小さな男たち、同じように暗い色調のよじ登る小さな姿、登っていく小さな影法師たちであった。

海さんは、五人の若者たちと道づれになっていた。海さんと同じように信心深い若者たちである。それぞれ、自分の出自のことは語らなかった。それはどうでもよいことだった。そのうちの二人は、見るからに生まれのよさそうな若者で、ほかの三人はおそらく農家、あるいは牛飼いの息子たちであった。

若者たちは信心の絆で結ばれ、法悦を求めて難行を志し、一番の難路を選ぶことにした。というのも、年配の巡礼たちは、順路に沿って上り下りしていけばそれで十分巡礼の務めを果たすものと思っているが、その道以外にも、ことのほか狭く険しく、危険極まりない回り道や脇道があったのである。そこで、若き巡礼たちは、難所を避けて通るようなことはするまいと誓い合ったのである。そして、友愛の絆で結ばれたばかりの六人の若者たちは、海さんを囲むように寄り添って進み、ある地点から、さらに狭く険しく深い谷底に向かう道が、あるいは、真上にある峰へとよじ登る迂回路があれば、そのたびに順路を逸れていった。

まるで何かにとり憑《つ》かれたように、若者たちは順路の――もうそれだけで十分に難路で大変であったのに！――脇道や横道ばかりを求めて歩き、最大の難所を見つけると大喜びするのであった。その難所はどこも、天地の間の中空にあるような危険極まりない場所で、かつて弘法大師が自ら探し、自ら向かったところであった。

その間にも雪はますます降りしきり、凍てつく寒さとなっていた。巡礼の若者たちのかぶる幅広の丸い菅笠を、綿毛のような白い雪が薄く覆っている。杖の先端の鉄の部分が氷に刺さり、地面をしっかりととらえるが、草鞋では足を滑らせてしまいそうであった。

若者たちは互いに体を支え合い、誦経をし、綱で互いの体を結び合っていた。年配の巡礼たちは、降りしきる雪に包まれた広大な風景の中のあちらこちらで、この若者たちを見やり、最初はなんと無謀なと舌打ちし、かぶりを振っていたが、そのうち、称賛の目に変わる。信心の強さと一途な姿に心打たれ、若い行動力が羨ましかったからである。

六人の若者たちはといえば、自分たちが行なっている荒行という競技に熱中し、我を忘れていた。そして、その荒行という神秘が若者たちに信じがたい力を与えているかのようであった。頂を目指し、真上に身を持ち上げ、奥底に向かってすべり、転がり落ち、再び岩をよじ登り、歓声をあげ、助け合い、綱を引き合い、平らな岩の上に這い上がった。絶壁の上のその岩は、まるで手すりのない露台のように谷に向かって迫り出しており、その下の奈落の底には滝から流れ出る川が逆巻いていた。

「ここだ」と若者の一人が言った。

「弘法大師さまが、絶壁に大仏さまをお彫りになられたのは！　大仏さまといっても、その御尊顔だけだが。何世紀もここにおられる」

「どこに？」と、海さんが興味をそそられて聞いた。

「この平たい岩の下だ。この岩は、舞台のように谷底から突き出ている。ああ、いったいどのようになされたのか、だれも知らない。きっと、呪術を使われたのだろう。鬼神の中には護法善神がいて、大師さまの言うことなら何でも聞いただろうから」

その善神たちが、大師さまがお彫りになっている間、飛翔しながら谷底の上で大師さまをずっと見守っていたのだろう。ほかに術《すべ》があったとは考えられない。御尊顔は、低いところからでも見える――ほら、あそこで、巡礼の何人かが、一目でも拝もうと、眼の上に手をかざして見上げている」

「われらもここから拝めるだろうか？」と、海さんが胸を震わせて聞いた。

「もちろんだ」その若者が答えた。「この命綱をみんなで結んで、この岩の下の御尊顔を拝したい者を残りの五人で支え、あの岩先から下に下ろすんだ。それを順番にすればいい。谷底の上で宙に浮きながらでも、御尊顔を拝し、お参りできるではないか」

若い巡礼たちは、一斉に歓声をあげた。だれもが、そのはなれ技に挑戦する覚悟でいた。一番手は、提案した若者だった。命綱をしっかりと結びつけてもらい、残りの五人がこの若者を岩先から下に下ろすのである。朝の時間帯も終わるころ、雪は小やみとなり、ちらほらと舞っている。下方の白く泡立つ滝の傍で、三人の年配の巡礼たちが、信心深く屈強な若者たちが演じる命がけの試みを、目を丸くして見上げていた。

一番手の若者が、残りの五人の手で下ろされた。若者は天地の間の中空に浮き、仲間たちは、肩と腰を命綱で結ばれた若者が岩の下でほどよく釣合いがとれるように腰を落とし、足を踏ん張った。若者の足はバタバタと宙を蹴っていた。

「御仏！」その若者が突如、叫ぶのが聞こえた。

御仏のお顔が見えると叫んだのである。この岩の下の絶壁に、弘法大師さまが善神たちに護《まも》られながら彫られたであろう神々しいお顔が。

仲間たちが持つ命綱にぶら下がり、奈落の上の宙に浮く若者は、讃嘆し、恍惚となり、御仏を拝んだ。

そして叫んだ。「もういいぞ！」

仲間たちが命綱を引き、若者を岩の上に持ち上げると、若者は気絶し、倒れた。

次に御仏のお顔を拝する番の巡礼は――ほかの者たちは気絶した仲間の顔に雪をすりつけて介抱していたが――その若者が意識が取り戻し、綱を手にするまで待ちたくはないと言い張った。

「きみら四人の力で十分だ。さっきわれらが五人でこいつを下ろしたようにして、四人でやってくれ」

四人はその若者に命綱をかけ、奈落に吊るした。

「御仏！」と、その若者が叫ぶのが聞こえた。

その若者も、絶壁に彫られた神々しいお顔を見たのだった。はるか下方では、年配の巡礼たちがひざまずき、祝福し、念仏を唱え、両手を岩に向けてかかげていた。若者たちは、芸に熱中している曲芸師のように見えた。

一番手の若者は意識を取り戻したが、引き上げられた二番手の若者は、目を大きく見開いて陶酔状態となって倒れた。そして叫んだ。

「至福だ！　浄土だ！　おれは今、至福の境地にいる！」

若者はひざまずくと御仏の名を呼び、一心に念仏を唱え始めた。

「今度はおれの番だ！」と三番手の若者が名乗り出た。

この若者も、四人の手で下ろされた。陶酔状態の若者は雪の中に深々とひざをつき、まだ念仏を唱え続けていたからである。

「御仏！」とその若者が叫ぶのが聞こえた。

四人が若者を引き上げると、若者はまるで子どものように笑ったり泣いたりし、手伝ってくれてありがとう、おかげでお顔を拝することができたと、仲間たちに抱きつくのだった。

四人目の若者も宙に吊るされた。

この若者が、「御仏！」と叫ぼうとしたそのとき、命綱が岩先の鋭い角で軋《きし》む音がし、ばちりと切れた。だが、仲間たちは、まるで麻袋を持ち上げるように若者を岩の上へ放り投げ、ことなきを得た。若者は顔も手も胸もすり傷だらけで、血を流していた。

「おかげで、御仏！　と叫ぶ暇がなかったじゃないか！」と、若者は仲間たちを激しく責めた。仲間たちは、命を助けることができたのを喜んで笑っていたが、若者はすすり泣いた。そして、もう一度下に下ろしてもらい、宙に浮きながら御尊顔を拝したいと頼んだが、仲間たちは断り、若者は憤激するのであった。残りは海さんと最年少の巡礼、おそらく十六歳ぐらいであろう、まだあどけなさの残る少年である。細身とはいえしっかりとした体つきであったが、目つきはまるで女のようであった。

「先に行くか？」と海さんが聞いた。

最年少の巡礼は、弱々しく答えた。

「どうぞ、お先に……」

「きみら！」と海さんが叫んだ。「おれの番だ！　がなりたてたり、笑ったり、念仏を唱えたりする間に、おれを結んで下ろしてくれ。さあ、頼む、早く！　綱の長さは、おれを結んで下ろしても、まだ十分ある」

五人は海さんに命綱をつけた。そして、その短くなった命綱で下に下ろした。海さんはまるで巣立ちをするひな鳥のようであった。空中に浮くと、しばし足をばたつかせた。草鞋を脱いだ足の裏をひらひらと上向きにしながら。

弘法大師さまがかつて、善神たちに支えられて宙に浮き、お彫りになった御仏が、そのお顔が、海さんに見えた。海さんはすぐさま手を合わせ、拝もうとした。しかしその途端、御仏の顔は海さんの目の前でみるみるうちに妖女の顔に変わっていった。それは、思わせぶりな女の顔であった。その変化《へんげ》の顔が、岩の下に浮いている海さんの目の前で、海さんを悦楽へと誘うのであった。

妖女は潤《うる》んだような瞳で海さんを見つめ、淫靡な目つきをして、きらめいている。口は、なにかを吸い込まんとするが如く漏斗《じょうご》のように大きく開かれ、今にも噛みつきそうな真珠色の歯の間から、紫色の舌が伸び出してくる。そして、印を結んでいた御仏の手が次第に開き、海さんにつかみかかろうとした。

海さんは恐怖と絶望のあまり、悲鳴をあげた。本当は「御仏！」とあたりにこだまするほど名を呼びたかったのだが、できるはずもなかった。仲間たちが海さんを引き上げて聞いた。

「見たか？　少しでも極楽を味わえたか？　拝んだのか？」

命綱を外された海さんは、青ざめた顔で呆然と立っていた。全身が震えている。

「いや、命綱がはずれそうでずり落ちてしまうかと思った」と海さんは疲れ果てた声で嘘をついた。

「阿弥陀さまがお慈悲をかけてくださった」

それから、まだ青い顔で体を震わせながら、最年少の若者に向かって言った。

「坊主、おまえの番だ」

「そうだ、おまえの番だ」と、残りの仲間が若者に言った。

最年少の若者は、黒くつぶらな瞳を上げた。

そして、言った。

「わたしにはできない。怖いんです」

仲間たちは軽蔑した。

「怖いだと？　それでも男子か？　われらが支えてやろうというのに、宙に浮かんで御仏を拝む勇気がないというのか？　臆病者め！　おまえは、おれたちと信心と勇気を分かち合う巡礼などではない！　女々しいやつめ！」

仲間たちは、若者を侮辱しつつ嘲笑を浴びせかけ、もうこれ以上ともに旅を続けるのはお断りだと言い渡した。四人は、綱を巻き上げた。そして、深く下る道を行こうとしている。道はふたたび高く険しい上りとなって巡礼の目的地である僧院へと続いている。高野山である。

年少の巡礼は身を震わせて泣き、嗚咽《おえつ》していた。海さんがやさしく言った。

「おれがいっしょにいよう」

「この臆病者といっしょにいるというのか？」四人が毒づいた。

「こいつといっしょにいるよ」海さんは言った。「こいつはまだ若く、心根のやさしいやつだ。おれたちといっしょに難行を続けてきた。これ以外はな。だがな、これは普通の巡礼のすべきことではない。もちろん、この難行を果たせたことは誇りに思っていい。おまえたちみんなも、おれもだ。同志たち、行くがよい。おれはこの子といっしょにいる」

四人は、もはや毒づくこともなく去っていった。四人の声は念仏となり、誦経の声は道を下りながら次第に一心不乱の調べとなり、雪のちらつく空一面に響き渡った。

年少の巡礼は海さんへ向かって手を差し出した。

「いっしょにいてくれると？　ありがとうございます！　お慕いいたします。わたしにお世話をさせてください。ええ、怖かったんです。綱にぶら下がって宙に浮くのが。あの岩の角で綱が切れるのが。というより、最初の人がぶら下がったときから、もう怖かった。自分に勇気がないことはわかっていました。海さん、お慕いいたします。あなたの世話をさせてください。草鞋を結びましょうか？　これからいっしょに巡礼の旅をさせてもらえますか？　ああ、ほんとうに感謝しています。さあ、草鞋を結ばせてください」

海さんは年少の巡礼の髪をなでた。その髪は、椿油の香り漂う女の髪のように感じられた。そして、まだ震え、手を組み、目の前に立っている若者のやさしい目をのぞき込んだ。

「仲間たちの中で一番若く、一番やさしいおまえよ」と、海さんは言った。

「違う、おまえに草鞋を結んでもらう資格はおれにはない。そうしなければならないのは、おれのほうだ。おれがおまえの力になってやろう。おれは、おまえより罪深いのだ。おまえは御仏を拝むことをしなかったが、おまえがどれほどか弱いかと責めるような者はいないだろう。だが、おれは……おれは強い、御仏を……見た……だが、おれは……そのお顔を見ている間も、煩悩の塊《かたまり》だった！　おまえのかわいらしい顔を見ているときも、そうだ！　ああ御仏よ、この海に憐みを垂れたまえ！」

言い終わると、海さんは嗚咽しながら、年少の若者の足元にしゃがみ込んだ。若者は驚いて海さんを立たせようとした。

「いいから」と海さんが言った。

「おまえの草鞋はどこだ。ああ、ここか。この岩に腰かけるんだ。待て、この半纏を敷いてやろう。雪は濡れていて冷たいからな。気をつけろよ。おれが面倒をみてやる」

海さんは若者の前に膝をつき、草鞋を結んだ。それはまるで、女の足に草鞋を結んでいるかのように感じられた。二人が立ち上がると、海さんが言った。

「この半纏を上に着るといい。ごわごわしているが暖かいのだ。寒そうじゃないか。おまえのような、ひ弱な坊主にはきつい旅だ。おまえがどんなにか弱いか、今はじめてわかった。すぐにはそう見えなかった。そのおまえが、おれたちとあんなことをやってのけたとはな。おまえの信心が強固だから、あんな力が出せたのか？　自分の手に余るほどの無理はするな。今からはおれが味方だ。

おまえの力になる。さあ、行こう。これから下りだ。谷底に、奈落に向かってだ。それから、とんでもなく急な道をよじ登る。おれが助けてやる。さあ、これがおまえの包みだ。それから、これがおまえの杖だ」

そう言うと、海さんは菅笠をかぶった。

「海さん」若者が言った。「あなたはいつも微笑んでおられますね。ぼくが臆病者で情けない姿だったときでさえ。煩悩の塊だと思っておいでのときも。でも、あなたはそんなものでないに決まっています。いつも微笑んでおられますね、海さん、お慕いしています。いっしょに上り下りし、奈落の底へ、それから大師の開かれた高野山の僧院へと登って行くときは、きっと、下へ上へと漂いながら、浄土への旅路を二人でたどる心地がするでしょうね」

雪が降り始め、激しさを増していった。はるか向こうには海が見え、広大な山々の世界に低く垂れこめた空は、もうもうと舞う灰白色の雪に覆われていた。海さんは若者の腰を抱き、下方へと下りていった。二人の杖が足場を求め、段や石を探る。青ざめ、恍惚となり、目を大きく見開いた若者の顔が海さんの肩に乗っていることもあった。海さんは若者を担ぐようにして進んだ。若者は、自分で歩いているとは感じられないほどであった……。

ほかの年配の巡礼たちや若者の一団は、順路や難路をそれぞれ抜けて谷に下り、再び山を登り、すでに僧院を目指していた。巡礼たちの目に、ようやく山頂の僧院の神聖な建物群の影がうっすらと見えた。夕暮れの霧と雪の冬景色の中、やわらかに輝く光輪が、建物群を包んで照らし出しているように見えた。

だが、海さんと最年少の相棒は——海さんのほうは自分の名を明かしていたが、相棒の名は知らず、聞きもしなかった——その晩は、小さな宿坊に留まった。疲れた巡礼たちのための避難場所で、まるで燕の巣のように岩壁にくっついて建っている。はるか下方には滝のように下っていく川が逆巻き、はるか上方には星たちの光が、雪が一瞬小やみになる隙に、灰色の夜空をなんとかすり抜けようとしていた。

若者は死ぬほど疲れ、荷物を枕にして布団に倒れ込んだ。海さんはごわごわの自分の半纏を若者にかけてやり、腕にかかえてあやすように揺らして、元気を出せ、ゆっくり休めと励ますのだった。若者は眠りに落ち、海さんもその傍らで眠った。

翌朝、まだ未明のうちに海さんは目を覚ました。小さな陶器の器にゆらゆらと煙をたて、灯心が燃えていた。海さんは身を起こし、目をこすった。側には若者が身じろぎもせず、静かに眠っている。やさしく整った、女の顔をし、目を閉じて幸せそうな笑みをほんの少したたえて、謎めいた表情をしていた。若者はぐっすり眠っていた。海さんはそっと立ち上がり、草鞋を結んだ。だが、眠る若者を暖かく覆う自分のごわごわした半纏はかけたままにしておいた。

そっと戸を開けると、宿坊の主《あるじ》である老人がすでに起きており、開け放った窓の前にすわって陽が昇る方角をじっと見ていた。宿坊の主というより、隠者のようであった。

「もう参ります」海さんが言った。

「さようか」座禅を組み、目を大きく開いてなにかを待ち受けることに没入していた老人は、うわの空で言った。そして、ふと現実の世界に引き戻され、海さんに話しかけた。

「温かい汁はいらんかの？　薪《まき》を焚いて、鍋を温めるだけじゃ」

「お申し出、かたじけのうございます」と海さんは慇懃《いんぎん》に言った。「ですが、早めに出発し、今日の午後には高野山に到達しとうございます。ですから、お汁を温めていただく必要はございません。お腹もすいておりませんし。それに、無一文で巡礼の旅に出ました。父が路銀を用意してくれたのですが、この旅をやり遂げるために金銭は使いとうございませんでしたから」

「ならば、菩薩さまたちもお喜びで、きっとご利益がござろう。一銭もお持ちでなければ、一銭もとることもござらん」

「慈悲深いお言葉、まことにかたじけのうございます」と海さんは言い、深々と頭を下げた。「あそこにまだ眠っておりますす、年少の相棒が銭を携えておりますかどうか、存じません。昨日知り合ったばかりのものですから」

「銭を持っておられるなら」と、老人は言った。「銭を置いて行かれるであろう。さもなければ、目をお覚ましになったら、道中の無事を祈るだけじゃ。ここでは、銭はあまり用をなさないからの。この小屋は何年も前に、弘法大師さまと大師さまを崇める人たちを称えて建てたものじゃ。疲れきった巡礼さんたちのためにと思ってな。それで、汁を鍋で温めて出すのじゃ。水と、野菜の葉っぱと、少しばかりの米の入った汁だがな」

「それだけで十分でございます」と、海さんは頭を下げて言った。

「それだけで十分じゃ」老人も頭を下げ、繰り返した。「もしご出立ならば、半纏をはおって行かれるがよい。今朝は冷えますぞ」

「半纏は、若い相棒にかけたままでございます」と、海さんが言った。「あやつはわたくしより弱うございます。か弱い若者です。わたくしは強く、寒うはございません。体中に熱気があふれております。この手に触れてごらんください」

海さんは温かい手を差し出した。

「おまえさんは若いのう」と、老人は言い、海さんの手を強く握った。「それに信心深い」

「わたくしは度し難く罪深うございます」と、海さんが言った。

「度し難く罪深い？　おまえさん、そんなことを言うのにはまだ若すぎるぞ。おまえさんの罪業というのは、若いというだけのことかもしれぬ」

「そう思われますか？」と、ためらいがちに海さんが聞いた。

「そうじゃろうと思うがのう。われら俗界の習いじゃ、ほぼ間違いなかろう」

そう言うと、老人は目を大きく見開いて東を見つめた。そこには、おぼろげな光とともに陽が昇り始めていた。

「阿弥陀さまじゃ！」老人が狂喜して立ち上がり、叫んだ。

「南無阿弥陀仏！」海さんも続いて叫んだ。「一切衆生を浄土にお迎えになるまで、ご自分は涅槃の地に赴かれないとお誓いになった阿弥陀さま！」

「新たな一日が花開こうとしている！」老人は狂喜して言った。「また新たな神聖な日が！　わしの念仏があたりに響き渡る時間がまた訪れたのじゃ。何時間も何時間も、夜の帳《とばり》が下りるまでな。毎日、毎時、慈悲という慈悲の時間が、極楽という極楽の時間が続くのじゃ。やがてわしに死が訪れ、わしを阿弥陀さまのもとへ連れていくときまで！　海を越え、雲間を抜けて天へ向かい、東から西へと渡る浄土へ迎えられるのじゃ！」

老人は手を組み、はるか遠方のおぼろげな陽に向かってその手を差し伸べた。陽は、ぎざぎざとした稜線の上にほのかな光を放ち、昇っていた。

海さんは、ここにどのぐらい住んでいるのかと老人に聞いてみたかった。それから、家族はいるのか、子どもは、とりわけ息子は、妻はと。そして、ただ一人の女を愛おしんだのか、それとも、何人もの女に欲情をそそられたのかと。

海さんは老人に何も聞かなかった。ただ、これだけ言った。

「ご老人、失礼ながら、これでお暇《いとま》いたします」

そして深々と頭を下げた。老人も深々と頭を下げ、挨拶した。

海さんは菅笠をかぶり、杖を手にして外に出た。あの暖かい、ごわごわした半纏なしでは震えるほどの寒さだった。道が見えた。最初は岩を削ってつくった道で、その先は上方へ曲がりくねって続いている。

海さんは出立した。たった一日だけの若い相棒を残したまま。海さんにはわかっていた。若者ともう二度と会うことはないだろうと。広大な山々の世界は幽々、茫漠と広がり、どんよりと垂れこめた雲からは雪がまた舞い降りてきそうであった。陽は霧に封じ込められていた。二羽の鷲が夢見るように円を描いていた。この世のあらゆる苦しみから遠く離れ、痩せた苦行僧の如き鳥は、海さんの頭上高く、何度も何度もぐるぐると回っていた。

海さんは、巡礼の仲間である一本足の杖をお供に、何時間も歩いた。下っては登り、谷底や滝のはるか上に突き出た岩に腰かけ、少しばかり休むと、また這《は》い登り、また一時間下り、それからまた二時間登り、その日の午後、高野山にたどり着いた。疲れきって息を切らしてはいたが、感動のあまり、体が震えていた。

弘法大師の開いた聖なる僧院に到着したのである。同行者だった年配の巡礼や若者たちの中には、病気になったり、憔悴しきってあちこちの宿坊にまだ留まっている者も、先に高野山に到着した者もいたが、この朝、海さんはその巡礼たちのだれの姿も見かけなかった。最年少の若者――海さんは、その若者を眠らせたまま残してきたのだが――の面倒を見ているうちに、遅れをとってしまったからである。

それから海さんは、鬱蒼《うっそう》とした森の中をさらに行かねばならなかった。あちらこちらにうっすらと雪がかかっている。松の木や痩せた杉の木たちが、信仰心の塊の苦行僧の姿で、祈り、瞑想しているかのように枝々を差し出し、天に向かって身を伸ばしていた。

俗世間の一切のものを断たれた寂滅の気配が漂っていたが、寒く、陽も見えず、暗然としていた。女人は一歩も足を踏み入れてはならない、そして、これまで一人も足を踏み入れたことのない場所である。生の歓びの輝きは消え、官能のきらめきも絶えた場所である。地上と海からはるかに高く、深淵の上にかかる細い橋がある。橋を渡るとその先は浄土であり、森のさらに奥へと続いている。森の奥は、息を切らし震えて進む若き巡礼の周りに、謎めいた静けさの中で、淋し気に広がっていた。

海さんはようやく黒々とした門の前にたどり着いた。僧院の霊域にある裏門である。その傍に、海さんと同じように雪をかぶった青銅の地蔵菩薩の像があり、海さんを心から慰めるように微笑みかけた。疲れきった海さんはうめくように歓喜の声をあげ、地蔵の膝に接吻すると、地面から石を拾い、この世の重荷を軽くしてくださいと祈って膝の上にのせた。それから門の青銅の金輪《かなわ》をつかみ、打ちつけた。そして、待った。門番の僧が、片方の扉を開いた。

「恐れながら、巡礼の者でございます」と、海さんが言った。

「よろしければ、中に入られよ」と、門番の僧が答えた。

僧は海さんを中へ通すと、扉を閉じ、先へと案内した。僧が連れていった建物は、審問を行なう寺務所であった。厳《おごそ》かにたたずむ木々の間に、僧院の建物群が薄墨色の巨大な塊のように黒々と霞《かす》んで見えた。寺務所では一人の僧が、筆と巻紙を置いた文机を前にすわっていた。

「名は？」

海さんは名を名乗り、年齢と出身地を告げると、無一文であること、贖罪のための巡礼であることを伝えた。僧は書き留めていた。

「笛かなにか、楽器はお持ちか？」と、僧が聞いた。

「いいえ、御坊《ごぼう》さま」

「禁じられておることは、ご存知か？」

「存じております、御坊さま」

「武器や賽《さい》もお持ちではないな？」

「なにも持ってはおりませぬ、御坊さま」

「いつまでこの聖なる地で、南無大師遍照金剛、お勤めをするおつもりか？」

「南無大師遍照金剛」と、海さんも唱えた。「御坊様、実は、学僧になり修行しとうございます。そしてお許しがあれば、ここにずっといとうございます」

「本心からそう申しておられるのか？」

「本心からでございます」

「では、老師さまにそう申し上げよう。あちらで待たれよ」

「お待ちいたします、御坊さま」と、海さんは頭を下げて言った。そして、後ろに下がり、狭い縁台の上に倒れ込むように腰を下ろして眼を閉じた。

僧はゆっくりと立ち上がり、出ていった。それからの時間は長かった。午後の時間は寒々とうら淋しく、重苦しい空気に包まれていた。障子からは薄明かりが洩れていたが、外はきっとまた雪が降っているに違いない。海さんは、半纏なしではあまりにも寒すぎて、もはや寒さを感じなかった。何時間も何も口にしておらず、あまりにも空腹すぎて、もはや空腹を感じなかった。

だが海さんの魂は、今にも羽を開き飛び立とうとしている軽やかな鳩のようにはずんでいた。肉体は苦行に耐えてきたように見えたが、かろうじて結ばれ、すり切れた草鞋をはいた足からは血が出ており、激しく痛んだ。海さんの体の中で何かが凝結し、動かなくなったように思えた――血である――と同時に、海さんの体の中できらりと光るもの、輝くものがあった。海さんが感じていた法悦のひとときである。海さんの口元には萎《しお》れることのない花のような笑みが浮かび、その口元から洩れる息の音は、芳香を放つ旋律のように聞こえた。海さんはずっとすわっていたのだが、空中を漂っているように感じていた。

どのくらいの時が経ったのか海さんにはわからなかったが、ようやく僧の声が聞こえた。

「老師さまがお待ちである」

「かたじけのうござ……」海さんはくぐもった声を発したが、最後まで言い切ることはできなかった。

海さんは杖の助けを借りて身を起こした。立ち上がると、杖はそのままにして、僧のあとについて柱の立ち並ぶ長く暗い廊下を進んでいった。暗く四角い、がらんとした部屋に老師が立っていた。墨染の衣をまとい、頭も顔もきれいに剃った、小柄で痩身の行者の姿である。暗い穴のように見える黒々とした両眼から二つの魂が見つめているようであった。不思議な黒色を帯びた光輪が老師の周りを包んでいた。その姿を見て、海さんは床にひれ伏した。

「お客人は何をお望みじゃ?」と老師が聞いた。ひれ伏していた若者には、なにか冷やりとしたものが落ちてきたように感じられた。

「ご老師さま」海さんが言った。「わたくしは煩悩にまみれた小僧でございます。いつも罪深いことを考えてしまいます。きっとわたくしの血の中に煩悩が巣くっているのでございます。ですが、わたくしは本心から煩悩を断つ覚悟でおります。ご老師さまのお許しをいただき、是非ともお弟子の末席に列なり、修行を積みとう存じます」

老師は、海さんをじっと見下ろし、しばらくしてから言った。

「そなたが言うことが本当なら、そのように煩悩にまみれた若者を学僧として迎え入れるわけにはいかぬな。煩悩は移るものじゃ。そなたの煩悩とはなんじゃ?」

「欲情というけがらわしい魔物が、ご老師さま、わたくしをつかんで放さないのでございます」海さんはへりくだり、深々と頭を床につけて打ち明けた。「ですが、わたくしに課せられますどんな試練にも耐える覚悟でございます」

「本心であることはよくわかり申した」老師は言った。「試練を課さねばなるまいの。まずは体じゃ、そのあとは、魂じゃ。若者よ。そなたはまず、おのれの意志の力で、寒さも雨や雪も身を切る風も感ぜぬようにならねばならぬ。その気がおありかな?」

「はい、ございます。ご老師さま」

「では、立って、ついておいでなされ」

海さんは立ち上がり、老師のあとにつき従って僧堂を抜け、長い廊下を通り、ある僧院の門にたどり着くと、お供の僧が門を開いた。

敷居からは三、四段の花崗岩《かこうがん》の階段が下の高台に続いていた。そこには、聖なる五輪塔がいくつか立っていた。知る人ぞ知る、五大を象徴する形を持った塔である。高台からは無辺の山々が見え、それははるか彼方の海と一体となって永遠無窮の世界のように思えた。そして雪が降っていた。

老師が言った。

「若者よ、食べものも身を覆うものもなく、三日三晩、この段の上で座禅を組む気力がおありかな?」

海さんは祈るように手を組んだ。

「ご老師さま、わたくしは、厳しい巡礼の旅を終え、疲れきっております。どうかご慈悲を……」

「無理であろうな」と老師が言った。その声は冷たかった。

「では、この段の上で、一日一晩、この日と今晩、明日、陽が天頂に昇るまで、座禅を組む気力がおありかな?」

「はい、ご老師さま」と海さんが答えた。

暗い穴のような老師の両眼から二つの魂の光が放たれ、先ほどよりもやさしげな視線が若者にそそがれた。海さんには、黒色を帯びた光輪が銀色になったように思えた。

「では、おすわりなされ」老師がこよなくやさしい声で言った。「座禅を組みなされ。そして次の問いに思いをめぐらし、答えを出されよ。——もし阿弥陀さまが成仏なさるのを拒《こば》まなかったとしたら、もし菩薩さまとして、罪深い衆生を見守るためにこの地上を超えたところにある浄土にお住まいでなかったとしたら、そなたは煩悩を断つことができると思うか？——答えを急ぐではない。ただ深く、心底思いをめぐらすのじゃ。可か不可か、しっかりと秤にかけて思案し、明日、正午が過ぎたら、そなたの思うところをわしに告げるがよい」

「座禅を組み、思案いたします、ご老師さま」と海さんは神妙に応じたが、答えはもう決まっていた。阿弥陀さまのご慈悲がなければ、未来永劫無明《むみょう》の闇をさまようであろうと。

だが、即答はせずにいた。老師が中に入り、お供の僧が門を閉じると、外に残された海さんは一番下の花崗岩の段に座を占めた。そして、降りしきる雪の中で前方を見つめた。寒さが身に染みたが、瞑想にふける者は、どんなに寒くても寒さを感じないものである。空腹であったが、この地球をとりまく天球にかかわる高みや深奥のことに思いをめぐらす者は、飲まず食わずのほうがよいのである。

雪がますます激しく降り始めた。どれほどの時が経過したか定かでないが、門がほんの少し開き、お供の僧が姿を見せて言った。

「老師さまが尋ねておられる。試練がつらすぎるようであれば、中にお入りなさいと」

海さんは言った。「ご老師さまに、お申し出かたじけのうございます、とお伝えください。ですが、このまま続けます。まだ力がございます」

僧は身を引き、門を閉じた。あたりは暗くなり始め、海さんはすわったまま、思いをめぐらせていた。煩悩を断つことができたとして、もし阿弥陀さまが罪深い衆生を見守られるために菩薩としておとどまりになっておいでなかったとしたら、この地のはるか上にある浄土においでにならなかったとしたら、煩悩を断つことは果たして可能であったであろうか。それにこのお方が、釈迦牟尼仏ご自身のように涅槃の地においでになり、その神々しい眼差しをもう地上にお向けにならなかったとしたら。思いは錯綜し、結論は出なかった。

だが、答えは簡単であった。阿弥陀さまがお救いくださらなかったとしたら、どなたがお救いくださったであろう？　お地蔵さまは子どもや無辜《むこ》の民を救ってくださる。だが、海さんはもう無辜の民ではなかった。慈悲の女神、観音さまは、慈悲深いお方である。だが、乙女たちや母親たちを放っておき、罪深い若者に目を向けてくださるのであろうか？　海さんにわかることではなかった。すべて高僧が考えるべき教義の問題であった。というより、そもそも考えるものではなく、何の迷いもなく、瞬時に領解《りょうげ》すべきことであった。老師は何故《なにゆえ》かくも難しい問題に思いをめぐらせよと海さんに命じたのであろうか？

あたりは、かっと見開いた海さんの眼の周りをめくるめくように舞い散る雪のほか、すっかり暗闇に包まれていた。そのとき、再び門が少し開き、また僧が姿を見せた。

「老師さまが尋ねておられる。夜は中に入って僧房でお過ごしにならぬかと」

海さんが答えた。

「ご老師さまの格段のお申し出、お気遣い、痛み入ります。深く深く感謝申し上げます。ですが、まだ力がございます。寒さはもう感じません。飢えも耐えがたくなくなりました。今夜、明朝、正午までここにおりとうございます」

「では、その帰依のお気持ちの邪魔はもういたしますまい」と僧が言った。「御仏のご加護があらんことを、巡礼どの」

「あなたさまにも、御仏のご加護がございますように、御坊さま」と、海さんが返事した。

門は閉じられた。長く不可思議の時が過ぎていった。海さんは前方を見つめ、思いをめぐらそうとした。雪は少し小やみとなり、白く、銀色にはらはらと舞っている。あたりは凍てつき始め、空気は固い水晶《クリスタル》の覆いの如くはりつめている。空は異様に青み始めていた。彼方の山の上に、大きな金色の満月が昇っている。広大無辺の世界は隅々までますます広く大きく、延々と続く山々の稜線が今はくっきりと見えていた。

彼方には海が、時に幾条かの銀色の静かな道筋のように、時に幾条かの金色にきらめく道筋のように、横たわっていた。突如、海さんの前に一人の〈女〉の姿が見えた。

海さんはどきりとし、体中が震えた。女は、まるで奈落から現われ出たように、海さんの目の前の高台の端に立っていた。

足は高台の端にほとんどついておらず、まるで深淵の上に浮いているようであった。この上なく美しく、この上なく大きな姿で、この上なく白い肌をしている。そして、血のように赤い口元と黒玉《こくぎょく》の瞳に、得も言われぬ甘美な笑みをたたえていた。髪は黝《あおぐろ》く、その夜の色そのものであった。花魁《おいらん》のように髪をいくつもの房にして高々と結い、水晶の如き長い長い簪《かんざし》を何本も挿し、それは恒星の放つ光のようにきらめいていた。

銀色の滝や銀色の岩々を鏤《ちりば》めた銀色の山の景色が織り込まれているように見える、ゆったりとした雪の如く白い着物をまとっていたが、その着物を脱ぐと、裸身の姿で浮かび上がった。ふくよかな首や胸や腰の周りには、女神がまとう飾りが、観音菩薩のあの瓔珞《ようらく》のようにきらきらと光る水晶の玉の飾りがかかっていた。

女は何も言わず、宙に浮かんだままであった。海さんは体中震えていたが、身動きもせず、女のあふれんばかりの愛情をたたえた眼を見つめていた。そして、尋ねた。

「おまえはだれだ？」

「名乗ったところで、何になりましょう」と女は言った。「わたしは女」

「おまえは、この聖なる山に足を踏み入れてはならぬ」海さんが言った。「ましてやこの、畏《おそ》れ多くも大師様がお開きになった聖なる僧院には。女人はだれ一人としてここに来てはならぬのだ。女人には、罪業がひそんでいるのだ。わたしの母にさえも」

「わたしの中にも罪業がある」女が言った。「だが、罪業はわたしたちみんなの中に宿っている。おまえの中にも」

「わかっている」海さんは言い、涙を流したが、涙はすぐに凍りついた。

「しかし罪業は罪業ではない、悟りを得た者にとっては」女が言った。「わたしも、その悟りを得た者の一人だ」

「失せろ！」海さんが叫んだ。「おまえは、大師さまを誘惑せんとした女の如き、魔物の女だ。今度はわたしを惑わそうとしている」

女は、やさしく物静かに、抗いがたい笑みを浮かべた。

「わたしが、おまえの母親か恋人のように罪深い存在なのか、よくはわからぬが」と、女が言うと、その姿を包むように琵琶の妙音が響き始めた。

「だが、おまえは寒さに、飢えに、惨めな思いに苦しんでいる。そんなおまえを愛《いと》おしく思う。この天女の胸であなたを温めてやりたい。わたしの贈る接吻は、そんなに苦しんでいるのにまだ笑みを浮かべているそのやわらかな若い唇に触れると、浄土の金銀珠玉となろう。悦楽と愛と浄土を授けよう。さあ、おいでなさい！」

女は、その目もくらむような腕を差し伸べると、ふわりと近づき、海さんがすわっていた段から体を持ち上げたように見えた。そして海さんを腕にやさしく包み込み、胸にあて、ゆりかごのように揺らし、何度も何度も接吻した。それから海さんをしっかりと引き寄せ、抱きしめて、女のあでやかな白銀の着物にくるみ、海さんの体を温めた。広大な夜空から、何千もの金色の星が降りそそぎ、金色の月が巨大な姿になっているようであった。

その朝、海さんが眼を覚ますと、高台のすぐ下にある岩の隅に臥《ふ》せていた。すぐ下は奈落の底であった。陽はまだ昇っておらず、あたりは霧に覆われ、薄明に包まれていた。海さんは、果たせなかった試練のことを、あてどなく思いにふけっていたことを、そしてあの〈罪〉のことを思い返していた。その罪は、浄土に行ってもこれ以上のめくるめく刹那はあるまいと思えるほど、愛おしく甘く、夢うつつの中の至福であった。

海さんは、奈落を見下ろす岩の隅に、挫折感に襲われて横たわっていたが、一瞬たりとも後悔してはいなかった。だが、この世での人生は終わったことも海さんにはわかっていた。今宵の至福のあとに、夢うつつの罪のあとに、この世で、この山の中で、この僧院で、この僧たちに交じって生き続けることは、海さんにはもう考えられなかったのである。

海さんは、超人的な力で身を起こした。岩だらけの道が下に続いているのが見えた。通常の巡礼が杖をつきながら、この道を上り下りすることは到底できないように見えた。というのも、真っ逆さまに下に、谷のそのまた下の谷に向かって転がり落ちるような場所もあり、いたるところに、水に磨かれ丸くなった岩の塊が塔のように重なり合った崖道もあったからである。

だが、海さんは躊躇しなかった。転がり落ち、下り、転倒し、滑り降りていった。つるつるとした急な下り坂を滑り降りた。他の場所で水がせき止められたため、滝が干上がったところだった。体中血だらけであった。まるで皮をはがれたように、肉の切れ端が体から垂れ、珊瑚のような赤い血の痕《あと》がいたるところに続いていた。

海の近くまで来たとき、東の空に、薄墨色に広がる海面の果ての水平線から陽が昇ってくるのが見えた。海さんにはわかった。そして、微かなうめき声をあげ、笑みを浮かべた。阿弥陀仏だとわかったのである。陽は阿弥陀仏の顔であった。その顔は慈愛に満ちあふれ、一目拝むだけで幾世紀も魂に至福の輝きをもたらし、そして他のあらゆる至福の時や罪を洗い流して消し去ってくれるのである。

阿弥陀仏だとわかると、海さんのうめき声はどんどん大きくなり、阿弥陀の御名を叫んで、腕を差し出した。そして、海さんには――疑いようもなかった――阿弥陀仏が海さんに微笑みかけ、さし招いているように思えた。そう思った海さんは崖道を下りきり、小さな岸辺に出ると海に入った。ただ海に入った。泳いだのではない。波が海さんの体を押し上げ、押し寄せる波の旋律にのせて、ゆらし、ゆり動かし、運んでいったのだった。まるで海が一体となり、海さんを岸辺から、照り輝く顔へ、阿弥陀仏が昇る水平線へと、波にのせて連れていくかのようであった。阿弥陀仏は眼から光を放ち、その笑顔を輝かせ、光り輝きながら昇っていく。海はその輝きを照り返し、海さんを波にのせ、さらにまた波にのせ、阿弥陀仏のもとへと運んでいく。やがて、阿弥陀仏の傍へと運ばれた海さんは、新しい一日の神々しい朝日の中で、阿弥陀仏の目を見た。

そのとき、阿弥陀仏と海さんは、微笑みを交わした。それは、罪があろうとなかろうと――人間の持つ貧しい概念に従い、罪と言うしかない――人たる存在が放つ一瞬の火花が、栄誉と慈愛に満ちた神仏の巨大な光と、きらめきを交わせることを物語る瞬間であった。そして、火花は巨大な光の奥底に消えていくのである。そのとき、海さんには阿弥陀仏の光を放つ指が、光り輝く胸にかけた慈悲の糸を持ち上げるのが見えた。もがき、苦しみ、敗れた者たちのだれもがその糸をつかむことができるよう、差し伸べてくださるのである。

そして海さんは、阿弥陀仏自らの手で持ち上げられるかのように、波から身を起こしてその糸をつかみ、新しい一日が、朝日が、山々や人々の上に昇る中、浄土の御仏の懐《ふところ》に抱かれ……浄土に向かうのであった。

第二十三話　蛇乙女と梵鐘

紀伊の国、日高の地にある観音霊場、道成寺の鐘楼の鐘が撞木《しゅもく》に撞《つ》かれては鳴っている。よく響く青銅製の梵鐘《ぼんしょう》、太くずっしりとした杉の撞木である。梵鐘は撞かれるたびに重い体を振りたてながら揺らし、その音をみかん畑の谷のむこうへ、はるかな海へと響かせる。そして、心の奥底に響き渡るようなその声で、無常を語るのであった。

「一日一日、一時一時《いっときいっとき》が刹那のごとく過ぎゆく……幾世もの時が過ぎ去る……歳月は、熱情は……一陣の風の如く……炎の如く消え去る。ほかならぬこのわたしの鐘の音もまた、空気を震わせ……さらに上空のエーテルを震わせて消えゆく……ゴーン！　ゴーン!!　……あらゆる世界……人間が……消えゆく……悠久の時とともに……幾多の河の流れとともに……広い海へ、そして始原の海原へ……涅槃という輝く海原へと……帰り、再び戻ることはない……ゴーン!!!」

この寺の建つ丘の麓《ふもと》に茶屋があった。店主は変わり者で、時おり客に向かって奇妙な嫌味を投げかけはするものの、寡黙で陰気な男であった。世間の噂では、姿を消し、だれも行方を知らないこの男の妻は魔物であったらしい。

参詣者はたいていの場合、この茶屋で休憩してお茶で喉をうるおした。主人には娘が一人いた。名は清姫といい、参詣道の傍らにある柳の若木のように細くたおやかな娘であった。年ごろになると艶やかな黒髪を髷《まげ》に結い、その顔はまるで黒々とした五輪の花菖蒲の中に咲いた白椿の花のようであった。そして不思議な目をしていた。金色に輝くようにも見え、ペリドットのような緑色に輝くようにも見える目であった。娘が時に夢でも見るかのように瞳に不思議な光をたたえ、縁台にすわった客に茶を差し出すと、客たちはぞっとするのであった。それでもこの茶屋は敬虔な場所として広く知られていた。

こうして清姫は咲き誇る花の如く美しい乙女に成長したが、いまだ生娘であった。ところが清姫の胸の内には一匹の蛇がひそんでいた。清姫は蛇乙女であった。母親のほうはおそらく龍の化身、龍の娘であったのであろう。その龍が天界の龍であったならば聖なる存在であり、冥界の龍であったならば禍々《まがまが》しい存在である。体内にひそむ蛇は乙女の血を煮えたぎらせ、清姫には富士の山から噴き出した溶岩が体中の血管をドクドクと流れているように感じられることもあった。

参詣者たちへの給仕が終わると、清姫は一人で谷ぞいをさまよい歩いた。すると、熱に浮かされた清姫の夢を覚ますかのように、彼方の丘の上から聖なる鐘の音がしきりに聞こえ、語りかけた

――熱情はいつしか消えゆくものだ……。

しかし清姫は、青銅の鐘が無常を説く声を耳にしても、笑って聞き流した。胸には熱情が猛《たけ》り狂い、若い娘盛りの清姫は無常についてなど一切考えたくはなかった。清姫にとっては現世《うつしよ》がすべてであり、涅槃だの永劫だのということはどうでもよかったのである。

杉の撞木が巨大な梵鐘を撞く音が山々の上を越えて響き渡り、夕闇の空にかき消えていく中、清姫は下の谷へと降りていった。そしてすすり泣きながら、まるで逞しい体の恋人に抱きつくように松の木に両腕を差し出し、その荒々しい幹を抱きしめた。擦り傷ができるのもかまわずに樹皮に頬ずりをし、樹皮や幹のごつごつとした瘤《こぶ》に接吻を浴びせたり、動かぬ幹に身を絡ませたり、狂ったように髪を枝にまといつかせたりもした。谷ぞいにある丸い岩を探し、その冷たく堅い岩肌に覆いかぶさり、燃える思いで抱きしめたりもした。だが松の木と同じく、岩も清姫の燃えるような接吻に応えてはくれなかった。また、凍てついた雪の上に身を投げかけたり、滝の下で水浴びをして、轟音を立てて泡立ちながら勢いよく落ちる流れに乳房を突き出して打たせたりしたが、凍った雪も滝の流れも清姫の血を沸き立たせる恋人になってはくれなかった。

やがて清姫は叶わぬ熱い思いに打ちひしがれ、煮えたぎる欲望に押しつぶされて、よろめくように家路についた。胸に棲《す》む蛇が心の中でとぐろを巻き、喘《あえ》ぐように吐き出した炎が溶岩となり、体中を煮えたぎりながらめぐっているような思いだった。

そして清姫は、父親である真砂の庄司に向かって言った。

「父さま、親というものは娘のために探してくれるものでしょう？　息子に比べれば娘はとるに足らない存在かもしれないけれど、それでも親は娘の一生の幸せを願って探してくれるはずです。伴侶を。父さま、わたしに夫を探してください。その夫を愛しく思い、夫の子どもを、息子や娘を産みたいのです」

真砂の庄司は嗤《わら》って答えた。

「夫だと？　娘よ、おまえの金色に輝く目には不思議極まりないきらめきが宿っておる。おまえの肢体にはなにかくねくねとうごめくものがある。若い娘ではなく、蛇のようなものが。おまえの黒髪は黒よりもなお黒く、おまえの顔はどんな白椿の花よりもなお白い。家を守り、息子を産んでくれそうな娘を望む男がいたとしても、おまえを嫁にもらってくれる男などおりはせぬ。娘よ、わしはおまえの婿探しなどせぬ。どこへどうして消え失せたかも知れぬ母親の娘のために、婿を見つけることなどせぬ」

清姫はさめざめと泣いた。次の日、岩や凍てついた雪の上を寝床《しとね》に独り惨めな夜を過ごした清姫は、父親に再び懇願した。

「父さま、わたしに伴侶を探してください」

「おまえの目に入った客人の中で、最初にあの敷居をまたいできた者を婿にするがよい」真砂の庄司は苛立《いらだ》って言った。

「わしには探す気もなく、見つけられもしないのだから」

父親はそう言って席を立った。

ちょうどこの時、安珍という男が敷居をまたいで入ってきた。安珍ははるばる遠方から訪れ、観音参りのために道成寺へと向かう途中であった。もとは武士であったのだが、敵側の主君の軍勢に加わっていた無二の友を戦場で討ってしまい、罪滅ぼしのために巡礼の旅を続けていた。日本全国のすべての霊場を回る誓いをたてたのである。

その巡礼姿からも、安珍が名のある武士であったことは察せられる。容姿端麗で、また菅笠をかぶった粗末な巡礼の出《い》で立ちに包み隠されてはいたが、どことなく好色な男であることが感じられた。安珍は幾多の女性と関係を持ったが、贖罪の旅以来、節制し慎もうとしていた。だが、その決意は揺らぎ、もがいていた。安珍の体には熱い血潮がほとばしるように流れていたからである。

　安珍が敷居をまたいで中に入ると、清姫の姿が目に入った。清姫は濃紺の着物をまとい、火鉢の傍らに立っていた。火鉢の中では、熾火《おきび》が一瞬青白い煙を立ち昇らせ、秘密めいた輝きをたたえて赤々と燃えていた。

　安珍と清姫は目と目を見交わした。清姫の金色の目に、火鉢に燃える熾火の輝きが映り、瞳は燃え上がるようであった。唇は血のように赤く、半ば開いたその唇から、まるで蛇のような先の尖った舌がちらりと現われたかと思うと、口の中に消えた。安珍はその炎のような目を、蛇のように尖った舌を、そして高く結いあげた黒髪の花菖蒲に囲まれた白椿のような顔を見たのだった。

　安珍は呆然とした。しかし、そしらぬ顔で言った。

「寺へと参る参詣の者でござる。すまぬが、茶を一服所望したい」

　清姫は安珍を席へと促すと、その正面にすわり、茶の湯の所作で支度を整えた。抹茶を茶碗に入れ、沸くまで待って湯をそそいだ。それから羽箒で漆塗りの台を浄めて茶を点てた。その茶は、まるで翡翠《ひすい》が溶けだし、湯気をたてているかのようであった。清姫は立ち上がって茶碗を捧げ持ち、喉の渇きを癒してくれる茶を客人のもとに運んだ。

　安珍が茶を飲む間、清姫は茶道具のむこうに、茶屋の娘らしくかしこまってすわっていた。

　安珍は一口そして一口と、ゆっくり茶を飲んだ。

　そして言った。

「寺へ参るには遅うござる。今夜、この家の片隅にでも泊めていただければ、まことにありがたいのだが」

そのとき、主人が中に入ってきて答えた。

「参詣のお方に一夜の宿を乞われて、お断りしたことはございませぬ。お代もいただきませぬ。客人をもてなすのはわしの務め、わしが犯した罪の贖《あがな》いでございまする。いかほどの罪滅ぼしになるかはわかりませぬが……」

主人はそう言って笑った。安珍もそれに応えるかのように慇懃に笑った。どれほど深刻な話題であっても、互いに笑みを交わすのが礼儀なのである。

そのとき、清姫が言った。

「床をおとりいたしましょう」

そう言うと、清姫は重ねた蒲団を両手で持ち、はね上げるようにして部屋の隅に敷いて、その前に衝立《ついたて》を用意した。夜の帳が下りた。外は青白い冬の夜である。昇ってきた白い月の光が障子からぼんやりと洩れ、あたりは薄暗かった。主人と娘と客人は何度もていねいにお辞儀をして礼儀正しく就寝の挨拶を交わし、それぞれ、衝立の陰へと、襖の奥へと消えていった。

冬の夜、鐘の声が丘に響き渡る。情熱はいつしか消えゆくものだと。


巡礼の安珍が寺の建つ丘の麓にある茶屋に逗留して七日が過ぎた。安珍は目的地である寺へは登っていかなかった。毎日、朝に、正午に、晩に、梵鐘の声が響いていた。安珍は布団の上に横たわり、清姫はまるで二匹の蛇が絡みつくかのように両腕で安珍を抱き、欲望の眼差しで安珍の目を射抜いていた。

安珍は言った。

「行かねばならぬ。鐘の声が呼んでいるのだ。清姫、その腕を放しておくれ」

清姫は言った。

「あなたといると、心が満たされ、幸せを感じるのです。滝も凍てつき、岩肌から氷柱《つらら》が垂れる深い川にそった雪原の雪が、燃えるような陽を浴び、音をたてて解けていきました。真夏の太陽ですら、これほど燃えさかり、これほどきらめく強い陽射しではありません。雪と氷だったものが解けて割れ、花が咲いたような火になりました。わたしの周りに炎の花園が魔法のように現われました。緋色の百合なのか、朱色の牡丹なのかわからないけれども、その花たちはゆらりゆらりと揺れて香る炎なのです。わたしの周りや心の中にとめどなく満ちあふれるものを感じるのです。心の中に尽きることのない幸せを。お寺の香炉のように心の中にいっぱいのお香が燃えています。頭の中にはお酒の香りがいっぱい立ち昇っています。光り輝く金箔の杯で飲めばこうかと思うようなお酒です。この身が千倍も大きくなった気がするのです。魂がただ一つの思いに満たされています。その思いが行ったり来たりしています。愛おしゅうございます。あなたが行ってしまったら、わたしの炎は消えるどころか、きっともっともっと燃えあがるでしょう」

清姫は安珍を強く抱きしめた。安珍は、まるでとぐろを巻く蛇のような熱い体にからみつかれていた。そして清姫の蛇のような舌を自分の焼けただれた唇の間に感じた。清姫の燃える目が安珍を突き刺した。

それから何日か、安珍は居続けた。日中、愛し合う二人は衝立の陰の布団で過ごし、夜になると谷底や滝や渓谷をさまよった。真冬だというのに、安珍の目には雪も氷も見えなかった。

いたるところに異様に大きな花が咲いていた。あるものは朱色の牡丹であった。牡丹の花はゆっくりと大きく開いていき、燃える漆が滴るようだった。またあるものは、緋色の百合であった。雄《お》蕊《しべ》はくるりと身をくねらせ、雌蕊《めしべ》は高々と身を伸ばして一つの茎に何輪もの花が群がり、どの百合も怪物のように巨大な花となって炎の光輪に包まれていた。岩という岩はどれも燃える黄金の石のようで、岸壁は炎に包まれた緑色のペリドットを積み重ねたようであった。

凍りついていた滝は今は解け、溶岩のように火を噴きながらひと塊ずつ流れては落ち、また流れて落ちていった。落ちた先には、トカゲやバジリスクなどの奇怪な生き物がうごめいていた。奥底から突如、龍が現われ、燃える炎のような鋭く尖った形の二枚の羽を広げて口から火を噴き、岩々の合間で溶鉱炉のように赤々と燃える火の中に姿を消した。

金色の羽を持つ蝙蝠《こうもり》たちがこの紫色に包まれた夜の輝きの中で羽ばたいていたが、その光景は夕陽の中を飛ぶ愛らしい鳥たちと同じであった。だが今は闇夜であった。そして二人以外の者にとっては、雪と氷と寒気の世界でしかなかった。

半月が過ぎると、安珍は言った。

「清姫、そなたを知って初めて、満ちあふれる官能の歓びとはどんなものかがわかった。陽ざしを浴びたそなたの花園をいっしょに散策していると、これまでのわたしの愛の思い出すべてが色褪《いろあ》せ、天空にうつろに輝く星になっていくようだ。だが……耳を澄ましてみよ……あそこで鐘を撞いている。その鐘の音が、誦経のように炎に包まれた山々の上に響いている。そして、わたしを諫《いさ》めているのだ。そなたの側にいると道を誤ると。そしてまた、せき立てているのだ。人を殺めた罪を贖えと。無二の友を討ったのだから。わたしは出立する」

「行ってはなりません！」清姫は懇願し、安珍にからみついた。

安珍は二十日を過ぎてもまだ逗留していた。その間、梵鐘の音はだんだん大きく、さらに大きく響き渡るようになり、聖なる響きは、さもなければ届くことのないはるか彼方の谷間やはるか上方の峰に住む者にも聞こえるまでになった。


その夜、安珍は出立した。愉悦のひとときの後、清姫がまどろんでいる隙に床を抜け出したのである。立ち去る瞬間、振り返りざまに清姫を見ると、清姫の体はとぐろを巻いた蛇のように見えた。そして安珍は燃え尽きていく夜の静寂《しじま》の中に足を踏み出して、日高川にかかる橋を渡り、丘を登っていった。燃えるような陽射しを浴びた花園はなかった。炎に包まれた牡丹の花も、妖しげにきらめく百合の花もなかった。あるのは、不思議な生暖かさと氷と雪であった。安珍は丘を登りきり、日の出前に寺に到着して門を叩いた。

僧院はまだ眠りの中にあった。だが安珍は熱に浮かされたように門を激しく叩き続けた。かなりの時間がたち、ようやく人の気配がした。そして門についている小さな戸口が開いた。

「阿弥陀仏さまもまだ東の空に昇っておられぬというに、どなたかな？」門番の僧が嫌味をこめて言った。

「巡礼にござる」

「まだ参拝の時間ではござらぬ。お待ちなされ。あそこの石に腰かけて待たれるがよかろう」

「中に入れてくだされ。お助けくだされ。巡礼でござる。遠くから罪を贖うためにやって参りました。しかし、われながら情けのうござるが、二十日あまりも丘の麓の茶屋に長居をいたしており申した。お助けくだされ。今すぐ中にお入れくだされ。門をお開きくだされ、御坊どの。わたしは魂を救わんがために参りました。現世のこの身を救わんがために参りました。そして、おのれを包み込む罪からのがれようと、炎をあげて燃える泥沼の中でもがきあがいておりました。それは地獄の谷でございました。地獄の花園でございました。清姫でございました。このまま外に放っておかないでくだされ、御坊どの。中にお入れくだされ。お願いでござる」

僧が門を少し開けると、安珍は身をひるがえして中にすべり込んだ。間一髪で危機をのがれた者の如く茫然自失の体《てい》であった。眼は狂ったかのように大きく見開かれている。安珍は僧の手を押しいただき、懇願した。

「ご住職さまにお取次ぎを」

「ご住職どのはご就寝ではないが、お勤めの最中である。邪魔はならぬ」

「では、御坊どのといっしょにいとうござる」

「いっしょにおられるがよかろう」僧は言った。「わたしの僧房へ参られよ」

安珍は僧の後について、坂になっている境内を抜けていった。そこには小さな仏塔のような花崗岩の灯籠《とうろう》が二列に並んでいた。灯籠の上部の笠の宝珠から解けた雪が塊となってぼたりぼたりと落ちていた。

「妙な天候でござる」安珍が言った。「凍てつく寒さかと思うや、炎暑となり、そして……雪解けの陽気に」

「巡礼どの」僧が言った。「うわ言をお言いだ。熱にうなされておいでだ。そら、歯がガチガチ鳴っておるではないか。凍てつく寒さの後に炎暑などございはしませんでしたぞ。それに、こうした雪解けの陽気はこの時節にはよくあることじゃ。もうすぐ春を迎え、雪も解けるでござろう」

松の木々からも解け始めた雪がばさりばさりと落ち、雪解け水がさらさらと音を立てていた。安珍はあたりを見まわした。信心の目的地に到着はしたが、どこかうしろ髪を引かれる思いがしていた。仏塔のような二列の灯籠の間の境内を登っていくところでうしろを振り返ると、境内の壁と門の向こうに、朔日《さくじつ》の薄墨色の闇の中に広大な山の景色が見えた。だが安珍の目には、はっきりと見えたのだった。恐怖に震えながら、突如、安珍が叫び声をあげて指さした。

「ご覧あれ！」

「何が見えるのだ、巡礼どの」と僧が尋ねた。

「あそこの、川の向こう岸で、女人が岩の上をさまよっておる！」

「巡礼であろう、おぬしのような……」

「清姫でござる！」

「なにを恐れておる。真砂の庄司の娘がこんな朝早くに床を抜け出すわけがなかろう」

「清姫の床を抜け出してきたのは、己れでござる！」

「なんということを、なんという罪深いことを！」

「清姫が後を追ってくる！」

「ばかげたことを。それは疑心暗鬼というものじゃ！」

「清姫がわたしを探している！」

「熱に浮かされ、幻が目に見えるのであろう」

「幻ではござらん！　清姫本人でござる！」

「これほど遠くから、なぜ清姫だとわかる？」

「御坊どの！　あれは清姫でござる。匿《かくま》ってくだされ、お頼み申します！」

「ここにおれば安全じゃ」

「匿ってくだされ、匿ってくだされ、後生にござる！　どこか身を隠せるところはござらぬか？」

安珍は気も狂わんばかりに僧の手を引き、灯籠の間の境内の坂を登っていった。東の方に霧に包まれた朝日の紅色の影がかろうじて見えた。そのとき、まるで周囲一帯に立ち並ぶ白亜の宮殿がぎしぎしときしみ、崩れていくかのように、山々を覆っていた雪が大音響とともに崩れ落ちてきた。日高川は幾多の滝となって襲いかかる雪崩《なだれ》に猛り狂い、岩々は氷の鎧《よろい》をバリバリと破って身を突き出し、どす黒い地肌もあらわに高々とそびえていた。その最中、鐘が鳴り始めた……。

清姫は、眼を覚ますと愛しい男を抱きしめようとしたが、その手はむなしく宙をつかんだだけだった。起き上がり、あたりを見まわし、そして悟った。安珍は出て行ったのだと。絶望の思いと怒りが湧きあがった。足の先まで垂れた髪を束ねる間も惜しみ、あちこち歩き回って狐の毛皮をつかむと身にまとい、外に飛び出していった。

朝は灰色に包まれていた。未曾有の雪解けが起きている。山の頂上から雪が灰色の塊となり、すべり落ちていた。日高川はいたるところに滝のように落ちてくる雪解け水であふれ、逆巻いてうねっていた。

怒りに燃えていたにもかかわらず、清姫は身震いした。そして歩き始めた。

安珍を追うつもりなのか？　どこへ行ったのだろうか？　きっと丘を登って寺へ向かったのだ。

清姫は安珍をきっと見つけ出すであろう。そしてからみついて二度と離さず、ひしと抱きしめて愛撫し、最後には二人は一つに、至福の中で一つに溶け合うであろう。

二十日あまりもの間、花が咲き誇り、炎に包まれていた愛の園、あの燃えるような陽射しを浴びた花園は、接吻の一つ一つが炎の花となり燃えあがっていた天国のようなあの場所は、谷ぞいを怒濤の如く流れる川の岸辺に堆積する岩々にすぎなかった。雪が解け地肌のむき出しになった山々は、いまだ黒い夜の色をしたまま、濡れた朝霧の中から高々と姿を現わし、じっと動かぬ松の木は絶望のあまり腕を差し伸べたまま枝をくねらせて、あふれかえる雪解け水を滴らせていた。

清姫は岩に沿って、ある場所へと向かった。そこには弱々しい弓のような細い橋が架かっているはずであった。その橋は谷をまたぎ、急な坂道のある丘へと続いていた。丘には寺が建っている。そして寺には僧房が、鐘楼があり、鐘楼には清姫が憎む梵鐘があるのだ。

だが橋があると思っていたところに近づいていくと、清姫は呆然とした。谷に架かる橋はなかったのである。かつて見たことのないほど谷底の川は膨れあがり、奔流となって流れていた。川の中には山の頂から転がり落ちた大きな岩がいくつかあり、日ごろは見えていたその岩も呑み込まれ、いまや川幅いっぱいの大波が――はるか彼方の泡立つ海の光景である！――谷間の岩壁の間をうねっていた。

谷底を望む崖に渡された脆《もろ》い橋は、雪崩や落下する雪の巨塊にひとたまりもなく押しつぶされてしまったのである。雪の塊はあまりにも大きく、奔流の間にあってもなお氷山のように浮かんでいた。

谷を越えることはもうできなかった。清姫の足下にはぽっかりと穴があき、眼下に谷底が広がっていた。向こう側には行けない。向こうには急な坂道が続く丘がある。坂の上には安珍が逃げ込んだに違いない寺がある。そこにはあの忌々しい三重塔の鐘楼がある。

　この朝、冬将軍に打ち勝ち、怒濤のごとくおしよせていた春は、やわらかな光やそよ風をもたらす愛らしい女神ではなく、生暖かい雪解けの風を吹きつけながら突進する若々しき軍勢であった。その中を今も鐘の音が響き、懸命に語りかけていた。諸行無常なりと。燃えさかる情熱でさえもいつかは消えゆくものだと。

　清姫が途方に暮れ、手を握りしめて谷ぞいを歩きながら、向こう岸に渡れる場所を探していた時のことである。突然、清姫は自分が人間ではないような、女ではないような気がした。体の中で母親譲りの龍の血が煮えたぎっているのを感じたのである。蛇の乙女であるような、欲情にまみれていても永遠の乙女であるような気がした。参詣の人々をもてなす茶屋の主人の娘にすぎないわが身が、龍の化身であるようにさえ感じられた。

　どんな愛も清姫を満たしてくれず、どんな快楽も清姫の血を鎮めてくれなかった。自分は蛇であり、龍であると清姫は身にしみて思った。前世という前世をはるか下方の冥界で過ごし、そこで犯した罪を――だがしかし、ああ、いかなる罪なのか？――この地上で贖うために身を焼き焦がされ、永遠に炎に包まれているのだと！

　そして、自分がもう人間らしい人間ではない、花嫁になるはずの乙女ではない、いつかは夫のために子を産み、このちっぽけな世でささやかながらも幸福に暮らすべく生まれた女ではないと悟った瞬間、清姫は毛皮を投げ捨て、着物を脱ぎ捨てて裸になると、谷底を望む端に立ってその長い髪を靡《なび》かせ、怒りに燃えた切り裂くような叫び声をあげた。その声は寺の鐘の音に混じり、響き渡った。すると清姫の姿が見る見るうちに変わり始めた。

金色の渇望の色をたたえた目、恋する乙女のような色白の美しい顔はそのままだったが、胸や腰には青い鋼のような鱗《うろこ》がまぶしく輝き始めた。腕と足は蛇の王、バジリスクのような四本足に、鱗に覆われた背は鞭を振り立てるような大きな尾となり、鱗が幾重にも巻き上がって尖っていくようであった。

そして長い髪が逆立ち始め、二本の幅広いのぼり旗のように二つに分かれ昇っていき、動かなくなったかと思うと、巨大な蝶の羽のように、黝《あおぐろ》く小刻みに震える龍の翼と化した。

こうして清姫は、蛇の乙女に、龍の化身の女に、見るもおぞましい姿になった。だが同時に、人間界の下方の燃え盛る焦熱の世界には——その世界を見守る菩薩もいるのだ——冥界の魔物たちが住んでいるが、その中でもこれほど美しい復讐と破滅を司《つかさど》る魔物はいないであろうと思われた。清姫は、茶屋の主人の娘は、今や世にも美しい復讐の大蛇に変化《へんげ》したのである。

龍頭《たつがしら》の下に金色の眼をきらめかせ、清姫の顔はいつものように白く、欲情をたたえて輝いていた。女の舌は蛇の舌となり、先を尖らせ、ちろちろと舐めまわって、情欲の思うがまま呑み込む相手を探していた。しなやかな清姫の蛇の体は黝い鱗に覆われてはいたが、女体のままで、露わに突き出た揺れる瑠璃色の乳房に朱の漆の色をした乳首が見えていた。鱗に覆われた細い腰は愛の秘密がひそむ鎧をまとったようであった。そして今、清姫は四つのきらびやかなバジリスクの爪を剝き出しにして地を踏みしめ、顔を前に向けたまますばやく身をかがめて、怒りと復讐の念に燃えながらのた打つ尾を鞭のように振った。

きらめく稲妻の光が喘ぐように洩れている口からは青い光を吐き出し、眼からは幾条もの光の矢を放っているように見えた。そして突如、ぐいと身を起こし、龍の翼を羽ばたかせて先の尖った蝶のような羽で空高く舞いあがったかと思うと、身をひるがえして谷底を目指し、川に飛び込んだ。水が大きな音を立ててあたりに飛び散った。丘や岩の上を歩いていた農夫や巡礼たちは呆気にとられ、川幅いっぱいに荒れ狂う川を上流へと泳いでいく大蛇の姿を見ていた。清姫は泳いだ。荒々しい滝にも動ずることはなかった。

滝の中に潜り、泳ぎ続ける清姫はもう人間ではなかった。怒りを感じてはいたが、超人的な力に取り憑かれていた。美しくも、猛々しく強靭であった。龍の化身の女は日高川の激流をものともせず、上流を目指して泳いでいった。それを見た男たちは、谷底に、清姫の目の前に身を投げて、きらめく鱗に覆われた懐に抱かれて死んでもいいと思ったほどであった。

身をくねらせ、鞭のように叩きつける尾に打たれ、水が大きくしぶきをあげた。清姫は泳ぎ、さらに泳ぎ、向こう岸にはい上がった。そして身を起こし、疲れ果てた蝶のように羽を開き舞い上がろうと身構えた。それから羽を二、三度上下させたかと思うと……ふわりと浮かび、今度は力強く翼を羽ばたかせ、バジリスクの爪を隠し、鱗に覆われた肢体をしなやかにきらびやかに揺らして丘の斜面に沿って舞い上がっていった。上方をきっと見すえた顔は色白の恋する乙女のままであったが、その金色の眼には——いつもの輝きをたたえてはいるものの——砕け散った思いがにじみ出ていた。

はるか下の谷底のあふれかえる川を越えて滝をくぐり抜け、岸壁を昇って龍の化身の女が近づいて来るのを、僧侶たちが度肝を抜かれて境内の丘から壁越しに見ていた。それはまぎれもなく怪異な姿に変わり果てた清姫であった。僧侶たちは慌てふためき、蜘蛛《くも》の子を散らすように逃げ出した。

仏陀や阿弥陀仏に見放され、このような災厄に見舞われたからには、僧侶たちの身にはきっと罪業が巣くっていたのである。このような惨事が生じたからには、この寺院の隅々に、僧侶たちの魂のどこか奥深く隠れた場所にきっと罪業が宿っていたのである。だれもが壁を越えて周囲の丘に転がり落ち、寺から逃げ出していった。そして解け始めた雪の上にひざまずいて腕を天にかざし、お助けくだされと、神仏の名を呼び叫ぶのであった。

安珍自身は僧侶たちといっしょに逃げなかった。まるで両脚が萎えたように、力が入らなかった。絶望に駆られてうずくまり、どこか身を隠す場所はないかとあたりを見まわしていると、開け放たれた鐘楼に鐘と撞木が静かに佇《たたず》み、梵鐘と床の間にわずかな隙間があることに気づいた。身をすべり込ませるには十分であった。そこで安珍は梵鐘に向かって突進し、床に伏せて隙間にじわじわとすべり込むと、青銅の鐘の中に入った。そしてそこに隠れていた。

龍の化身の女は舞い上がった。バジリスクの足はほとんど用いず、先の尖った羽を持つ蝶が大きく羽ばたくようにして、爪を隠し、尾を鞭のように振って丘の斜面を登った。そしていまや、寺院の壁ぞいを舞っていた。農夫や巡礼たちはその姿を見あげ、逃げた僧侶たちは上から見おろし、胆《きも》を潰した。なんとおぞましい朝が地上に訪れたことかと！

清姫は境内の壁を越えて中にふわりと舞い降りた。二列の灯籠の間に広がるこの聖域を鬼神の霊力で圧倒するかのように見えた。そして今……清姫は知っていたのであろうか。間違いないと察知したのであろうか、感知したのであろうか？

鞭うつように尾を振りながら鐘楼へと這い寄ると、常々憎々しく思っていた梵鐘に飛びかかり、尾をからませてぐるぐると巻きついた。まるで幻想的な装飾のように梵鐘と一体となったかと思うと、清姫の体はたち昇る炎、怒りや満たされず裏切られた情念の炎でめらめらと赤く輝き、梵鐘も灼熱に包まれ始めた。そしてそのくすんだ青銅は黄金色《こがねいろ》に変わっていった。

同時に、清姫はその鬼神の力でずっしりとした鐘を揺らしていた。梵鐘は揺れ、音を立てた。そして大きく鳴り響いた。しかしそれは、熱情は消えゆくものだという、いつもの敬虔な無常を語るのではなく、突如、音色を変え、熱情は消えゆくことなどないと、歓呼の声をあげた。熱情は地獄で生まれ、地獄がそうであるのと同様に、未来永劫なくなることなどないのだと。

清姫は梵鐘を幾度も幾度も杉の撞木に打ちつけ、鐘は龍の化身の女に抱かれて怒り狂うように揺れていた。本来ならば、当番の僧が前後に揺らして撞く、静止していた撞木である。それを今は梵鐘自らが撞いていた。激しく揺れながら撞き、無我夢中に揺れ、やがて大地を揺るがすほどにとどろく罪業の音は、まるで人々の幸福と安寧の終焉を告げるかのように、混乱の渦に巻き込まれた雪解けの世界の中で鳴り響き、とどろいているのだった。

そうして鳴り響いていた梵鐘は、同時に、まるで自らも鬼神の燃える熱情に溶け込んでいくかのようにさらに灼熱の金色に輝き始め、火を吐き赤々と怒りに燃える龍の化身の女に巻きつかれたまま、その体からぽたりぽたりと溶けた青銅を滴らせ始めた。鬼神と梵鐘が抱き合う塊からは灼熱の炎と緋色の煙が立ち昇っていたが、清姫の顔は色白の恋する乙女のままであった。それは熱情に燃え尽きる女の顔にほかならなかった。清姫はあれほど憎んだ梵鐘とともに燃え尽きていった。溶け崩れていく青銅とともに熔《と》けていったのである！

天は薄闇に覆われたままであった。雪解け水の上も広大な山々の景色も、霧に包まれていた。梵鐘は赤々と燃えて流れる青銅の細流となり、細流は崩れ落ちかけた境内の壁を越え、下へ向かって蛇行していった。そして、その溶岩の流れは曲がりくねりながら日高川に流れ込み、ジュージューと音を立て、濛々《もうもう》と煙を上げながら消滅していった……。

その日、寺院は地震に襲われ、猛火に包まれて灰燼に帰した。その因果応報のもととなった僧侶たちは、梵鐘の中に逃げ込んだ巡礼がどうなったかを知らない。安珍はこの世で過酷な運命を背負わされた。しかし慈悲深い菩薩たちは、そんな罪深いわれわれをいつも見守っていてくださる。もしかすると燃える青銅の中で焼け死んでいく安珍の体内に阿弥陀仏が入り、その魂をさし招いたかもしれない。そうでなかったとだれに断言できよう。

もしかすると阿弥陀仏は、その御首に三重《みえ》にかけた〈慈悲の糸〉を、何百万回も弥陀の名号を唱えた者の魂に向かって差し出したかもしれない。そうでなかったとだれに断言できよう。その糸は、もがき苦しむ者がつかむように、後に浄土に迎え入れられるまで慈愛に満ちた胸や御心に抱かれて安らげるようにと、差し出されるのである。〈父〉でも〈母〉でもある者の胸や心に抱かれるかのように。

少なくとも、ある年老いた僧は見たのである。僧は山の上に逃げた仲間たちに交じり、この災厄をもたらした仲間の中の罪深き者たちのために一心不乱に祈りを捧げていた。すると、天はやわらかな真珠色に晴れ渡り、やさしさに満ちて銀色に輝き始め、星の世界の如く銀色に輝く後光を放ち、〈法輪《チャクラム》〉のような幾多の光輪がぐるぐると回る中に、慈悲に満ちあふれた菩薩が降り立つ姿が見えたのである。それはまぎれもなく、観音菩薩であった。

観音菩薩はその聖なる両手に塗香《ずこう》の入った壺を抱えていた。しかしほかに何千という手が、やさしい女神にも似た菩薩の姿から出て輝いていた。その千本もの手は菩薩自身ではなく千人の従者のものであり、それは塗香を塗る手伝いをする者たちであった。そのあまたの手が天から降りてくる中、すでに地上を離れ阿弥陀の懐に抱かれていた安珍は、龍の化身となった女が、黒と瑠璃色の蝶が大きな羽を広げて飛ぶようにして観音菩薩の足元へと昇っていくのを眺めていた。

女が菩薩の足元にひれ伏すと、菩薩の手が伸び、開けた壺を傾け、塗香を注いだ。すると、菩薩の周りから幾多も伸びくる従者たちの千本の小さな慈悲の手がその塗香を受け止めるのだった。宥《なだ》めるように、撫でるようにその塗香を塗り、罪業に燃える魂の焦熱の火を消すためである。ただ、人が罪業と言いならわしているものを神仏がなんと呼ぶのか、無知蒙昧なただの人間にすぎないわれわれには永遠にわからないであろう。

第二十四話　波濤

浮世絵の中の海は、概《おおむ》ね生きた存在である。巨匠が筆をふるった海は、元素である水をただ描いたものと違い、魂が宿っている。海はなにかの神のようになり、その波にもまた生命が宿る。一つ一つの波が魂を宿し、生きた存在となるのである。リズミカルにうねり、上下にたゆたうかと思えば、高々と持ち上がり、ふたたび静まってなだらかな水面になる。怒りに荒れ狂ったり、夢見るように身を揺すったり、夏の心地よい暖かさに包まれ、泡立ったりする。恋人のように抱き合い一つになる。水平線から海岸へとうねりを上げ、押し寄せ、荒々しい猛獣のように岩にかみつく。激情の塊となるのである。そっと砂の上に流れ、あたりに広がっていく。つまり永遠の眠りにつく。波は人間の生にほかならない。海は三千世界にほかならない。海や波の上には雲が流れ、天が広がっているのである。

北斎が描いたのは雪をかぶった富士の山である。曇った冬空の下、雪を戴《いただ》く聖なる姿がはるか遠く、水平線に浮かぶように見える。そこには前面いっぱいに、生気に満ち、情熱に満ちた波が描かれ、左方の波は凍てつくような暴風に鞭打たれて天を衝《つ》くが如く猛り狂い、逆巻く波濤となって、何百もの泡立つ爪を持つ龍の怪物のように身を高々と持ち上げ、今にも獲物にどっと覆いかぶさろうとしている。一方、その波濤の黝《あおぐろ》く深い胎内から次々と生まれた波の同胞《はらから》たちは、泡立つ波頭をふりたてて身を投げ出す場所を探している。

神功皇后の船団を内海から大海へと、そして一気に新羅へと運んでいった波濤もまた、神と人間の魂を合わせ持つ生きた存在であった。烈風や暴風に抗い、波濤はひたすらわが道を進んだ。内に秘めた熱情を押し殺し、お腹に皇嗣を密かに宿してはいたものの、意気盛んな皇后の烈々たる従者となる道を選んだのである。

そうして皇后は、多くの水夫《かこ》たちの漕ぐ龍船や龍の鋸《のこぎり》の刃の翼のような青い絹の帆を掲げた軍船とともに三韓へと向かった。神の託宣に従い、征伐するためである。波濤に運ばれる皇后の乗る旗《はた》艦《ぶね》の周りには大小の魚や水中の生き物たちが、すべて付き添うように泳いでいた。それは緋色の海龍や瑠璃色のイルカの群れ、金色の鱗に覆われた怪異な蛇の一群、一頭の白い鯨、歌声をあげるクラゲの群れの中を泳いでいくマッコウクジラたちであった。クラゲたちは青白い目を持ったオパールのように透き通り、あたり一面は歌声に満ちていた。ヒトデたちがエメラルド色の燐光を放つ泡の中で輝いていた。

そして、人間の顔をし、魚の鰭《ひれ》と鱗に覆われた尾を持つ海の生き物たちが現われた。大海の奥底に棲み、珊瑚の木々が鬱蒼と絡み合い、緑の海藻がもつれ合って林をなす園の中に建つ豪華絢爛な貝殻の宮殿の主である。ほら貝を吹き、海の音楽を奏で、尾鰭で立ち上がり、波に乗って踊り、龍船や皇后の乗る旗艦の周りに不思議な姿でびっしりと群がっていた。旗艦には極東の海の覇者たらんと出陣する皇后の栄光をたたえるかのように、巨大な旗が雲間に靡いていた。

神功皇后が三韓を征伐し、大和の国への帰途に就くと、波濤は皇后の船団や旗艦をまた無事に送り届けた。かくして波濤の役目と命は終わった。波濤はその巨体を広大な浜辺いっぱいに砕き散らし、泡立ちながら息絶えた。その浜辺は主人である皇后が治める地であった。そして、砂に砕け散った水は干からび、夏の陽射しに炙《あぶ》られ、消えていった。

しかし、ひとりの強大な女主人に付き従い、大海の魔力をともに巻き起こした原子のごとく微細な潮の生命たちは、それぞれ細かな塩の粒となって結晶し、それは生きとし生けるあらゆるものに溶け合いながら、世にも小さな金剛石《ダイヤモンド》にも似て輝き、涅槃へと流れ込むのだった。

第二十五話　審美眼の人

伏見桃山の丘陵に魔法の御殿が建っていた。少なくともそのように見えた。それは、桃の花が薄紅色に咲き乱れる中、精霊たちや羽衣を身にまとった愛らしい天女たちのために建てられた天界の御殿のごとく、金色に緋色に瑠璃色に緑色に彩られてきらめき、春の空に向かってそびえ立っていた。

この御殿が魔法じみて見えるのは、中からいつも笛や琵琶や三味線や黄金の銅鑼《どら》の音が聞こえてくるからでもあった。また奥まで見える回廊の中や、薄紅色の花崗岩の石段の上や、それぞれが意味を持つ岩を配した池にそって、絶えず天女や精霊たちが舞っているかのようにも見えた。黄色い苔の上や緑に囲まれた花園の上を舞っているのである。だがそれは、着飾った幾多の女性たちの姿だった。そこでは世にも美しい女たちが舞い、管弦の美の世界に陶酔しながら音楽を奏でているのである。みな、太閤であり関白太政大臣であった秀吉に仕える女たちであった。

秀吉の出自は賤《いや》しく、下層民の息子であった。またその容貌が醜いことから、秀吉を憎む者たちに――だれもが憎んでいた――猿面冠者《さるめんかじゃ》と呼ばれていた。しかし人々は憎む以上に恐れていたのだった。なぜなら秀吉は強大な力を、その筋力のみならず、どこか不思議な霊力を持っていたからである。

秀吉はここ数年の間に宿願を果たしていた。弱年のころは織田信長に仕えていた。信長は日本中を席巻し、京都に住まう太陽神の子孫である帝の威光を凌《しの》ぐ存在であり、一向宗の不倶戴天の敵でもあった。そして、一向宗の寺を焼き払い、門徒衆を完膚なきまで叩きのめすよう命じた。

その信長が斃《たお》れた後、後継者に成りあがったかと思うと、秀吉はたちまち暴君ぶりを発揮した。秀吉のような百姓――車夫にも等しい身分である――の息子が関白に登りつめ、太閤の名の栄誉に浴するのは前代未聞のことであった。

日本中が、大名たちだれもが、猿面冠者を前にして縮みあがった。そら恐ろしく、その勢いに呑まれた。巨漢の怪物のようでもあり、人の姿をした不気味な獣のようでもあった。なによりも怪力の持ち主であった。まるで狒々《ひひ》のように赤茶けた顔の血走った目はにたりと笑い、ぶ厚い唇の口は大きく裂け、冷酷そうな笑みを満面にたたえていた。その唇の上には口髭が鉄の刷毛《はけ》のように鋭く突き出ていた。そして口の裂け目からは、獣に似た恐ろしげな歯がのぞいていた。

猪首《いくび》は隆々と盛り上がり、幅広のいかつい肩には鎧の大袖が跳ね上がり、彫工の手になる軍神、八幡太郎義家の銅像の姿に似て、巨大な甲虫が鞘翅《さやばね》を広げたようであった。逞しい腕は膝に届くほど長かった。いつも、紫色になるほどの力で拳を握りしめていた。足には熊の毛皮と鋼でできたずっしりとした臑当《すねあて》をつけて常に仁王立ちし、まるでその足であちらを蹴散らし、こちらを蹴散らし、天下を取ったかのようであった。そのおどろおどろしい姿には常に威嚇の息づかいが感じられた。

秀吉は権力の階段を登りつめると、自分にまだ不足しているのは御殿であると思い、名だたる匠たちに命じて桃山の地に黄金の御殿を建てさせたのである。屋根は華麗な線を描き、細やかにきらびやかに漆塗りがほどこされ、広々とした回廊や極楽のような庭に囲まれて、すべてがまるで中国の漢詩の賦《ふ》に出てくる幻想的な館のようであった。当時は中国のものすべてが、この上なく崇高にして霊妙、高貴だと思われていた。

錚々《そうそう》たる絵師たちが金箔地の張付壁や襖《ふすま》に障壁画を描いた。虎や牡丹の花、空を飛ぶ雁の群れや孔雀、金色の雉や、まるで投げ入れられたかのように随所に描かれた扇、岩や谷や滝のある風景、そして宮殿の大庭園を散策したり、音楽を奏でる女に似た天人たちである。それらが、この世にすぐれた為政者が出現したときにだけ現われるといわれる鳳凰たちの間に描かれている。秀吉に追《つい》従《しょう》する絵師たちの意匠であった。鶏冠を戴き、ふさふさと長い尾をしたこの鳳凰の姿をしげしげと眺めるのを秀吉は大いに好んだ。虚栄心が強く、すぐれた為政者だと称賛を浴びる姿を思い描いていたのである。と同時に、この百姓の息子は、天下を掌中に収めたからには本物の芸術品に埋め尽くされた輝く御殿を持たねばならぬと感じていた。宋の時代、中国を――高貴で神秘的でこの上なく崇高なものの本家本元の地である――治めていた皇帝がそうであったように、美を尽くした芸術品に囲まれてこそ初めて天下人だといえると思ったのである。

出陣の必要がなければ――反旗をひるがえす大名たちとの間にまだ激しい抗争が繰り広げられていたのだ――秀吉は居並ぶ雅やかな侍臣たちや正室側室たちや高貴な身分の女たち、また白拍子たち――みな、いずれ劣らぬ歌や舞いの名手たちであった――に囲まれ、桃山の黄金の御殿でくつろいでいた。そして錦の座布団に座し、笛や琵琶や三味線の伴奏で女たちの妙趣あふれる舞いに見入っていた。

また幾時間も玄妙な能を鑑賞しようと試みることもあった。能面をつけた能楽師たちが、彿々のようににたりと笑う秀吉の前で所作を演じるのである。秀吉は武骨な手で謡本《うたいぼん》をめくり、詩情あふれる霊妙な文字を目で追うのであるが、難解すぎて判読できないことが多かった。すると大いなる審美眼の持ち主である千利休を側に手招きして解説を乞うのであった。

利休はもの憂げな顔で立ち上がって近寄り、秀吉のすぐ後ろに席をとると、爪を長く伸ばした人差し指で謡本の文字をなぞって秀吉に読み聞かせ、今演じられている演目がどんなものであるかを、そしてそれが仏の教えを説いていることを教授した。この世のすべては天上界においては無に等しく、人間の力というものは御仏の力と比べればもろく、それ以上に儚《はかな》いものであると、この天下人に言い聞かすのであった。秀吉はこの審美眼の人がもの憂げな声で説くことを百に一つも理解できなかったが、同時に最大の畏敬の念を抱いていた。博学多才の利休はこれらすべてのことを熟知し、感得していたからである。

秀吉は利休を伴い、奥まで見渡せる回廊を通り抜け、お付きの者たちが長い飾り房のついた襖の引手を次々と開けていく中、金箔地の障壁画に囲まれた広間という広間を歩いて巡回した。

「さあどうじゃ、その目で見たわしの御殿は。申してみよ」秀吉が利休に訊いた。

「殿下」審美眼の人が言った。わたくしの思うところを申せとの仰せでございますが、殿下はご存知でございましょう。広間は多すぎ、壁の金色はけばけばしゅうございます。牡丹の花は派手すぎ、鳳凰は理想の姿とは申せませぬ。ここに御殿をお建てになり、絵を描き、漆塗りを、青銅に金箔を、欄間に透かし彫りをほどこしなさいますときに、ご忠告申し上げたはずでございます。過猶《すぎたるはなお》不及《およばざるがごとし》と。芸術と美には何百年にもわたり、越えてはならぬ中庸の徳というものがございます。

　この徳は孔子さまや老子さまを始めとして、その後に続く中国の先賢たちの教えでございます。とりわけこの御殿はここに住まう者との調和がとれておりませぬ。あの美しい女どものことではございませぬ。向こうの階段を舞うように登り、庭園をあちらこちらに歩いておりますが、あの女どもに着物の着付け方や立ち居振る舞いを教えたのは、わたくしでございます。三味線の弾き方や琵琶や笛の音に合わせて歌う歌い方も教授いたしました……ここに住まう者とは、つまりは殿下のことにございます。

　ここには中国の皇帝のご子息でもお住まわせになるとよろしゅうございましょう。聖獣の龍の刺繡をほどこした黄色い絹繻子《きぬしゅす》の装束をまとい、真珠でできた針のごとく尖った長い爪をし、白磁のごとく美しい顔をした皇子さまを。そのお方に格式に則った茶の湯を用意なさるがよかろうかと存じます。血のように赤い花瓶や春の海のような紺碧色の花器に、燕子花《かきつばた》やアルムの花やアマリリスをお生けくだされ。ただし茎の長さはそれぞれ決められた長さに切らねばなりませぬ。

　しかるに、殿下は恐ろし気な赤茶けた武人のお顔をされております。肩幅は広すぎ、逞しい腕は長すぎ、漆でもお塗りになったかのような紫色の巨人の拳をしておいでです……殿下は羊毛や獣皮の陣幕に囲まれ、陣営にお住まいになるべきかと存じます。この〈過ぎたる〉美の御殿のしつらえにふさわしいお方ではございませぬ」

　この審美眼の人が歯に衣着せず、手厳しく批判することに慣れていた秀吉もさすがに眉根をしかめたが、同時に内心ではその芸術的な感性、揺るぎない信念、古今無双の勇気に畏怖の念さえ覚えていた。だが……。

――この男が武士に生まれておれば――と秀吉は思った。

――向かうところ敵なしの者になったであろう。だが今は、一介の審美眼の者にすぎぬ――そう蔑《さげす》んではみたものの、すぐに心の中では――利休に悟られはしなかったが――この男は天下人たるわしにとって、今後もずっと頭の上がらぬ存在になるに違いないと慄然とするのであった。

秀吉は戯れるように、だが荒々しく利休の腕をつかんだ。そして言った。

「今晩、地下の円天井の間にいっしょに参れ。そこで〈過ぎたる〉とはいかなるものか見せてつかわすぞ。おおそうじゃ。おまえの愛弟子のオチャも連れて参れ。かわいい男児じゃ、撫でてやりたいのう」

「殿下」利休は怒りをあらわにして言った。「この御殿の下の穹窿《きゆうりゆう》の間で繰り広げられることは、わたくしの魂の奥底を震撼させ、とうてい目にすることはできないものでございましょう。獣欲でさえ、わたくしの美学に則るものでなければならぬのです。それにオチャは年端のいかぬ優しい若者にございます。美を極めた詩歌や茶の湯や生け花の道以外の世界に身を置く者ではございませぬ」

それを聞いた秀吉は、突き放すような赤く血走った眼で利休を見つめた。その瞬間、審美眼の人は悟った。この一年間、魔法の御殿を建てるに当たり、欠点をあげつらい、小馬鹿にし、断固拒絶してきたが、ついにこの時がやってきたのだと。秀吉は突如、有無をいわせぬ独裁者に戻ったのである。その美と贅を尽くした世界にただ一人で君臨したかったのである。そして独裁者が君臨する儀礼に満ちた空間には、美と贅を尽くした世界が欠かせぬものだと思い込んでいたのである。

その夜、秀吉は地下の円天井の間に下りていった。面や長く角ばった装束——能装束、能面や狂言面である——をつけ、秀吉の周りをぴたりと囲んでいるのは、仮装した男たちや女たち、そして子どもたちであった。秀吉のお供をし、地下の奥底にある悦楽の洞窟へおもむく者たちは、顔を見せてはならぬと命じられていたからである。

行列は、松明《たいまつ》や提灯《ちょうちん》に照らされ重々しい銅鑼の音が鳴り響く中、奥底へと続いている階段を下りていった。周りに見える天井や壁や階段の欄干には、喜悦の表情をし、淫靡な笑いを浮かべた情欲の魔物たちが淫乱に絡み合っている姿が彫刻されていた。それはこの下で繰り広げられるであろうことを告げていた。

ときに、秀吉はこれに先だち、一人の使者を利休のもとに向かわせていた。

その晩、審美眼の人は帰宅していた。住まいはいくつかの小高い丘の上にあり、そこにはひじょうに小さな家屋が幾棟か痛々しいほど優美に配置されていた。屋根の輪郭や装飾はすべて中国風で、庭師の技巧により芸術作品に仕立てられて身をくねらせた幾本かの松に囲まれている。暗緑色の暗い色をした松の木々は、この秋の季節には青銅のように見えた。幾本かは深紅に染まった落日の西の空にその輪郭を浮かびあがらせ、幾本かは昇りくる月を背景にくっきりと影を映し出していた。月はそれぞれ特徴のある姿をした二つの岩の合間の青銀色の霧に寒々と包まれた地平線から昇っていた。

その二つの岩から下へと滝が流れ、水ははるか下方に積み重なる玉砂利の上に落ちていた。そこには小さな里山風の茅葺《かやぶ》きの庵《いおり》がくっきりと見え、そのまたはるか下方にも小さな庵が建っていた。

その光景の中に五輪塔が一基、そしていくつかの灯籠があちらに一基、少し下の傍らに一基というように置かれていた。

昇りゆく月にそのやや上を漂ういくばくかの銀色の雲、そこへ向かって飛ぼうとしている三羽の燕という、美意識に則り入念に造られたこの小さな天上の地は、一幅の掛物のようであった。しかしそれは、日本ではなく中国の山水画家の意匠である。奥行と高低の遠近法を駆使し、丘の間にある細い優美な空間は、俗界とは無縁の場所であった。

一番大きな家屋のもとには曲がりくねった小さな池があり、今沈みゆく夕陽と昇り来る月の中で金色にきらめき、銀色にさざ波をたてていた。池にはたいこ橋——弓なりになった一枚岩の、象徴的な意味合いを持つ細長い石橋——がかかっていた。池には一輪の睡蓮のみがまるで生けられたように咲いていた。審美眼の人は、蓮の花は月並みであると思っていた。どの池にも、どの詩歌にも、どの仏の教えにも登場するからである。水面に幾枚かの葉を浮かべ、その傍らに睡蓮が蕾をもたげて一輪、花を咲かせる。それ以外のものを池で金輪際見たくはなかった。

また利休は錦鯉も同じく月並みであると思い、その小さな池にはたった二匹の金魚のみを放っていた。ただの金魚ではなく広東で養殖されたもので、大きな頭に宝石に似たガラス玉のような飛び出した目をした奇怪な姿の金魚であった。掛物に似た風景の中、曲がりくねった道が上から下へと幾何学模様《アラベスク》を描いて続いており、光の当たり具合によってはすべてが谷の奥深くを、あるいは山頂の稜線を通っているようにも見えた。ただ日中の光の中ではいつも、まるで両端を切り取られたかのような、すこぶる細い道であった。

利休が帰宅すると、弟子のオチャが敷居のところで出迎え、じつに優美に深々と三度お辞儀をした。審美眼の人もじつに優美に深々と三度お辞儀を返した。たとえ親しい親族や仲間うちでも礼儀をわきまえ、行儀作法を怠《おこた》らず、迅速に応対せねばならない。すべては純金の宝石のように高貴な姿でなければならないのである。

オチャは十七歳であった。利休がそのように――御茶《オチャ》と――名づけたのは、茶というものが美学に適《かな》う、しかも神秘的な飲み物であるからだった。茶は静寂で繊細で詩情あふれる世界へといざなってくれるからである。そして審美眼の人がこの若者自身に同じような世界を感じとったからでもあった。

オチャは美しくすらりとした体つきで、少年というより少女のように見えたが、利休は剣術を習わせ、均整のとれた体に鍛えさせていた。

二人の盲目の按摩《あんま》は毎日オチャの肢体を揉みほぐし、若者の体に何か異変があれば、利休に報告した。頭髪は前部を月代《さかやき》に剃り、椿油に光る後部の髪を蝶の二枚の羽のような形の髷に結いあげ、その上に三角の小さな黒い烏帽子《えぼし》が舞うように揺れていた。青紫色の袴の上には、ぴったりした銀灰色の絹の肩衣《かたぎぬ》を着ていた。

オチャの足取りや身のこなしには熟練の跡が見てとれた。まるで人間の形に刻まれた芸術品のようであり、役者や皇子を髣髴《ほうふつ》とさせる人形のようであった。

オチャは音曲にも詩歌にも長《た》けていたが、眉の下の翳りを帯びた少女のような目やお歯黒をびっしりとつけた歯の周りに浮かぶ笑みには、いつも輝きのようなものが感じられ、まるでこの美の世界から逃げ出して、農家の子どもたちとわいわい騒いだり、ふざけ合ったりしたいと言っているかのようであった。農家の子たちは時折オチャに声をかけることがあった。この掛物のような狭い風景の左右の端は、掛物と同じように敷地の境界線となっており、その左右の向こう側は農家であった。

しかし、オチャは貧しい両親のもとに生まれた子であり、審美眼の人のもとで送る生活がとかく退屈であってもさして苦にならなかったので、農家の子たちが鯉の形をした凧《たこ》を楽しげに揚げていても、興味を引かれもしなかった。

「オチャよ」と審美眼の人は言った。

「わたしにとって、中国の庭師が盆栽を優美に育むのと同様に慈しんでいるおまえよ、今宵は、あちらに深紅の夕陽が沈みこちらに銀白の月が昇る、調和のとれたよき風情よのう。沈む夕陽と昇る月が世の興亡を如実に示しているようじゃ。あちらの低い松の木の陰には赤い珊瑚色がどことなく漂い、こちらの高い松の木の後ろには迫りくる夜の藍色の線が一条見えておる。あの松の一番上の枝は横に伸びすぎておるようだが、庭師はあれに手を入れて曲げてくれるじゃろう。そのほかは、なかなか趣《おもむき》ある眺めよのう。月に過分な銀の雲がかかってもいなければ、夕陽に過分な金色の輝きもない。もう半時もすれば、この光景は一変するであろう。だが、この刹那があればそれでよい。オチャよ、よく聞くのじゃ、わたしは秀吉さまの逆鱗に触れてしもうた」

オチャは動揺し、驚きの声をあげた。

「これ」審美眼の人は、にわかに不機嫌になって言った。「師として率直に申す。そのような美に背くような叫び声を二度とあげるでない。それから、この世の万事、何事にも驚き動ずるではない。動ずれば、ありとあらゆる思わぬ表情が、抑制のきかぬ表情が、そうじゃな、醜悪な表情とでも言えばよいであろう、それが顔に表れるのだ。おまえのそのような姿は見るに堪えない」

「もうしませぬ」とオチャは誓った。

「思いを口にするときは、言葉遣いにも心を配らねばならぬ」審美眼の人は不満げにさらに続けた。「〈もうしませぬ〉とは何事じゃ。これを〈かような行ないは慎みまする〉などと申せば、素直で謙虚な心持ちがそのまま外に表れようというもの。愛弟子よ、それが師への礼儀でもあるのじゃ」

「かようなふるまいは、以後、心して慎みまする、お師匠さま」オチャは言った。

「よろしい！」審美眼の人は褒めた。

「今度は味わいも抑揚もある。〈心して〉もよい。そうした言葉の順序や選びように品性が現われるのじゃ。さてすまぬが、茶を点ててくれぬか。わたしの暮らしの中で美を見る目を養わんとするおまえと二人で極上の茶を、瑠璃色の湯気がゆらゆらと立ち昇る、翡翠の溶けたような茶を一服しようぞ。湯の加減に気をつけるならば、茶は翡翠のような香りがするものじゃ。貴石が液体となって溶けだしたような茶にはな」

「このような菊の花と紅葉の枝をとらせて参りました、お師匠さま」とオチャは言い、切りとった花と枝を指し示した。

「そうか、ではまずその花と枝を生けるがよい」審美眼の人は言った。「妙なものよのう。三年も生け花の道を学んだ若い娘御《むすめご》たちが、まあ三年は常であるとはいえ、茎や枝が短すぎてはならぬことがとかく会得できていないとはのう。長すぎるのも論外じゃが。花瓶の高さと調和するようにほどよい長さに切るのは、目の仕事というより心の仕事なのじゃ。繊細な嗜好というより、霊妙な感性の問題じゃ。繊細な嗜好はもとより称賛に値するものじゃが、霊妙な感性がなければ、たとえ三本の菊であっても背丈が高めの花瓶に生けることはできぬであろう。われわれの美意識をぞっとさせる生け方になるやもしれぬ。愛弟子よ、いかなる花、いかなる枝にも生命が宿っていることを決して忘れてはならぬぞ。それは、わが道を貫かんとする意志のようなものじゃ。そのゆかんとする道をあちこちやさしく押さえたりひねったりして断ち切らねばならぬ。それから、茎と花瓶の内壁の間や茎と枝の間にも……丸めた葉や折った茎を……こっそり差し込み、巧妙に阻止してやらねばならぬ。花を右に向けて生ければ、花は左に傾くやもしれぬ。見事な葉の枝を左に傾けて生ければ、枝は身を起こして水平に身を倒すやもしれぬ。切り花や枝の持つ、そういう我意をすべて、不屈の精神力で抑え込まねばならぬ。一瞬たりとも臆してはならぬ。たとえ一本の花でも、おまえの意志に反するような我意を通させてはならぬ。十度も、二十度も生け直すがよい。花瓶に入れる水の量はあらかじめしっかりと目算し、ちょうど必要なだけの水を用意せよ。多すぎても少なすぎてもならぬ。生け方の骨組みが決まったら、それを常に念頭におき、気まぐれを起こしたり、当初の構想から逸脱せぬことじゃ。花を生けるのは創造することじゃ。芸術を創造してきた者たちはだれも、偶然に委《ゆだ》ねることなどはしなかった。さあ、その花や枝を生けるがよい。そうだな、そのいぶし銀のような大輪の菊にはトルコ石の青をした青磁がよいであろう。その珊瑚の赤の紅葉の枝にはバイソンの赤の花器がよかろう。その黄色の菊は捨ててしまうがよい。その下品な黄は、金色でも蜜柑《みかん》色《いろ》でもない、胆汁の色じゃ。秀吉さまのお怒りをかったこの日に、苦い思いをまた味わいとうはない。お怒りの原因はわたしが秀吉さまを嫌っていたからだが、秀吉さまの軛《くびき》から解き放たれるかと思うと、実にせいせいした気持ちになるわ」

オチャは師弟の間の礼を尽すかのようにただ会釈し、優美な身振りで同意を示した。年下の三人の弟子たちが――オチャと同じように利休に仕えていた――花瓶に湧き水を入れたり、ためつすがめつ眺めては茎を入念に切ったりしていた。その間、審美眼の人は檜造《ひのきづく》りの小さな館の中に正座し、この美しい秋の日、開け放たれた襖の向こうで弟子たちが花を生ける様子を見守っていた。

弟子たちが忙しく立ちまわっている間、利休は幸福と憂愁の交錯する不思議な気持ちを味わっていた。この日が最期の日であることはわかっていた。秀吉の逆鱗に触れたからには、生きながらえることはできない。だが悲痛な思いに沈んではいなかった。利休は壮大すぎるほどの美の世界の中で、己《おの》が魂と命を、身の周りのものとともに育んできたが、同時に心の中に不思議な神秘の力を持っていた。それは中国の賢者たちの崇高な智慧に学んだ、人の世で何事にも動じない力であった。人の世とは所詮、利休を待ち受ける永劫の時の中の、ほんの一刹那にすぎないものなのである。

この一刹那、檜造りの小さな館の敷居の周りの世界は気品とやわらかな光と過不足のない美に包まれていた。そして睡蓮が一輪咲いている池の手前で、オチャと他の三人の愛らしい若者たちが花や枝を背の低く四角い飾り台に据えた花瓶に生けていた。

弟子たちは師匠の目の前では一挙一動に気を配り、優美に振る舞わねばならないことを十分にわきまえていた。しかし陰では、煩雑極まりない美学の所作を事あるごとに揶揄《やゆ》していた。この生命ある陽気な若者たちを人形のようにしてしまう美学をである。

だが、ここで暮らしている弟子たちは、利休に養ってもらっていることに感謝していた。この貧しい武士の子たちには利休が頼りであった。弟子たちはすなおに一挙一動――それが師匠の意に適うものであることを弟子たちは確信していた――に気を配り、枝や花を手に持って花瓶の周りをつま先で拍子をとるように歩き、あちらに枝を差し、こちらに花を生けて回った。それは審美眼の人がここ三年、まるで神秘の内奥を探り当てよと言わんばかりに教え込んできた生け花の蘊奥《うんのう》を究めた姿であった。

　それから弟子たちは仕上がりを吟味しようと優美な足取りで後ろに下がり、絵に描いたような髪型の頭を小鳥のように左右に傾けながら、じっと見入って精査し、意に添わぬ点があるとまた花瓶に近寄り、手を入れた。当初の構想を常に念頭におかねばならず、手を入れすぎてはならないのは言うまでもない。そして花や葉のくずを片づけて乱れを整えると、審美眼の人に向かってお辞儀をし、仕上がりをさし示した。そこにいるのは、オチャを筆頭として、その他に三人の若者である。四人の審美眼のひよこたちにすぎなかったが、中国の皇帝でさえ、わが宮殿にはこれ以上の練達の士がいると吹聴できなかったであろう。

　審美眼の人は幸せであった。明日、もしかすると今夜、わが人生、優美な芸術の人生は終わりを告げるかもしれぬ。だがそれがどうしたというのだ。たとえ百年生きようとも、一日、一時であっても……それがどうしたというのだ。もしもその一時が選ばれし時であるならば！　もしも永劫の時の一刹那が入念に育んだ美の一刹那であるならば！

　利休はこの瞬間、そんな思いに深く心打たれるのであった。夜の帳が下り始め、弟子たちは花瓶を茶室に運んだ。その中の二人が細く背の高い青銅の燭台の火皿の灯芯に火をつけて回ると、あたりに芳香が漂い始めた。審美眼の人は感に堪えぬ面持ちで、薄紫に銀箔をほどこした砂子紙の色紙を手にして筆をとると、葦手書きに絵と文字を描いた。それは次のような内容であった。

われはただ一刹那たらむ

世のしがらみを
解き放たれし
幸《さいわい》たらむ

のちの時に何の未練やこれあらむ
至福の刹那の
花の如《ごと》、煙《けむ》の如
いかに短かからむとも

時が至福を奪ひゆき
一日一年
過ぎゆきぬ
その永劫を褒め讃ふべきや

いいな、われはただ一刹那たらむ
たとひいつか
暗き夜に不幸がわれを
とぶらふとも

このはかなき生の
刹那の輝きを慈しまむ
たとひこの身が億万劫
永劫の流れに漂ひぬとも

彼方の西の空に夕陽はすっかり沈み、反対側には月が鋸の刃のような線を描いた岩の上に高く昇り、銀色に輝いていた。星が三つ、四つ、幾条かの光を放っていた。それは、たとえこの後にどんな時が待っていようとも、この一刹那の輝きそのものであった……だがそのほんの幾条の輝きでも、それを心底慈しむ者にとってはめくるめく光ではなかろうか？

茶室の中ではオチャと三人の弟子たちが極上の茶の湯の支度をしていた。利休は立ち上がり、黄色の絹の座布団の上に腰を下ろして正座した。利休の前には茶室の中央に設けられた深い炉があり、そこに据えられた釜に湯が沸いていた。

「オチャよ、この湯が左手の湧き水のものか、あるいは右手の小川のものか、味を利いてみよう」

審美眼の人が言うと、若者はお辞儀をして師弟の間の礼を尽す言葉を返した。

師匠が見守る中、弟子たちは茶の湯の用意を整えていた。弟子たちが動くたびに、ゆらゆらと煙をあげ芳香を放ち、細く背の高い灯火が照らし出すこの和やかな空気に包まれた茶室の薄闇の中に、一つまた一つと花が咲いてゆくようであった。

用意される茶は玉露ではなかろう。それは朝まだき露の香りをたたえた湧き水で淹《い》れる朝の茶である。松葉茶でもあるまい。それは午後の陽を一身に浴び、香り豊かになった松葉を使った午後の茶である。用意される茶は、貴重な〈皇帝の茶〉であろう。皇帝自らの茶園で高貴な家柄の乙女たちがその長い爪をした指で摘んだ茶、中国から密貿易で渡ってきた茶である。

弟子たちはこの茶葉を粉に挽《ひ》き、春に摘んで乾燥させた長春花《ティーローズ》の葉を何枚か、そしてそこに椿の蕾を二つ、三つ加えた。湯が最適の温度になるのが目にも耳にもわかると、オチャは――だからこそ、御茶という気高い名なのである！――金箔の漆塗りの柄杓《ひしゃく》で湯を青銅の釜からすくい、湯気が立ち昇る中、磁器の茶器にそそいだ。その磁器はやわらかな緑青色《ろくしょういろ》をした貫入《かんにゅう》のあるもので、宋の時代、浙江省の張兄弟が創作したものであった。また四角い塗りの台の上に置かれた小さな茶碗や天目台も、すべて張兄弟の作品であった。

釜から湯気が濛々とたちのぼる中に大輪の菊や紅葉の枝が優雅に生けられた茶室には、つややかに仕上げられた檜板の壁面をほんの少し埋めるように美術品が飾られていた。どれも美の粋を究めたもので、熟慮に熟慮を重ね、飽くなき探求心に駆られて長年にわたり蒐集《しゅうしゅう》したこの上ない逸品ぞろいであった。それは大金をつぎ込み買い集めたというより、美学に明け暮れる歳月の中で美しいものに愛情をそそぎ、その愛を至高の美に捧げてきた自然の成果であった。

奇をてらうようなものは何もなかった。この美しい物たちに囲まれていると笑みが浮かび、どことなく心惹《こころひ》かれる心地がして瞑想に誘われる。そんな空気が漂う中、弟子たちはわずかな手振りさえもせぬよう、終始気をつかっていた。この甘美な一時《ひととき》にひたる審美眼の人の気を散らすからである。だが弟子たちは美術品はどれも珍妙でお笑い種だと思っており、こっそりと小馬鹿にしたような笑みを互いに交わすのだった。

これが中国語であれば〈愉〉、日本語であれば〈嗚呼！〉とでも書き表わすであろう、生の陶酔の一時をもたらす茶、つまり〈茶の湯〉であった。辞世の句を詠《よ》み、己が美学に則った生け花に囲まれた茶聖、千利休の〈茶の儀式〉であった。これが禅僧たちが定めた喫茶の法であった。禅僧たちはこの俗世のものを否定せず、逆に洗練する道を選んだのである。審美眼の人は自らそれをさらに洗練させたのであった。かくして用意された〈茶〉という名の緑に泡立つ翡翠の液体があればこそ、この一刹那を沈着冷静に受け入れ、終焉を迎えることができるのだ。


その時、銅鑼の音が聞こえた。審美眼の人は心持ち頭をもたげ、笑みを浮かべた。

「どなたがおいでか見て参れ」利休は小さな声で命じた。

三人の弟子たちが外に出て行った。三人はすぐに戻って敷居をまたぐと、まるで生きた人形が優美な動作をするように深々とお辞儀をした。その中の年長の者が言った。

「お師匠さま、このお館のございます谷へと続く上の街道ぞいの門前に、六人の従者に担がれた輿が止まってございます。周りには何本もの松明の灯りが見えております」

「秀吉さまのご使者であろう。銅鑼の音で来訪を告げたのじゃ」審美眼の人が言った。「おまえたち三人、上に登って門へ参れ。そして使者どのを丁重にお出迎えせよ」

三人はお辞儀をして出て行った。審美眼の人はオチャと二人、正座したままであった。若者は青ざめて眼を大きく見開き、師匠を見つめていた。体が震えている。審美眼の人はただこう言った。

「うろたえるでない。それが人生の美学の第一則なのじゃ」

二人は身じろぎもせずにすわっていた。しばらくして、三人が秀吉の使者を伴って入ってきた。

利休とオチャは立ち上がり、お辞儀を幾度も繰り返し、使者もお辞儀を幾度も返した。

「よくぞお出でなされた」審美眼の人が言った。

「夜分に恐れ入りまする」使者が詫びた。「太閤殿下に、こちらに参るよう仰せつかり申したときには、もう夜の帳が下りてございました。こちらは桃山の御殿からは遠うござるもので」

「いかほど夜が更《ふ》けましょうとも」審美眼の人は答えた。「拙宅にまでご足労いただきましたからには、大切なご客人でござる。熱燗《あつかん》をご所望であれば、すぐに炉で温めさせましょう。夜の茶をご所望とあらば、喉の渇きをほんのり癒す香り高き芥子《けし》の葉を混ぜて進ぜましょう」

「かたじけのうござる」使者は答え、深々と幾度もお辞儀をした。その場のだれもが幾度も深々とお辞儀を返した。「それがしは、太閤殿下の仰せつけでご貴殿への拝領の品をお届けに参り申しただけでござる」

使者は後ろを向き、暗闇の中にすわっていた従者に指図すると、従者は近寄って深々とお辞儀をし、ずっしりとした錦の袋を両手で捧げて使者に手渡した。使者が何度もお辞儀をしながら、その袋を利休に差し出すと、利休は頭を下げて両手で受け取った。

その場のだれもが頭を下げた。灯りが芳香を放ちながら、ぱちぱちと小さな炎をあげていた。外は静まり返り、小川と滝がさらさらと音を立てているだけであった。

「ありがたく頂戴つかまつる」審美眼の人は言い、使者と何度もお辞儀を交わした。「今夜はお泊まりになってはいかがかな。時刻ももう遅うござる。夜は野獣や盗賊が出没し、あぶのうござる。桃山へお戻りになるのもずいぶん時間がかかりましょう」

使者は敷居のところに立って館の外を見回した。

「貴殿のお申し出、ありがたくお受け申す。仰せの通り、桃山への道は遠く、今夜は盗賊や野獣が出るやもしれませぬ。確かに遅うござる、時すでに遅しでござる」

「ならばこの三人の弟子どもにご案内させましょう」

三人の弟子たちの顔は青ざめていた。この三人も事情を察し、その場にいる者の間に暗黙の了解が成立していたのである。儀礼の挨拶やお辞儀を幾度も幾度も交わして外に出ると、三人は灯籠の並ぶ道を通り、使者を客人用の館へと案内した。この悲劇の夜、使者はそこで客人として最上のもてなしを受けるであろう。

審美眼の人とオチャは二人きりとなり、正座したまま向かい合っていた。一言も発せず、互いの眼を深くのぞき込んでいた。二人の前には秀吉から利休へ贈られた物が置かれていた。突然、灯りの一つがぱちぱちと音を立て、燃え尽きて消えた。

「一刹那が過ぎゆく」審美眼の人が言った。「この後も一刹那、そしてまた一刹那と時が過ぎゆく。今日が終わり、明日に、そして〈行く末〉となるのじゃ。どれ、この最期の時に、天下人どのからの拝領の品を拝見いたすとしよう。使者どのに持参させたものをな。使者どのの唯一の手抜かりと言えば、美学に則った口つきで、時すでに……と真実を口になされたことかもしれぬ。まあ、その美学を知らなければ、人生になんの価値もなかろうが」

オチャの顔はひどく青ざめていた。まだ燃え尽きていない二本の灯りがゆらゆらと煙をあげる中、絵に描いたようなオチャの顔は中国の美しい茶碗に小さく描かれた人物の顔のように見え、その黒い眼はかっと見開かれていた。だが審美眼の人の戒め通り、うろたえた気配はなかった。

二本目の灯りが一瞬ぱちぱちと燃え上がり、消えていった。

「急がねばならぬ」と審美眼の人が言った。「この灯芯の一番長い三番目の灯りが前の二本と同じく消える前に。さもなくばあたりが闇となり、秀吉さまからの拝領の品も見えなくなるであろう」

「月が輝いておりまする」今しばらく猶予をと言わんばかりに、オチャが訴えた。審美眼の人は弟子を厳しく激しくきっと見つめた。今やオチャは観念し、身じろぎもせずにいた。袋の紐を解き、審美眼の人は中から一本の刀を取り出した。柄《つか》は翡翠、鞘は金箔で長い絹の房飾りがついていた。

利休は刀を見やった。そして言った。「美しい中国刀じゃ。礼を尽した贈り物じゃ」

「お師匠さま」オチャが言った。「袋の中にまだ何かが……」

審美眼の人は、今一度袋の中に手を入れた。

「おまえの言うとおり」審美眼の人が言った。「先刻のとよく似た二本目の刀だ」

利休は袋から二本目の刀を取り出し、しげしげと眺めた。

「どちらも美の宝庫である気高き中国の古刀じゃ」審美眼の人は言った。「秀吉さまは、審美眼の者を喜ばす術をお心得だ。しかし……二本とはな……身にすぎる光栄だのう。わたしには一本で十分じゃが。こちらをわたしがもらおう。少しばかり大きくて重そうじゃ。もう一本は、オチャよ、少し小さくて軽い……おまえに授けよう」

そう言い、利休は弟子にやや小さく軽そうな刀を手渡した。

「刹那刹那が過ぎゆく、オチャよ、いとしき弟子よ」審美眼の人が言った。

たとひいつか
暗き夜に不幸がわれを

とぶらふとも
このはかなき生の
刹那の輝きを慈しまむ
たとひこの身が億万劫
永劫の流れに漂ふとも

その瞬間、利休はもろ肌を脱ぎ、両手で柄をしっかりと握りしめ、幅広の刃を腹に当てた。オチャも刀を摑むとそれに倣《なら》った。

そして二人同時に、ためらうことなく深く刺し込み、さらに力をこめてぐっと引いた。

二人は倒れた。その途端、三番目の灯りがぱちぱちと音を立てて消えていった。濃い金色の満月が一幅の掛物のような風景の上に昇っていた。月光はまるで流れ出る金箔のように、二人の亡骸《なきがら》が横たわる茶室の中に射し込んでいた。二人の傍らには、翳りゆく珊瑚色の紅葉と白銀の大輪の菊が生けられた花瓶の影が落ちていた。

二人は死の間際、永遠の眠りにつくことを受け入れ、最後の力を振り絞って横向きになったかのように、優美な姿で横たわっていた。ひたひたと流れる深紅の血は、あちらこちらの薄闇に浮かび上がる朱塗りの敷居とほとんど見分けがつかなかった。敷居は月の光に照らされ、血塗られたかのように密やかに深く輝いていた。

第二十六話　雲助

一

彼方の西の空に、日本の霊山の最高峰、聖なる富士の山がそびえていた。長く裾野を引いたその凜々《りり》しい姿は周囲に広がる山々を圧倒していた。山頂には、日ごとに夏めいていくこの時節でさえ白く輝く雪を戴いていた。流れ落ちた雪が大理石の筋模様のように広がり、雲一つない空の青を映して白銀に輝いていた。富士は粛然とした神々しい姿であたり一帯を恩寵に包み込み、周りの山々は身をかがめ頂を垂れ、富士の山を拝んでいるかのようであった。

この時節には貴賤を問わず――貴人であれ役者であれ農夫であれ――富士を信仰するさまざまな人々がそこに登って山頂の霊場で神霊を拝む。そして叡智に長け、聖なる手に日本全土の宿命《さだめ》を握るその存在を肌で感じるのであった。

眼下には芦ノ湖が静かに広がっていた。山々の峰の姿が波一つない湖面に花輪のように映り、そこに睡蓮が編み込まれて鏡のような湖面に浮かんでいるようであった。その湖へと東海道の箱根路が下り坂となって続いていた。道は岩間を泡立てて流れる川の音や、遠くで轟々《ごうごう》と逆巻く波の音がする中を抜け、満開の山藤の合間や、歌うかのように絶え間なくざわめく竹藪の神秘の世界にその姿を隠していた。

長く険しい箱根路を行くと、この湖のほとりに関所があり、関所は東から西へ、西から東へと旅する人たちにとっては文字通りの関門であった。門の傍らには、樹霊のような姿で天に向かって身をよじらせ、巨人の腕のような枝を伸ばした一本の美しい松の木があった。見返りの松である。

通行手形や証文を見せて身元確認を受けた者は、ありとあらゆる面倒な手続きを経てやっと通行が許されると、駕籠《かご》や馬や人足たちとともに出立した。そしてこの松の木のたもとで後ろを振り返り、これでつつがなく旅が続けられるとほっと一息ついて西へ東へと旅立って行くのであった。

山の静けさの中、険しい山道を上り下りして関所へと向かうにはこの箱根路しかなかった。関所は四角い敷地に囲まれ、中に番所や詰所などいくつかの建物があった。そして関所の門が冷厳とたたずんでいた。旅ゆく大名でさえそこを潜らねばならなかった。

数知れぬ人々が旅心を誘われ、移動していた。昔も日本人の心には、この地上にある己が居場所に安住できない、気忙《きぜわ》しい魂が巣くっていたのである。何かにかこつけ、あちらからこちらへ、東から西へ、西から東へと動き回っていた。この気忙しい東洋の魂が当世もなお、静寂な東洋の面影とは裏腹に、絶えず移動して動き回る衝動に駆られているのと同じである。

それは、両親や祖先の冥福を祈るために遠くまで墓参りに行く息子や娘であったり、地方での役目を終えて故郷へ戻る侍たち、また旅芸人たちであった。どんな理由にしても、並み居る従者に囲まれて行き来する権門勢家の女たちもいた。とにもかくにも、ありとあらゆる人々が大勢往来していたのである。

　東西の道はいつも混み合い、呼び声が飛び交って、危なげに揺れる輿を担ぐ者たちや、酷使され疲れきった荷馬や、銅の金具のついた樟《くすのき》の重い長持や櫃《ひつ》を大声を張り上げて担いでいく人足たちでひしめき合っていた。その一団が降りしきる雨の中を、炎天下の中を、蓑をまといあるいは日よけ笠をかぶり、この長い山道を上り下りして関所へと向かうのである。そして何時間も待たされ、通行手形や証文を出して関所検《あらた》めが終わると、松の木のたもとで振り返り、安堵のため息をついてさらにそれぞれの旅を続けるのであった。

　街道沿いの宿場には、本陣から木賃宿まで大小の旅籠がずらりと並んでいた。宿屋はいつでも、どの季節でも満員であった。そのありさまはまるで、日本の西の住人は何かに憑かれたかのごとく東へと向かわずにはいられず、東の住人は西へと向かう衝動を抑えきれないかのようであった。

　そして、ひっきりなしに往来する人々の前に関所の門が立ちはだかっていた。関所を設けたのは、当時日本を支配していた徳川将軍が、敵対する大名や侍たちが蜂起して江戸に侵入するのを恐れてのことであったが、今は少なくとも武器の密輸や敵の間者が紛れ込むのを防ぐ役目を果たしていた。

　そのため、関所での吟味には、非常に厳しい煩瑣《はんさ》な手続きが定められていた。それでも年がら年中、男女を問わず日本中のだれも――大名や姫君や商人や旅芸人たち――が、面倒な関所検めは覚悟の上で旅立っていくのであった。

〈見返りの松〉は、日ごとに光や雲の佇まいの変わる空に向かってぽつんと一本、巨人のように立っているだけであったが、街道の両脇には巨大な杉の木がまるで一群の巨人の番兵のように道に沿って上り下りしながら並んでいた。それは巨人たちの杉並木であった。根は地面の下や上を這って一面に広がり、もはや根こそぎとり除くことなどできそうにもない広い土手を築きながら幹の左右に大きくはみ出していた。互いに絡み合って山の稜線のようにずっしりと連なるそのさまは、巨人たちの踏み下ろした足という足がその足指を大きく広げたようであった。

そして大の男でも一抱えにできないほどの柱のような太い幹が高々と空にそびえ、黒々とした枝が隙間なく絡み合う中にその隆々たる枝をさらに伸ばそうとしていた。その巨人の身振りは松の木よりはひかえ目であるが、何事にも動じない確たる姿に見えた。密集した杉の葉は黒く翳ったビロードの織物のようであった。初春の頃と変わらぬやわらかな緑であるが、やがて何枚もの喪のベールを重ねたように徐々に翳っていき、冬に向かってまばらになっていく。

この巨木が立ち並ぶ東海道の杉並木の下には、岩間をこえて逆巻く川の音が響き渡り、それは川が滝となって絶え間なく落ちる轟音とともに、闇と影に包まれた森の黒い密やかな世界に流れ込んでいた。夜分遅くなって通る旅人は、恐怖にかられ背筋を凍らせた。旅人には、そこから暗鬼が現われてささやきかけてくるような気がした。関所は通れぬな、手形にも証文にも手違いがあるぞ、せっかくの旅だが、骨折り損になりそうだなと。

旅籠では主人自ら、東西の役人や名主や大家が厳重に発行する通行手形や証文が正式なものであるかどうか、見てさしあげましょうと申し出た。

そして旅籠の中では不安げに相談する小声や困惑のざわめきが絶え間なく聞こえ、旅人は主人に大金――いつも袖の下が効くとは限らないが――を差し出し、それからようやく、この証文に運を賭け、従者たちを引き連れて関所に向かうのであった。

二

鉄砲や刀剣の搬出入には、常に念入りな手続きが必要であった。将軍は強大な権力を持ってはいたが、不意を突かれることを恐れ、目を光らせていたからである。女たちは手形検めは言うまでもなく、体や荷物を男たちよりもことさら厳しく調べられた。江戸詰めの大名が謀叛《むほん》をたくらみ、江戸に人質となっている妻女を助け出すことを将軍が恐れていたからである。

その他にも、遊郭の楼主たちも年端のいかない娘たちをかどわかしてはいないかと吟味された。遊女たちは番所で――旅籠の主人に証文を書いてもらうこともできたはずであるが――自ら望んで選んだ道であると誓約せねばならなかった。女の旅人は女役人である人見女が取り調べ、髪検めだけでなく、肌が見えるまで着物をめくることもあった。

通行手形や証文にほんの少しでも手落ちがあると何十日も足止めをくらうことも稀ではなく、旅籠の主人たちにはそれが金儲けの種にもなり、得にもなるのでわざとあら捜しをすることもあった。

傀儡子《くぐつし》や語り物を芸とする者たちもいたが、その場で座興を行なうことで、ことさらに吟味されることなくすぐに関所を通り抜けることができた。こうした旅芸人たちはそれをいいことに大金をもらい密書を届ける役目もしていた。

旅役者の一座も旅籠や道端で芝居を演じた。有名人気どりで居丈高に振る舞う者もおり、番所での厳しい取り調べの席でも何食わぬ顔をしていた。きらびやかに着飾り、女のように化粧をした人気役者たちであった。

だが旅芸人の中でも無一文で銭を落とすこともない下等の者たちは河原者とそしられ、厳しく吟味された。河原者は河原乞食とも蔑称されていた。文字通りの乞食である。

三

このようにかつての日本では、箱根湯本から三島までの箱根路――小田原宿・箱根宿・三島宿と続く〈箱根八里〉の箱根・三島間――を、まるで動脈の中を血が流れるように人々が絶え間なく移動していた。景色は変わってしまったが、見る人が見れば、岩や森や川の佇まいに昔日の面影を感じとることができるであろう……

当時――なぜ正確に年代を述べないかというと、当時は今のわれわれの時代とは違い、歳月がゆるやかに流れ、時の流れが違う意味を持っていたからである――箱根路をひっきりなしに行き来する大勢の旅人たちにとり、雲助と呼ばれる宿場人足たちが特別な役割を果たしていた。この人足たちはその地で生まれ育ち、一生をそこで暮らしていた。その意味では、旅に出ることのなかった唯一の日本人たちかもしれない。

雲助たちは駕籠や輿を担ぎ、櫃や長持を担ぎ、荷馬の手綱を引いた。この人足たちが〈雲助〉と呼ばれるのも謂《い》われなきことではなかった。雲助たちは空の雲のように漂い、定住の地がなかったからである。家も家財道具も、箱枕さえもなかったのである。箱根湯本と三島とを行ったり来たりするだけの、雲の如き漂泊の民であった。

雲助たちは親方に雇われ、お上の許しを得て仕事をしていた。稼ぎはかなりあったが、酒と博打に消えていった。荒々しくも無邪気で陽気なその日暮らしの男たちであった。

そして体中に彫り物をしていた。身銭を切り、痛みに耐える度胸がなければできないことであった。筋骨隆々とした体を包む肌はビロードのような青と赤褐色の錦を張りつめたようであった。彫り師が生み出した図柄が胴体、腕、腿、ふくらはぎ、足、ときには額や頬にまで刻まれ、たくましい体を幾何学模様《アラベスク》で覆っていた。そのため雲助たちはただの男ではなく、芸術作品のように見えた。ほとんどみな若者であり、日々の力仕事のため彫像のような肉体美を誇っていたからである。
　雲助たちが大声を張り上げ歌を唄うと、その楽しげな音色が箱根路の谷間や岩間に響き渡った。

橋はかかっちゃねえんだぞ
荒れ狂う川の上にはよ
抜け道なんてねえんだぞ
あそこの関所へ行くにはよ
この岩間を行くしかねえんだぞ
そんで運よく中に入ったらな
お地蔵さんに願かけな
お守りたまえ　この旅人を
通してたもれ　この関所

橋はかかっちゃねえんだぞ
無理は承知の川越えじゃ
水があふれちゃねえときは

おれらの出番　雲助じゃ
輿にのっけて
よっこらしょ
荷物もどっさりえっこらせ
馬に積み荷をどっこいしょ
水をかきわけざんぶりこ
岩間を通り渡るんじゃ

おっと輿代はらえねえ
そしたらおれらの肩車
橋はかかっちゃねえからな
江戸においでの将軍さま
お偉い方のお達しじゃ
おかげでおれらは銭もうけ
橋はかかっちゃねえからな
あそこの関所へ行くにはよ
この岩間を行くしかねえんだぞ

四

その中に〈カモ〉という名の雲助がおり――小さいときから鴨のように泳ぎがうまく、川上へあるいは川下へと自由に泳ぎ回っていたからである――旅人たちに大変重宝がられていた。まだ若く、おそらく十九は超えていなかったであろう。だが本人も自分がいくつであるかを知らなかった。この土地の者ではなく、どこか遠くからやって来た孤児だったらしいのである。

したがって親兄弟はいなかった。雲助でさえ親兄弟はあり、カモにとっては嘆きの種となるはずであったが、本人は天涯孤独の身を苦にはしていなかった。精悍で陽気で、その仕事ぶりは見る人の目をいつも楽しませていた。そしてなにかにつけて歌を唄うのであった。それは、

あそこの関所へ行くにはよ
この岩間を行くしかねえんだぞ

という、いつもの歌だけではなかった。

なにか目を惹くものや、嬉しくなったり楽しくなったりするものを見ると、カモはいつも唄い出した。お天道さまや川の流れ、木や岩、旅役者や、駕籠や輿や馬のことを唄った。つまりは自分たちのことを、雲助の暮らしを唄っていたのである。旅人たちのざわざわとした声に混じり、カモの高く澄んだ声がいつも響き渡っていた。役人たちのことや面倒な手続きのことも、時にはいたずらっぽく皮肉をこめて唄うこともあった。だがどういうわけか女のことを唄いはせず、仲間たちはた

びたびカモに問いただした。

「カモよ、なんでおめえは女のことを唄わねえんだ。きれいな旅の女だとか、いいとこ出の女のことかよ。芸妓や花魁や禿《かむろ》だっているぞ。みんなおめえが荷物をかついでやってるじゃねえか」

「聞いてくれるな」カモは四角い大きな櫃を、まるで小さな漆塗りの宝石箱のように軽々と肩に担ぎ、唄い出すのだった。

おめえらにゃわかりっこねえ
おいらの口から言わねえぞ
ほかのやつから聞いてもな
おめえら知ったつもりでもな
そんなの嘘にきまってらあ
なにをおいらに聞いてもな
歌は内緒ごととおんなじさ
口に出しちゃ言えねえことを
歌に唄って言うだけさ
ちょっと唄って聞かせても
拍子をとって唄っても
言いたくねえこと唄っても
さえずる小鳥とおんなじさ

なに言ってるかわかんねえ

若い雲助はそう唄って答えた。その眼は楽しげな秘め事を奥深く隠し、黒々と輝いていた。カモがなにか秘密を隠し持っていることは仲間たちみんなが知っていた。その秘密の相手は箱根路を何度も通る女の旅人らしい。だがそれがだれなのかはわからなかった。実際、筋骨たくましく男らしい雲助たちは女の旅人たちと関係を持つことがあった。箱根の雲助たちというのはそれほど有名だったのである。

かれらは、日本中のどの雲助よりも凜々しい存在だと自負していた。櫃や長持の荷づくりの技量はすばらしいと定評があり、だれもがひと目で箱根で荷づくりされたものだとわかるほどであった。どんな登りでも駕籠や輿を水平に担ぐお家芸も持っていた。炎天下はもとより、凍てつく寒さの中でもふんどし一丁で仕事をする男たちであった。

このように箱根の雲助たちはそのあらゆる技量と、たくましく若々しい肢体でとりわけ世に知られた存在であった。そのため女たちに大変人気があり、女たちは雲助たちに大盤振る舞いをし、惜しげなく金をばら撒《ま》くのであった。そしてカモは中でも屈強を誇る一人であり、その外見もひときわ目立つ存在であった。

顔も肢体も美しかった。真剣な表情をしてはいても眼と口元の両方に笑みをたたえた阿弥陀仏に似て、その顔は気品に満ちた線で刻まれていた。日本の名門の出の人たちも時折そのような顔をしている。その家系は判然としない場合もあるが、自称、天皇家や神々しい英雄たちの末裔である。それは先住民族のアイヌの人たちの顔つきと比べてもわかる。出自を誇る名門の人たちの顔つきはもっと端正で風格があり、仏像を彫る仏師たちは喜んでその姿を写しとった。額は狭く髪は美しくそろい、離れ気味の両目は暗色の杏仁《アーモンド》でやさしい目つきをしている。整った鼻筋にどこか官能的で小さな口、顔の輪郭はたくましい男であっても丸みを帯びた女性的な顔である。

カモの若々しい顔もそうであった。隆々とした肩へと続くがっしりとした太い首の上に乗っているその顔は、子どものようでさえあった。顔の美しさだけでなく、その若くたくましい肢体も人足たちのごつごつした体つきとは違ってすらりと伸び、武人のように鍛え抜かれた体をしていた。その気品に満ちた裸体は——彫り物で覆われてはいたが——仲間たちのいかつい体の間でひときわ目立っていた。

そんな不思議な気品を漂わす姿であったが、仲間たちがカモをのけ者にするようなことはまったくなかった。カモは小さい時から仲間たちの間で育ち、みなと同じように〈雲〉であり、ともに重労働をしてきた仲であったからである。うれしそうに顔を見合わせ、いつも陽気に、ともに担いだり曳《ひ》いたりしてきたのである。カモにしても、おれはおまえらとは違うのだというようなそぶりを見せたことは一瞬たりともなかった。

また、仲間たちの間にもめごとが生じると、若輩であるにもかかわらず、間に入ってほんのひと言で仲直りさせ、高く澄んだ若い声で一節さらりと歌を唄って座をとりなす術を心得ていた。

おめえたち　なにをつべこべ
悪たれついてもめてんだい
おれたちゃ　みんな義兄弟

よくも悪くも同類さ
持ちつ持たれつ
世を渡る
さあさ手を打ち仲なおり
水に流して流されて
世を渡ろ

五

不思議なことだが、秘密が目の前に転がり、むき出しの宝石のように輝いていると、すっかり見慣れて疑うこともない目には入らないものだ。そうして、雲助たちはもとより、関所の役人たちはなおさら〈アカリさま〉と呼ばれる若い奥方が――夫は名だたる大名の一人であった――東から西へ、西から東へと毎月あるいはふた月に一度、箱根路を往来していることになんの不審も抱かなかった。

奥方は警護の者や腰元や従僕など大勢の供を引き連れ、内側の見えない駕籠に乗ってやって来た。駕籠の外側は緑と赤と金箔の漆塗りで、内部には装飾がほどこされ、かの有名な光琳の描いた絵があった。華やかな行列をなして往還する様子はつとに知られ、奥方の名も知れ渡っていた。行列が関所の門に近づくと、上役、下役を問わず役人たちが居並び、頭を下げて出迎えた。

関所の門のだれもが見えるところに高札が立っていた。そこには、

〈門に入るときは、笠、頭巾をとるべし〉

そして、

〈駕籠、輿は、のぞき窓を開けよ〉

さらに、

〈女検めは人見女が行なう〉

と書かれていた。だが関所の上役たちは、アカリさまに限ってこのような決まりは通用いたしませぬのでどうかご安心を、と請け合うのであった。

そのようなわけで、奥方の行列は駕籠を検められることもなく――供の者たちだけがほんの少しばかり検分を受けたが――、門を通るときに奥方はのぞき窓を開け、被り物を少しとると、上役たちに微笑みかけるのであった。上役たちが恐れ入ったように挨拶をすると、奥方は一人一人にやさしい言葉をかけ、下役のみなの衆に米を少々贈りとうございますが、決して賄賂《まいない》ではありませぬのでよしなにと言い添えた。それが毎度のことであった。奥方は何度も往来し、そのたびに大盤振る舞いが行なわれた。

そして、どちらへお出ましでと尋ねられると、夫である国持大名の領国は東西にあり、あちらこちらの領国へ検分にいくと答えるのであった。奥方は、家臣や従僕のだれもに慕われていた。

奥方の駕籠を担いで峠を越え、輿を担いで川を越えていく雲助の中に、常にカモがいることを不審に思う者はいなかったであろう。奥方は雲助のだれもが公平にたっぷりと稼げるように順番に駕籠や輿を担がせてはいたが、カモは急な上り坂でも下り坂でも、担ぎ棒をまっすぐにして駕籠や輿を水平に保つことができる達人だったからである。しかも、カモは駕籠や輿を担ぐ相棒たちの首領格であった。うまく拍子を合わせて進めるように、いつも唄って音頭をとっていた。

ホイおめえら　足どりかるく
拍子を合わせ　ホイホイホイ
小波《さざなみ》みてえに　ゆうらゆら
輿をかついで　ゆうらゆら
揺らすじゃねえぞ　その調子
上げ下げするな　このまま進め
左はちょい下げ　右ちょい上げろ
のぼろとくだろと　まっすぐかつげ
輿の二本の　かつぎ棒
阿弥陀仏の　昇らるる
水平線と　おんなじに
そしたらアカリの奥方みてえによ
神の御代より日の本の
おえれえきれえなお方はよ
輿にお乗りとは　思うめえ
お池の小舟で　ゆうらゆら
夢見ごこちで　ゆうらゆら

六

こうして奥方は幾多の腰元や警護の者や従僕に囲まれ、駕籠に揺られて別邸へと向かった。別邸では宿泊の準備がすべて整えられていた。奥方は世話をしていた腰元たちを下がらせると、今宵のように一人でいるのが常であった。美しく若く、まだ子どものような女であった。

香ばしい髪油に輝く長い黒髪は銀色の紗布《ヴエール》の下で豊かに広がり、巫女《みこ》の白衣《びやくえ》のような白い寝間着をまとっていた。檜造りの部屋には座布団や布団、枕がすでに用意されていた。床の間には、赤い牡丹の咲く間にうずくまる金色の虎たちを描いた朝鮮の巨匠の手になる掛物がかかり、背の高い青銅の花瓶にも牡丹が生けられていた。

アカリの奥方は正座して待っていた。三味線が弾かれないまま足元に置かれ、背の高い金色の燭台の上に明かりが燃えていた。待ちわびている小さな顔は緊張でこわばり、いまだ蕾の白椿の花のように見えた。ただ、奥方のほっそりとした肩は、蕾を包む二片《ふたひら》の苞葉《ほうよう》が南風に吹かれて揺れるかのようにかすかに震えていた。

ひたすら耐えて待つ中、奥方の吐息が洩れ、泡が静かに漂うような白い着物の下でその胸は上下に波うっていた。じっと膝に置いた小さな両手は並んで眠る白い蝶のようであった。薄明かりの中、まじろぎもせず前を見つめている眼がきらきらと輝いていた。そしてただ待っていた。

傍らの壁には御簾《みす》がかかり、巻き上げ紐にはずっしりとした飾り房がついていた。その壁が動いたかと思うと、御簾がするすると上がっていった。壁には狭い出入口があり、そこに男が現われた。幅広く大きな袖口の黒っぽい絹の羽織をまとっている。カモであった。

アカリの奥方は立ち上がった。まるで花の茎がすっと伸びていくようであった。深々とお辞儀をし、感に堪えぬように言った。

「やっと！」

二人はしっかりと抱き合い、近くに寄ると同時に着物の前がはだけた。まるで赤と白のかぐわしい牡丹のように、二人の唇に接吻の花が、体に愛の花が咲いた。しばらくして奥方はあでやかな枕に頭を横たえ、カモの腕に抱かれたまま、息をついていた。

そして言った。

「ご主人さま、わたしの殿！」

「そんなんじゃねえ」カモは小さな声で言った。

「おれは情夫にすぎん。これは不義密通よ。ご先祖さまの位牌はどこだ。位牌に額《ぬか》ずきお頼みしよう。菩薩さまたちにお口添えをしてくだされとな」

「あなたはわたしの夫《つま》です」奥方は言い、カモをしっかりと抱きしめた。「わたしが訪れる月に一度ではなく、あなたのことを思う毎日、一時の夫は、わたしにはあなたしかおりませぬ。思い出してください。わたしたちは宿世によって結ばれた仲なのですよ」

「おれたちゃ、子どもだったし、それさえよく覚えちゃいねえ。後になってわかった。おいらを雲助の小屋の前に捨てたやつがな、臨終の間際に後悔の念にかられておいらに打ち明けた。おいらがだれか。おいらがそのころ、おめえが好きだったってな」

「わたしもです、殿！　そのころわたしたちは子ども心に知っていたのです。わたしたちは互いの父母の決めたいいなずけ同士だと」

「縁がなかったんだ。この世で結ばれる縁がな。こうして会うのは、御法度《ごはっと》なんだ」

奥方は愛のひと時の余韻にひたり、カモをさらに強く抱きしめて言った。

「わたしたちの愛は罪ではありませぬ。たとえ秘密の夜や、秘めやかな薄暗い灯りに包まれておりましょうとも、この世で唯一光り輝いているものなのです。わたしはあなたを照らす御堂の明かり、御堂はわたしたちの愛です。わたしが燃えて照らしております。この部屋はわたしたちの愛の御堂なのですよ。

その愛をあなたに似ておいでの阿弥陀さまと同じく、心の中にありありと感じるのです。あなたをお慕い申し上げてもう幾月、その月日が何年にも思われるのです。一年という歳月が三年にも等しく感じられることもあるものなのです。わたしのお慕いしているのはあなたです。弟君の殿はなんでもないお方なのですよ。言い訳をつくってわたしの床には近づけないようにしています。あなたこそが高貴な出のお方、あなたこそがお殿さま、ご嫡男なのですよ」

「嫡男であろうと、おめえの夫の兄貴にすぎねえ。おめえの夫じゃねえよ」

「あなたこそがわたしの夫です。あなたが継嗣なのです。お城や領国、そしてわたしはあなたのものです。あの方はただの次男坊にすぎませぬ。あなたの継母どのの息子です。わたしはもうすべて知っております」

「言うな、もうそれ以上言うんじゃねえ」

「お聞きくだされ、大切なお方。なにもかも知っております。ご存知だったのに、言ってはくださらなかったことを。秘密の罪は真実と正義の前で隠しおおせるものではありませぬ。明日、将軍さまにお目通しを願い、死を賭して訴えるつもりです。あなたが、雲助のあなたが十五年前、あなたを疎《うと》ましく思っていた継母どのの命で捨て子にされたことを。代わりに継母どのの産んだ子を藩主にするために。

十五年前、あなたは雲助たちに見つけられ、雲助たちはあなたの体に彫り物を入れました。完璧に誂《あつら》えた外装のようにこの青い錦の模様であなたの全身を包んだのです。そしてその体をわたしの手で撫でてさしあげます。あなたがこの世で背負った重荷が少しでも軽くなりますようにと。この恋する両手でさすって、その重荷を体からも魂からも持ち上げて。少しでも楽になりますようにと」

「だからおいらはいつも唄ってるんだ。ああ、御堂の灯り、アカリよ！」

二人はしかと抱き合った。

「アカリよ、おいらの愛と灯《ともしび》よ」カモは言った。

「おいらに怖いものはねえがよ、この逢瀬の刹那が、この甘いひと時がよ、あんまり幸せすぎてよ、かえってこれから先が怖くならあ。頼むから将軍さまのところには行かねえでくれ。秘密をばらすんじゃねえ。おいらは雲助のままでいてえんだ。これまでの幾月かのように、この言いようもねえ幸せが毎月めぐってきたらそれでいい」

カモはアカリを引き寄せぐっと抱きしめたが、急に胸騒ぎがして言い知れぬ不安に襲われた……。

七

その瞬間、別邸の周りにどやどやと大きな足音がし、侍たちの荒々しい声がはっきりと耳に聞こえてきた。

「お逃げください！」アカリが驚愕して叫んだ。

だがカモは、あまりに突然のことで迫りくる危険に体が麻痺したように、身動《みじろ》ぎもせずに大きく眼を見開いて前方を見つめ、アカリをさらに強く抱きしめるだけであった。今や大勢の足音が別邸の細い廊下に鳴り響いていた。

「お逃げください!!」アカリは再度懇願し、カモの手を首からぐいとほどくと、カモを守るかのように両手を広げて前に立ちはだかった。カモは運命の時が近づいたことを知り、身動きもせずにいた。閉じられた出入口の戸が足で蹴られ、たたき割られた。薄闇の中に、従僕たちが手に手にかざす提灯の灯りがひときわ輝いて見えた。大名が部屋の中に入ってきた。

大名は自らを警護する侍や従僕たちを手で追い払った。部屋には運命の糸で結ばれた三人だけが残った。壊れた戸は、敵が侵入してきた城壁の突破口のように見えた。三人はしばし黙ったままであった。だれも何も言えず、何もできないかのようであった。そして、薄暗い灯りの中、石と化して立ち尽くしていた。そこにはまだ愛のひと時の名残が漂っていた。カモが逃げるのを躊躇したのはそのためでもあった。

ようやく大名が口を開いた。

「アカリ、大名の妻であるそなたの不義密通の現場、しかと見とどけたぞ」

「この方はあなたさまの兄君にございます」アカリの奥方が言った。

「知っておる。だから参ったのじゃ。そなたが雲助とじゃれ合ったとて、ただの雲助ならどうでもよかったことだ。名が穢《けが》れたとも思わぬ。そやつを成敗しようとも思わぬ。雲助など眼中にない。そなただけを手打ちにすればそれで済んだであろう。だが、今はもうそれもよい」

「この方はあなたさまの兄君にございます」アカリの奥方はかたくなに繰り返した。「わたしたちの親の取り決めたことでございます。二人は夫婦《めおと》になると」

「知っておる」また大名が言った。「母上が亡くなる前に良心の呵責《かしゃく》にたえかね、余に秘密を打ち明けた。この雲助は余の兄上、父の嫡男じゃ。だからこそ余は参った。運命の時がやってきたのじゃ。そなたを罰せねばならぬ。不義密通はお家の御法度と決まっておる」

「お慈悲を！」奥方はそう言い、ひざまずいた。

カモが奥方を守ろうとぴくりと動いた瞬間、大名の眼がカモの眼と合った。

「兄上」大名が言った。「お控えくだされ。余にはこの女子《おなご》を罰する務めがある」

カモは身動きもせずに立っていた。大名はひざまずいた奥方の解き放たれていた黒髪をつかんだ。すると、紗布《ベール》がはらりと落ちた。大名は腰に携えた二本の刀のうちの一本を抜き、髪を引き寄せると一太刀もう一太刀と振り下ろし、首もとまで切り落とした。大名が手にした髪を振り払うと、奥方は大名の足元に倒れ伏した。その奥方を大名は立ち上がらせた。

「立て」大名が言った。「しっかりせよ、今が覚悟の時じゃ。兄上との間に立つがよい。われら二人は天の命ずることを行なう。兄上、おすわりくだされ、余も兄上の前にすわろう」

大名の声には抗いがたいものがあった。カモは腰を下ろし、正座した。大名もカモと向かい合わせに着座した。薄暗い灯りの中、二人の間にアカリの奥方が素足で自らの黒髪の束を踏みしめ立っていた。

なにかを待ち受ける時間、沈黙の時間が続いた。荒い息遣いが聞こえてきた。そして大名はまだ手に握っていた刀をカモに差し出した。カモは迷うことなく受け取った。

「アカリよ」大名が言い、腰から二本目の刀を抜いた。「われら兄弟、そなたの良人《おっと》と情夫は、逃れられぬ宿命《さだめ》に従おう。そなたはわれらの後に、二人のうちのどちらかの刀を選んで体から抜き、そなたの懐に柄まで刺し込むがよい。誓えとは言わぬ。ただするのじゃ」

「承知いたしました」アカリの奥方が言った。

奥方は立ったまま待ち受けた。すると、大名とカモは同時に両手で刀を握って腹に当てた。そして深く刺し込みぐいと引くと、血が互いの体に飛び散った。二人は紅《あか》い血の暗い海に倒れた。その血は、黒髪の束の海にも流れて行った。

アカリの奥方は、カモの体から刀を抜くと大名の体からも抜き、自らの黒髪の上に正座した。そしてその二本の刀を、ためらいもなく愛の宿る胸に当てた。はだけた着物の合間に見える肌は、白い花が咲いたようであった。そして一気に突き刺し、ぐっと奥に刺し込んだ。

灯りがぱちぱちと音を立てて消えた。

八

翌朝、三名を送る葬列が――雲助たちが覆いのかかった柩《ひつぎ》を輿に載せて担いでいた――警護の者や腰元や従僕たちに囲まれて峠を越え、箱根の関所の門へと向かい、そこからさらに江戸へと向かった。

関所の手続きが諸々あったが、それが終わると雲助たちは歌を唄いながら輿を担いで行くのであった。

橋はかかっちゃねえんだぞ
荒れ狂う川の上にはよ
運命の抜け道なんて
ねえんだぞ
あそこの門へ行くにはよ
岩の合間のこの世の道を
行くしかねえぞ
運よく門が開いてたら
お通りなされ
罪を浄める来世の門を
幾度も幾度も生まれ変わって
波のまにまにゆうらゆら
お通りなされ
流れにのって浄土の門を
それが雲助おれらの願い
枢をかついでえっこらせ
橋はかかっちゃねえからな
江戸においでの将軍さま
お偉い方のお達しじゃ

おかげでおれらは銭もうけ
橋はかかっちゃねえからな
岩の合間のこの世の道を
宿命《さだめ》にかつがれゆうらゆら
お行きなされ
あの門へ

日本奇譚

第一話　権八と小紫

激情の日本奇譚

一

若い白井権八の心には、煮えたぎる激情が巣くっていた。幼いころから体中に、なんとしても抑えきれない激情が煮えたぎっていたのである。荒ぶる神々、とりわけ天照大御神の弟、暴れん坊の素戔男尊《すさのお》などはそれを眺めて、愛《う》い奴じゃと笑って面白がり、勇猛果敢を貴ぶ武神である八幡神もその様子に満足げであった。だが節操と道義を重んずる高貴な神々や、一切衆生を救済するまでは正覚をとらじと誓った阿弥陀仏や、慈悲深い観音菩薩や地蔵菩薩は、権八がその激昂を抑える術《すべ》を学ばねば来世で罪を償うことになるであろうと思うのだった。

権八は赤子のときには乳母を拳骨でなぐり、幼児のころには雄の子羊に立ち向かって組み伏せたりした。幼少時から巧みに弓矢や槍を操り、十六歳で元服すると一人前の若侍として名だたる大名の武将たちに交じって合戦に参加し、数々の武功をあげて名をとどろかせた。前途洋々、怒濤の如く向かうところ敵なしの勢いであった。

口答えされるともう我慢ならず、少しでもたてつかれると体中の血が沸き返り逆上する。そのたびに腰に差した大小の刀をすぐに抜いてしまう。そして権八は親戚の若者と犬のことでささいな諍《いさか》いとなり、図らずもその若者を切り捨ててしまった。

そのため親族の怒りを買い、国を出奔せざるを得なくなった。自ら招いた災厄であった。従兄弟《いとこ》たちが仇討ちを誓い、権八は追われる身となったのである。逃げてはみたものの行く当てはなかった。

当時は、日本の中だけが世界のすべてだと思われていた。日本では帝《みかど》——太陽神の末裔である——が内裏の内奥に鎮座し、だれもが認める統治者ではあったが、ただ輝かしい存在であるにすぎず、その玉座の周りでは実権を握ろうと幾多の武将たちが鎬《しのぎ》を削っていた。

日本の周囲に広がる海の底には珊瑚《さんご》の竜宮城があり、海は波の下や雲間に龍神が住まう伝説とおとぎ話の場所であった。海の向こうの朝鮮はそれこそおとぎの国であり、広大無辺の中国は恐れ知らずの旅人でさえ尻込みする、行けども行けども果てしなく地平線が続く異界と思われていた。

人を殺めた若い荒くれ者、白井権八はどこへ逃げるというのだろう？　龍神や異界を恐れていたわけではないにしてもだ。ここは漁船が舫《もや》う岸辺からは遠く離れている。追手は迫っていた。権八はまだ若く、命を捨てたくはなかった。

権八ははるか遠くの江戸へと——大きな城下町であれば身を隠すことができるはずである——続く道を逃げた。切り立った岩を越えて増水した川を泳ぎ、ざわざわと身の毛のよだつ音を立てる竹藪の中をかき分け、ぎっしりと葉の生い茂った樟や黒々とした針葉をまとった杉の巨木の合間に身を隠した。岩壁を伝い、森を抜けて長時間走り続け、そうしてやっと、もうここまでくれば安心、追手は来るまいとほっと一息つくのであった。

　気づけば、あたりには人影も見えず自分がどこにいるのかさえわからない。しかも土砂降りの雨となり、まるで運命の歯車がぎしぎしと鳴るように空には雷がとどろいていた……。森沿いの街道に宿屋があるのを見つけ、嵐の夜の中、戸を拳でがんがんと叩き……戸が少し開くと、烈風とともに中に勢いよく飛び込んだ。そこは天井の低い座敷であった。

　座敷には仲間同士とおぼしき男たちがすわり、陰鬱な面持ちで燗酒《かんざけ》を飲んでいた。宿の主人《あるじ》がちょうど燗鍋を手に提げているところであった。権八は一座の者たちと挨拶を交わし、主人に一夜の宿を乞うた。主人は慇懃丁重《いんぎんていちょう》に承諾の返事をした。

　権八は素性の知れぬ男たちの中に交じり、腰を下ろした。ときおり一言二言、言葉が交わされる以外はだれもが黙りこくってじっと前方を見すえ、ほのかな明かりがともる天井の低い部屋の薄闇の中、車座となって燗鍋を囲み、吹き荒れる夜の嵐の音に耳を澄ましていた。

　黄金色《こがねいろ》の熱燗を飲み終えると、権八は主人に連れられ、小さな部屋に案内された。若い権八はつのる好奇心を抑えきれずに聞いた。

「あの者たちは？」

「商いのご一行でございましょう」主人は答えた。「わたくしはお代をいただき、宿をお貸しするだけでございます。こんな森の中の街道筋の宿で氏素性などお尋ねするものではありません。お客人にもお尋ねいたしませぬ。あのお客人にもお尋ねしませなんだ」

「こくのあるよい酒であった」

「では、この嵐の中でもよくお休みになれましょう」

主人が去り、権八は独りになった。だが眠りはしなかった。風の音といっしょにあれこれとささやくような声が薄い板戸や襖《ふすま》からすきま風となって聞こえてくるように思えたからである。

あたりの気配をうかがっていた権八が突然、かっと眼を大きく開いた。まるで猫がひっかくような音が戸のところでしたのである。

「何者だ？」と権八が叫んだ。

「開けて」と女のささやきが聞こえた。すがるような声であった。

権八が戸の心張《しんば》り棒を外すと、若い娘が転がり込んできた。

「閉めて！」と、すぐに娘が叫んだ。

権八は戸を閉めた。

「一体なんの用だ？」と権八が聞いた。

「あの者たちは賊なのです」娘がささやいた。「わたくしを親元からさらって、どこやら大見世に掛けあって高値で売り飛ばそうとしておりました。そうなれば、一生お女郎づとめをすることになりましょう。それにあの者たちは……ささやき声が聴こえましょう？　お侍さまを殺してお腰のものを奪うつもりなのです。こんな町外れでひとりでいるお武家に会う機会はめったにないと。お願い、逃げて。わたくしを連れてお逃げください」

「どうやって、どこへ逃げろと？」

「ここから……」

娘は部屋の中央にある四角い穴を指さした。それは床下を掘って設《しつら》えた炉であった。もう長い間、茶を沸かすこともなかったらしく、粉となった灰がわずかばかり残っている。

「これがどうした」と権八が聞いた。

「ここに地下の抜け道があります。宿の主人があの者たちに話しているのを耳にしました。お侍さまを殺したあと、そこに死体を隠すと」

権八は笑った。

「おれのこの刀がほしいがために、ご苦労なことだ。そうすれば、おれの死体を仇討ちのやつらにおめおめと渡さずにすむがね。娘よ、犬一匹、刀二本がおれたちの運命の分かれ目ということになるな」

「なにをぐずぐずしておられます、さあ！」

娘が手を差し伸べると、権八はその手をとり、娘を見た。若い二人はじっと目を見交わした。娘は権八が美男でたくましいことに気づき、女に好かれるであろうと思った。だが権八のほうは、自分はまだ若い、大切な命を失ってはなるものかと思うばかりで、娘がどんなに美しい女であるか目に入らなかった。

「ぐずぐずしてるのはどっちだ？」権八が荒々しく言った。「いっしょに来たければ、早くしろ！」

権八は炉の中にもぐり込み、塗り固められた地下道の入り口に体をねじ入れた。手を差し出すと娘も続いて中に入ってきた。強いすきま風が吹き抜け、中はまるで墓の中のようにじめじめとしていた。だが二人は一列となり、天井の低い狭い壁の中をなんとか進むことができた。すぐに、激しく風が吹き込んでくる風穴から外に出た。宿の外だが、真っ暗闇の森の中であった。

「助かった！」娘が言った。「わたくしたちを見つけることなどできませんわ。こんな暗闇ですもの」

「あいつらが追っかけてきてもな、おれにはここにまだ大小がある」

「わたくしを守ってくださいますか」

「もちろんだ。おぬしは何者か」

「名を小紫と申します。父は手広く商いを営んでおり、江戸に向かう街道筋の屋敷に住んでおります。そこであの者たちにかどかわされたのです。紫の大きな牡丹が咲き乱れる庭でお友だちと遊んでいるとき、皆で大きな黒い蝶を追いかけていて。ああ、父上はさぞお嘆きでしょう」

「しっ、静かに！　あいつらだ！　おれたちを捜している！」

「捜していますわ、わたくしたちを」

松明《たいまつ》の火があちらこちらで揺れていた。若い二人は暗闇の中にじっと身をひそめていた。権八は娘を守ろうと腕を回し、しっかりと胸に抱きとめた。権八の胸に抱かれ、娘の胸は高鳴った。二人はまるで、籠の檻に身を寄せた二羽の鳩のようであった。

　身に危険が迫ったこの瞬間、娘は権八に激しい恋慕の情を抱いた。死の恐怖とは裏腹に、愛《いと》しい人とこのまま幸せに死ねると思った。だが権八にはそんな気持ちはなかった。愛しくて抱きしめているのではなかった。そのたくましい胸に抱きしめた娘は、守ってやらねばならぬか弱き女という存在でしかなかった。二本の刀の柄《つか》が娘のなよやかな腹部に痛いほど当たっていた。二人は身動きもせずいた。嵐が生い茂った葉をざわざわと吹き鳴らしていたが、もし逃げ出せばもっと大きな音がしてしまうに違いない。二人はじっとしていた……。

　男たちはののしりながら、ゆらゆらと煙をあげる松明を手に手分けして捜し始めた。

「きっと守り神さまたちがわたくしたちを見守ってくださる」と娘が権八の耳元に口を近づけささ

やいた。もう少しで接吻するところであったが、娘は思いとどまった。

「おれには災いの神がつきまとってるだけだがな」権八は苦々しく笑い、熱い吐息が疎《うと》ましいかのように娘を少し遠ざけた。

雨が二人の上に滝のように降りそそいでいた。二人は黒々とした森の巨人、大きな杉の幹の陰にじっと身をひそめていた。

「そんなに荒い息をするな」権八が命じた。「あいつらに聞こえるぞ！」

娘は権八の胸の中でうっとりと大きな息づかいをしていた。娘は眼を閉じた。

「愛しています」と、ついに娘が泣きすがるように言った。

「なんだと」権八は辛辣に笑った。「おまえを守ってやっているからか？　感謝してもらうだけでけっこうだ。愛とはなんだ！」

「わたくしもこれまで知りませんでした。でも今わかりました。愛がなにかということを」

「そんなものは危険で、暗い闇のようで、泥沼じゃないか」権八は蔑《さげす》むように毒づいた。「この闇の中でじっとしていろ。もうしゃべるんじゃない。そんな息づかいをするな。余計なことを考えるんじゃない」

娘は素直に従い、権八の胸に顔をうずめていた。どれほどの時が経ったであろう？　娘の息づかいは静かになり、ひと言も口にしなくなった。激しい風雨の中、暗闇が一層深くなった森の中で二人の夜が過ぎていった。だが、愛し合う二人の夜というわけではなかった。そうこうするうちに男たちの姿は消え、松明の煙も見えなくなった。

「江戸へ向かう道はどっちだ？」権八は途方に暮れて聞いた。「左か？　それとも右か？」

権八は自分がどちらからやってきたのかわからなくなっていた。

「右」娘が権八の厚い胸板から顔をあげ、顔を右に向けた。

木々の幹の陰が白み始め、薄墨色の夜明けを迎えようとしていた。宿の周りに人声はまったくしなかった。盗賊たちは反対の方角、左のほうに行ったに違いない。

「あの男たち、きっと宿の主人を殺してしまったに違いない！」そんな気がして恐ろしくなり、娘はまた権八に身を寄せた。

夜が明けてきた。二人は木々の合間を抜け、枝をかき分けてゆっくりと進み、街道に出るとひたすら江戸を目指した。農家の側を百姓の荷馬車が通りかかり、二人は呼び止めた。百姓は、娘は荷車に、若侍は馬に乗ってもよいとそしらぬふりをして言った。一体何があったのかと穿鑿《せんさく》することなどしなかった。聞かないのが礼儀なのである。

一時《いっとき》あまり荷車と馬に揺られていくと、豪壮な屋敷が道沿いにあった。庭に囲まれた屋敷は新しい一日を迎えた陽光の中で、まるで赤、黄、緑の漆塗りをほどこしたおとぎの国の御殿のように見えた。それが中国風のおとぎの庭の風景の中に建っている。いくつかの池には石造りのたいこ橋がかかり、鯉が身をきらめかせて泳いでいた。五輪塔があちらこちらに立ち、岩間からは滝が流れ落ちていた。

「こちらです。父が住んでおりますのは！」小紫の感極まった叫び声が響き渡った。

小紫の遊び友達が庭から駆け寄ってきた。父親も駆け寄り、あたりは歓喜の渦に包まれた。

「あなたは娘の命の恩人でございます」父親が叫んだ。「今日ほど嬉しい日はございません。なんなりとお望みのものをお申し付けくださいませ。お姿から察しますに、お侍さまでございますな。

商人の娘がおいやでなければ、小紫を嫁がせてもようございます。ひとり娘ではございますが、息子のように万事手塩にかけて学ばせ育てた子でございます」

小紫は期待に胸を膨らませ、権八を見上げた。

権八は苦笑と冷笑を口元に浮かべた。

「己《おの》が務めを果たしただけでござる」権八は大声で言った。「か弱きものを守り、己が命を守っただけのこと、相身互いというものであり、礼にはおよばぬ。こう見えても武士の端くれだ。それにおれは江戸に行かねばならぬ。さらば」

小紫は友達に囲まれ、権八が目の前から去っていくのを見ていた。権八は百姓に馬はもうよいと言い、歩いて立ち去っていった。

小紫はあえぐように息をしながら、そのうしろ姿をじっと見送っていた。

「それでもやはり」小紫は放心したようにつぶやいた。「わたくしたちは運命の糸で結ばれているのです。きっと」

二

幾月かが過ぎていった。淋し気な秋の月が血のように赤い楓の葉越しに輝き、冬の月が田や道や山や町に積もった雪を皓々《こうこう》と照らし、やがて春の月がまだ寒さに震える桃の初花の上に、しばらくすると桜の花の上に昇った。

懐《ふところ》にいくばくかの小判、腰に大小の刀を差し、権八は江戸にたどり着いていた。江戸市中には大名たちの藩邸があった。大名たちは幕府の命により妻子を江戸に住まわせねばならず——体《てい》のよい人質である――自らはいざというときに備えて出陣の支度をしたり、領国との間を行き来したりしていた。

権八は江戸に向かう途中、偽の通行手形を手に入れていた。どのように手に入れたのか、悪事を働いたのか、あるいは他人の手形を奪ったのか、それはだれにもわからなかった。将軍の権力は絶大で、その分お上の取り締まりも厳しかったが、権八は――今は名を変えているが――おかげで宿をとった旅籠《はたご》でもあやしまれることはなかった。権八がいかにして他人になりすますことができたのかは、結局だれにもわからずじまいであった。

若さの真っ只中にある権八は――まだ十九を超えてはいないであろう――ただただ生きる喜びを失いたくなく、生にしがみついていたかった。己が命と若さと剛力と豪胆さが愛おしくてならなかった。そのすべてを失いたくはなかった。犬のことでささいな諍いとなり、友でも従兄《いとこ》でもあった者を逆上のあまり殺めたからといって、すべてを失ってしまいたくはなかったのである。

自分を追い求める親族の仇討ちにあい若い命を落とすかと思うと、権八は拳を握りしめ、眼をかっと見開いて、歯をくいしばるのであった。だが同時に自分に言い聞かせていた。自分はたしかにあと先のことを考えず振る舞う向こう見ずな性格ではあるが、もしも今度、思わず激情に駆られるようなことがあったとしても、そのあとをもっとうまく立ち回ってやろうと。

そして旅籠の他の客とはあまり口をきかず、はじめの数日は一人で目立たぬように行動していた。自分の腕を買ってくれる仕官先を探していたのである。幾多の藩邸の門を叩き仕官を請うと、ようやくある大名の下で徒士組《かちぐみ》に召し抱えられることになった。というのも戦国の世は去ったが、まだあちこちに火種が残っており、大名は腕のたつ若者を一人でも多く召し抱え、妻子のいる藩邸を、豪奢ではあったが防備の手薄なその屋敷を警護させたかったのである。

大名が出かけ、仲間うちだけになると、権八は目立たず控え目な態度を演じ続けることができなくなっていた。まだ旅籠にいたころ自分の本性を隠し、演じていたあの態度である。二十名ばかりの徒士組の若い侍たちは主人や奥方やその家族に忠誠を誓い、もしものときは何のためらいもなく死を賭して主人たちを守る覚悟であったが、だれもがまだ遊び盛りの若者たちであった。江戸市中は比較的に平穏で――地方では内紛が続いていたが――若者たちは心のおもむくまま気炎をあげ、浮かれ騒いでいた。夜間、順番に三、四人で一組となり飲み歩いても奥方さまのお咎《とが》めを受けることはよもやあるまいと思っていたのである。

というわけで毎朝、竹刀や木刀で剣術の稽古をし、晩に見張り役を交代すると、夜の町に繰り出していくのであった。全国津々浦々までその名を知られた江戸の遊郭、かの吉原である。

広い通りに華奢《きやしや》な造りではあるが、大きな不夜城の建物が並んでいた。周りをぐるりと風通しのよい露台に囲まれた二階建てである。簾《すだれ》が巻かれ、開け放たれた室内には至るところに提灯が華やかに飾られ、秘めやかにきらめいて、思わせぶりな光を放っていた。中からは笛や太鼓や狂おしく胸を打つ三味線の甲高い音が聞こえ、花咲く椿の木の間から着飾った女たちが笑いかけていた。

椿の花は女たちの周りに咲く赤い唇のようでもあり、その豪奢な着物に大きな血しぶきを散らしているようにも見えた。着物は衣擦れの音のする絹地に鳥や蝶や桃や桜の花を刺繍したり織り込んだり、ときには手描きした豪華なものである。愛らしくみやびやかに化粧をほどこした女たちの小さな顔は優美な磁器のようであった。日本の女性ほど自分の顔を芸術作品に変える術を知っている女は他にいないのである。椿油の香が漂う漆黒の髪をきっちりと髷《まげ》に結いあげ、その周りには長い簪《かんざし》や笄《こうがい》の光輪が輝いていた。

吉原には茶屋と妓楼があった。夕闇が迫るころ、呑兵衛で血気盛んな若侍たちが——そのうちの一人は権八である——一杯やろうと一軒の茶屋に足を踏み入れた。茶屋といっても茶を飲むわけではない。茶はむしろ風流人がたしなむ優雅な飲み物である。若者たちはもうこの時間に、燗鍋から赤やら緑やらの漆塗りの酒器にそそがれる燗酒を飲んでいたのである。

芸妓たちが給仕をしていた。歌や芸や踊りの名手、あでやかな女たちである。芸妓たちは客といい仲になることを嫌うわけではないが、遊女ではない。娘盛りのこの女たちは、愛の手練手管よりも、踊りや芸や歌に長《た》けた者たちであった。芸妓たちが披露するのは、この遊里で歓楽の一夜を迎える前のただの余興ではなかった。歌の言葉も音色も瀟洒《しょうしゃ》で風雅なものであった。春や花のことを、冬が終わり甦《よみがえ》ってきた陽の光のことを唄って舞った。あの太陽神のことである。太陽神が天の岩戸に長らく身を潜め、世界は冬と化したが、神々の歌や芸に導かれて岩戸からやっとお出ましになったと。

茶屋から妓楼に、ご立派な客人が一夜の歓待をご所望だと伝言が伝えられると、客人はどこかの妓楼に案内される習わしであった。妓楼での一夜、客は豪奢でしかも風雅な空気に包まれて熱い酒に酔い続け、同時に吉原の美しい遊女たちの熱い吐息に酔いしれるのである。

こうした歓楽の夜を過ごすには大金も要した。その費用は茶屋はもちろん、妓楼の格式によって大きく異なり、格式もお上の命により厳しく定められていた。

「すげえ妓楼があるんだぜ」と三人組のうちの一人が言った。権八を召し抱えた大名に仕える侍で、権八の同輩である。権八は今夜、この三人組と茶屋にすわり込んで黄金色の燗酒を飲んでいた。その周りで芸妓たちが三味線を弾いて唄いながら、小気味よく舞っていた。

「すげえ妓楼があるんだ。おれらみてえな貧乏侍には手が出ねえ。ところがそこには、百合太夫って飛ぶ鳥を落とす勢いの花魁《おいらん》がいる。拝んでみたいものだよ」

三人組の他の二人が大笑いした。

「おいおい、おまえの貧相な頭には、とんでもないものが巣くってるのだな。そりゃ高望みも高望み。その女郎の髪に刺さった珊瑚の簪の一本だって、おまえには買えやしねえ」

「その花魁ってだれなんだ」と権八が聞いた。

「おまえ、聞いたことないのか」三人組が訝《いぶか》しげに言った。「百合太夫ってのはよ、吉原に来てまだ三月も経っちゃあいまいが、江戸中で評判の女よ。吉原一のべっぴんで、たまらねえ女だとよ」

「その女を見に行こうってえのか？」

先ほどの二人がもっと大きな声で笑った。一人は、憐れむように思わず肩をすぼめた。

「おめえさんよ」その男がなだめるように言った。「おまえはどうやら江戸のことを知らないようだな。吉原の大見世、そこの太夫といえば大名道具、われらの主君のようなお大名の行くところだ。屋敷の外でちょいと息抜きしようという貧乏侍には縁もゆかりもないところさ。おめえ、いったい何を考えてるんだ」

「行ってみてえんだ」権八が強情を張って言った。「その女を見てみてえ。こんな茶屋の芸妓なんぞに用はねえ。さかりのついた猫みたいな声を出しやがって、いらいらすらあ」

「唄は絶品だがね」

「どこが。おれには我慢ならねえ。行こう。とにかくここを出るぞ。それにな、昨晩遊んだ妓楼だってとんだあばら家じゃねえか。女もろくなのがいねえ」

「そこのお侍さんよ、おめえ贅沢な野郎だな！　あの妓楼はな、おれらを客としてちゃんと扱ってくれてるんだぞ。お代も安くあがるし、ツケ払いにもしてくれる、あそこの楼主のおかげでな。女たちにゃ大したご祝儀も出しちゃねえのに、殿様気分で楽しめるじゃねえか」

「しみったれたことを言うな。気分が悪くならあ。おれはその大見世とやらに行きてえんだ」

「もう酔いがまわってらあ。行きたきゃ、一人で勝手に行きやがれ！」

一座のだれもが激昂し、拳を握りしめ、顔を真っ赤にして立ち上がった。四人の口髭《くちひげ》が雄猫のひげのように逆立ち、ふくらはぎに力をこめて両足を踏ん張り、足指を広げて力を入れたかと思うと、刀を抜き放った。芸妓たちが金切り声をあげ、茶屋の主人が転がり込んできて、てまえの顔に免じてどうかこの場を、と哀願するのであった。

「おい、行こうぜ！」先ほどから口論していた侍が連れの仲間に言った。「こいつはおれらの中で一番若いし、どうやら酔っ払ってやがる。思う存分酔わせてばかな真似をさせてやろうじゃないか。仲たがいはやめだ。おれらには、忘れちゃならねえ仕事がある。殿とお屋敷とご家族の皆様を警護する仕事がよ。おれらは行くぞ。そこの血の気の多い野郎、おめえは一人で楽しめ。じゃあな！」

侍は、連れの仲間を引き連れて茶屋を出ていった。権八は怒りに燃えて三人を追った。だが茶屋の敷居をまたぎ、通りに満ちた生暖かい春の空気に包まれた瞬間、ふとわれに返り、湧き起こる闘争心を抑え込んだ。通りに面した妓楼沿いには花盛りの桜の木が立ち並び、幾千もの提灯《ちょうちん》の明かりの中を遊客の群れがところ狭しと行き交っていた。

権八は大きく息をしながら一瞬立ち止まっていたが、まるで運命に導かれるようにいつの間にか人波にのまれ、その中を歩いていた。幾千もの桜の花の香りがあたりに漂い、開け放たれた妓楼からは三味線を爪弾く音が聞こえてきた。往来に面した張見世の格子の奥には、着飾った女たちが高く結い上げた黒髪に愛らしく化粧をした顔で女神のようにすわって微笑《ほほえ》み、豪華な着物の裾を畳の上のちらりと見える小さな足の周りに大きく広げて波打たせ、格子の前でひしめき合う男たちに夢見るような誘うような流し目を送っていた。

権八は抗《あらが》いがたい不思議な力に押され、前に進んでいるような気がしていた。そしてふと、あふれ返る人ごみの中で袖が触れ合うほど近くを歩いていた男に尋ねた。

「もし、大見世はどこにござるか？」

「さあ、そう言われましても、何軒かございますからな」男は笑った。

「百合太夫のいるところはどこかと訊いておる」

「えっ、百合太夫でございますか？」男が驚いて聞いた。その声には畏敬の念がこもっていた。

「そりゃ、ここでさあ……そこに提灯がずらっと並んで輝いておりやしょう」

男が指さした。権八はすぐ左手を見た。開け放たれた窓にかかる提灯が、ほのかな金色に輝いている。入口が大きく開いており、奥に岩や人工の滝のある庭がほの暗く見えていた。入口の前にもその左手にある大見世の前にも大勢の客がひしめき合い、そこには豪華に着飾った女が十二人、つつましやかな顔をして高貴な家柄のお姫さまのように端座し、客を待っていた。

権八は、その中のどの女が百合太夫であろうかとじろじろと見ていた。

「百合太夫はどの女だ？」

周りの客たちに笑い声が起きた。権八はこみあげてくる怒りをぐっと抑えた。

「こんなとこにゃいねえよ！」だれかが言った。「待てよ、見ろ……あそこを見てみろ！　百合太夫が階段を下りてくるじゃねえか！　きっとお大尽の大名さまかだれかのお呼びがあったのさ」

開け放たれた入り口の前に男たちがひしめき出した。権八は人だかりをかき分けて前に出た。男たちは罵声を浴びせたが、権八が射るような視線を向けると、男たちはおとなしくなった。そして権八は見た……。

饗宴の広間に輝く幾重もの光輪のような提灯の明かりに照らされ、檜《ひのき》の大きな階段を世にも美しい女が下りてくる。花魁である。その花魁を何人かのおつきの者たちと二人の太鼓持ちが先導している。太鼓持ちとは妓楼の道化役である。二人はくねくねなよなよと面白おかしく体をゆらし、女の足取りで一段一段下りている。

女はまだとても若く美しかった。天界から人間界に舞い降りてきた若い女神のようであった。銀白色のゆったりとした豪奢な着物をまとい、裾を引きながら下りてくる。ずっしりとした錦の生地には、葉に囲まれ茎の先に咲いた大きな鬼百合の花が、女が放つむせかえるような香りを象徴するかのように、幾何学模様《アラベスク》に描かれていた。

緋色と金の帯を四角く大きな結び方で腰にしっかりと前結びし、帯の先をお腹の下まで垂らしている。堅気の娘とは違う花魁独特の結び方である。黒髪の髷からは白翡翠《しろひすい》の簪や笄が光り輝く大きな冠飾りのように何本も突き出ている。段を下りる女の足元の裾を五人の禿《かむろ》たちが整えている。女は下りてくる。その姿は女の周りで五人の者が奏でる琵琶の音よりも美しく、音曲の調べそのものであった。

権八は突然、女たちのいる張見世の敷居の真向かいにある座敷に――そこには、三つの大きな青銅の花瓶に桜の花が生けてあった。生け花の格式にのっとった生け方である――こともあろうに自分が仕える大名がいることに気づいた。その傍らには、腹の出た楼主が神妙に控えていた。

と同時にその瞬間、音曲とともに下りてくる、悦楽を司《つかさど》る女神のような百合太夫と名乗る花魁に、あの女の姿を認めた。数か月前、振り捨てた女……命を助け、父親のもとに送り返した女……小紫であった!!

三

花魁は華やかにきらめく姿で向こうの階段を下りる途中だったが、若い女神のような顔に笑みを浮かべたまま、体をこわばらせた。豪華な着物の裾を大きく靡《なび》かせていた姿が、ぴたりと動きを止めた。

女も権八の姿を認めたのである。その驚きは並たいていのものではなかった。激情の奔流のような怒りが体を駆け抜けたが、女はぐっとこらえた。体は硬直していたが、取り乱したそぶりも見せず、冷静そのものだった。女は微笑んだ。権八を微笑んで見つめた。胸の思いを漏らすことなく、眉ひとつ動かさなかった。美しい女と大名と若い侍と、妓楼の中や外や玄関口や通りにいる三人を囲むすべての人々が運命の一瞬のような構図をつくり、時が止まった。

そのとき、小紫が楼主に言った。

「お呼びでございますか?」

「こちらのお殿さまのお召しじゃ」と楼主は言い、大名を指し示して何度もお辞儀をした。

花魁は階段を下りる途中で、三度深々と身を屈めた。女中たちも頭を下げた。五人の小さな禿たちも、そろって身を折るようにお辞儀をした。あらゆるしぐさが礼儀作法の祭典のようだった。

そして小紫が言った。それは甘やかされた子どものような、銀色をしているかのごとく幼く澄ました声であった。

「わちきのようなものにお目を留めていただき、嬉しゅうござんす。なれど、今宵はどんな大大名のお召しも嫌でありんす。ただの若侍がよござんす。わっちがとも寝したいのは、あのお方、そこ、その敷居の下においでのお侍さまでありんす」

その場にいるだれもが呆気にとられ、一斉に権八のほうを見た。権八は身じろぎもせず前方を凝視していた。小紫の脳裡に一瞬、権八はまたしてもつれない素振りをするのではないかという不安がよぎった。だが権八は何も言わず、魅入られたかのようにただじっとしたまま前方を見つめていた。

楼主は気が動転し、言葉こそ控えめであったが太夫を叱責し、罵倒しようとした。

「なんという、百合太夫、この見世の太夫のお前が」

だが大名がそれを制した。大名は威厳を保ち、微笑み、騒ぐほどのことではないと鷹揚に構えて手にしていた扇子を開いた。

「よいよい、楼主」大名が言った。「百合太夫が、大名である余より、その貧乏侍がよいというならば、望みどおりにしてやろうではないか。この者を余は存じておる。自ら警護に召し抱えたのだからな」

「おい、その方」大名は相変わらず扇子をもてあそびながら、威厳に満ちた態度で権八に向かって言った。「屋敷の番所を抜けて、吉原に来ようとはのう。よかろう、存分に楽しむがよい。ただの楽しみではないぞ、百合太夫と一夜を過ごすのだ。余は明日、江戸を発たねばならぬ。その前に太夫を心ゆくまでかわいがってやろうと思っていたのだが、いたし方あるまい。余ではなくおぬしを選んだのだからな。十九であったな。余はもう五十だ。喜ぶがよい、余が身を引いてやるというのだ。だがな、これだけは心得ておくがよい。おぬしはここがどこか、わかっておるのか。誰の座敷を譲られようとしておるのかを。そして、それだけの用意はあるというのか、そうではあるまい。どうだ、その方。お前をお望みの美しいお方に深々と頭を下げて、二本差しの身ではあれど一文無しでござる、と断りをいれておいたほうがよいのではないか。一体何を考えておるのだ。おぬしのためを思って申しておるのだ。小わっぱ、余の言う通りにせよ、今からでも遅くはない。立ち去るがよい」

階段の途中では、花魁が絢爛《けんらん》たる姿で身をこわばらせたまま、相変わらず微笑んでいた。花魁の周りにいるおつきの者たちや琵琶の奏者たちは優美な色絵磁器の小さな像のように見えた。その足元には朱塗りの階段が光り輝き、あたりは透きとおった金色にほのかに輝く南瓜《かぼちゃ》のような提灯が照らし出す光と影に包まれていた。

庭は暗緑色の奥深い影に沈み、木々や灌木が翡翠でできているかのように見えた。豪華な着物に刺繍され、手描きされた花や蝶や幾何学模様がきらめいていた。すべての情景は吉原の華やかな夜を描いた巨匠、歌麿の一幅の絢爛たる錦絵のようであった。

やがて権八が深々とお辞儀をして大名に言った。

「殿、寛大なるお言葉、ありがたき幸せに存じまする。なれど、仰せに従いますれば、そのおなごを辱めることになりますゆえ」

「ならば、勝手にせよ」大名は笑い、まるで役者のように扇子をひらひらと舞わせて、嫉妬と憤怒が渦巻く心の内をうまくつくろった。

大名は供の者たちを連れ、そそくさと引き上げていった。

「そこのお方、こちらへ」と小紫が権八を誘うように、大きな声で言った。

小紫が相手を選ぶと、妓楼の前でひしめき合って成り行きを見守っていた通りの群衆の間に大喝采が起きた。行き交う人々の間では、その話で持ちきりであった。百合太夫が若い貧乏侍にご執心だと。

「太夫だって、あんなに若けえんだ。いたしかたあるめえ」みなは太夫の肩をもった。

「吉原に来て、まだいくらも経ってねえのにな。てえしたもんよ！」

「男という男を手玉にとって、もう金など思うがままだ」

妓楼では、階段にいた小紫が踵《きびす》を返していた。そして太鼓持ちや禿や琵琶の奏者たちも同じく引き返し始め、小紫は肩越しに権八がついてくるかどうかちらりと見た。

振り返った女のなんと美しいことであろう。琺瑯《ほうろう》のように艶《つや》やかで優美な面長の顔。色白の顔に黒と桜色……目と口……。十二本の簪や笄を刺した黒髪の髷。華やかに波打ち、女の肢体を包み隠す……鬼百合がところ狭しと描かれている……華やかな着物。読者諸賢、吉原の女たちを描いた巨匠たちのこの上もなく美しい錦絵を思い描いていただきたい。小紫、いや百合太夫が、いかに美しい姿であったか多少はご想像いただけるであろう。

権八は一行のあとを追い、女のあとについていった。そして客座敷に入り、ようやく小紫と二人きりになった。部屋は薄明かりに包まれた金色の箱のようであった。奥の間には、豪華な錦の布団が幾重かに敷かれていた。香が焚かれ、小さな白磁の皿に世にも不思議な色鮮やかな果物が並んでいる。長くて丸い赤と緑の色をした果物であるが、西洋でなんと呼ぶのかはわからない。

「権八さん！」と小紫が言った。

「小紫！」権八が言った。「おぬしが百合太夫なのか。いったいどうして、この吉原に身を落としたのだ。大店の娘のおまえが」

「父上はすべてを失いました。さっきの大名のために在所でもめごとが起きて、家屋敷は燃やされ、田畑もその他の土地も取り上げられてしまいました。父は無一文になったのです。わたしはここに売られて――親孝行は子の務めですから。権八さん、わたくしは身を売ったのです。でもね、神仏のご加護か祟《たた》り神のしわざかはわからないけれど、何かに守られるようにして、みるみるうちに吉原で名が上がっていきました。百合の茎がすっと伸びるように。あの、むせかえるような香りを放つ、斑点のある鬼百合。あれが、わたしの分身かもしれません。これから幾月かのうちに、かつての父よりも稼ごうと思っているのですよ。わたしを借りたり買ったりする愛で。それでこの身の不幸を払い、心の傷を癒すつもりです」

「心の傷とは」

「あなたです。わたしを捨てていった。まだ幾月も経っていないでしょう。愛していました、芯から愛していたのに。いまは恨んでいます」

「なぜおれを選んだ」

「さあ、ぬしを愛して、憎むためか」小紫は笑った。「さ、こちへお入りなんし」

小紫は権八を奥の間に連れていった。天井の低い蒔絵の金のきらめく部屋で、布団が敷かれていた。禿たちがすわり、金色の燗鍋で芳《かぐわ》しい酒を温め、支度を整えていた。禿の何人かが音曲を奏でていた……

「やかましいッ」花魁が怒鳴りつけた。「芸のある妓《こ》をおよび、一番の妓をね。一流の音曲が聴きたいの。名人におもしろおかしい芸で座敷を湧かせてほしいのです。この人とともに寝する前に、座敷の贅を尽くしたいのですよ。すぐに抱かれるなんていやなことだ。払うものは払ってもらおうわいな。唐わたりの砂糖漬けの果実をこちらにお持ちなさい。あの異国の酒、そうだ、葡萄酒《ぶどうしゅ》、葡萄酒もほしい。贈りものもたっぷりもらわなくてはね。新しい衣装や飾り簪も、遠い遠い国の砂漠に咲く花の香りもほしい。ほしいの……妃《きさき》たちが持っているという宝玉も、観音の身を飾る瓔珞《ようらく》も、それから、なにかわからないけれど、ほしいの、わたしがほしいのは、ほしいのは」

小紫はふと青ざめ、権八の顔を見た。小紫は権八を見返してやろうと復讐劇を演じていた。しかし今、またいきなりすげなくされたらどうしようと恐怖に駆られたのだった。

だが、権八の体中には燃えるような欲望が煮えたぎっていた。

「二人にしておくんなまし」小紫が命じた。「座敷を空にして、わちきとこのひとだけにしておくれ」

小紫は権八を抱きしめた。二人だけになった。権八は小紫の接吻の嵐と愛撫にめまいがした……

権八は呆然として疲れきった子どものように小紫の腕の中にいた。小紫は権八に長々と接吻し、この上なくやさしい声で言った。

「ささ、金子《きんす》を山と積んでくださいましょうな。ぬし、わっちは世に名高い百合太夫なのだから、高値のうえにも高値だわいなァ」

「金は必ず用立ててまいる、小紫」権八が言った。「今はこれしか持っておらぬ」権八は小紫の足元に、まるで花のように銭をばら撒《ま》いた。

小紫は大声で笑った。

「足りんせん、足りんせん。もっともっと入り用だわいなァ」小紫は叫んだ。「わっちは辻で袖引く女ではありんせん。ああ、いとしいひと、いとしいお方、金子の山を作らねばなりませぬ。たくさん、たくさんの小判。黄金の切り餅がわちきは好物。あなたと同じくらい。あなた以上に」

「工面する、小紫」

「工面では追いつかない、なんとしてでも用立てて……明日、お持ちくださいな、権八さん。明日の晩もまたぬしをえらびますゆえ。こんな端金《はしたがね》、この部屋の代にもならない。おろかな男、あいかわらず、おろかな」

小紫は布団の上にばら撒かれた銭を片足で蹴りながらかき寄せた。

「これを楼主におわたしなさい」小紫は大声で言った。「すこしは機嫌が直るかもしれない。でもわたくしは。ああ、いとしいひと、わたくしを捨てたひと、あのひととき、ひとときだったかしら、森の中の暗闇であなたの胸に顔を埋めて、やさしい一言を待っていた。金子をご用意なされませよ、金子の山を。たくさんの小判を。百合太夫のために。権八さん、明日お持ちなさい。いとしいお武家さま、ようござんすね」

小紫は最後に権八を抱きしめると、襖の外に押し出した。権八は楼主に渡すためにかき集めた銭を手に握りしめ、よろよろと階段を下りていった。

四

　そして翌日の晩……百合太夫のいる妓楼の前には眼をぎらぎらさせた男たちがひしめき合っていた……権八が敷居をまたぐと、楼主がぬっと現われた。太った楼主は大名のときとは打って変わり、丁重どころか大見世の主人であることを鼻にかけ、まるでそこらのごろつきのような口調で居丈高に言った。

「何の用だ」

「百合太夫に会いたい」

「百合太夫に会いてぇだと。おまえさんみたいな文なしの田舎侍《いなかざむらい》がか。分かってるのか。おまえはうちに借財がある身の上なんだ。まっとうな客なら、禿、幇間はじめ、店の若い衆にいたるまでちゃんと祝儀が回っているんだ。昨日の銭ではその半分にもなりやしねえ。そのうえ、おめえがぞっこんの花魁はおまえからなんの贈りものももらってねえ。こちとら商売だ、伊達《だて》に大見世張って商いをしているわけじゃない。それに仮に今、掛かりの残りをもらっても、百合太夫は今、お偉方と一緒にいる。なんでも天子さまの血を引くお方とかでお忍びのご様子だ。おめえはいったいどこの馬の骨だ？」

　権八の体中を怒りと燃えたぎる愛と嫉妬の激情が駆けめぐった。だが、なんとか心を静め、拳を握りしめると、くるりと背を向けて立ち去った。

　それでもその翌晩の早いうちに、権八は再び現われた。吉原の通りをぶらつく遊び客はまだちらほらとしかいなかった。

「借りていた金だ」と権八が言った。真っ青な顔をして狂ったように目をむき、その目は血走っていた。

「部屋代の残りだ。それから禿や幇間、若い衆への祝儀。百合太夫にはおれが直接渡す。それからこれはおまえの分だ。花魁をよんでくれ。いいな、今宵はおれが太夫の客だ。芸妓も三人、とびっきりのを呼んでくれ。鳴り物もいれて唄を聴かせてもらおう。ご馳走もふんだんに、わざわざ早い時間にきたのだからな」

権八は、呆気にとられている楼主の武骨な手に小判を数えながら載せていった。

「いったいどこからこんな大金を……？」と、楼主がやっと口を開いた。

「おまえには関係ないことだ。思いがけなく金が入ったっておれの勝手だ。おまえの知ったことじゃねえ。商売か、商売をしたいのだろう。百合太夫はどこだ」

「今、花魁は支度をしておりまして」

「おれだと言え」

「かしこまりました。では、ご案内を」

小紫は、権八を待たせることなく中に迎え入れた。禿たちが周りであれこれと忙しく世話する中、小紫は正座して大きな丸い青銅の鏡を覗き込み、眉を描いていた。だがすぐに支度が整い、小紫は一座の者を下がらせて権八と二人きりになった。

小紫は、前回初めて会ったときよりもさらに美しくなったように見えた。まるで小紫自身が燃えて輝く星のごとくに美しく、百合の柄の豪華な白い着物は初夏のなまめかしさをたたえて思わせぶりに小紫の女神のような体を包んでいた。

「権八さん……」小紫はそう言い、手を差し伸べた。

権八は眼がくらんだ。

「おまえをみると途端にくらくらしてくる」権八はしどろもどろに言った。

「あわれだと思って愛してくれ」

「愛してる。小判はどこ？」

「見ろ、ここだ……」

権八は小紫の周りに小判をちゃりんちゃりんとばら撒いた。小紫は子どものような、子猫のような声できゃっきゃっと楽しそうに喜びの声をあげ、権八がばら撒く小判の周りを小躍りした。

「でも、いったいどうやってこのお金を……？」と、小紫が目を丸くして聞いた。

「おまえにはどうでもいいことだろう！」権八は怒りをむき出しにして叫び、拳を握った。目は怒りに燃え、鋭い眼光を放っていた。「おまえは小判がほしいんだろう。それがこれだ！　この金で、豪華で綺麗なものをいくらでも買うがいい」

「唐の国のすみずみまで探させて、目も眩《くら》むようなものを取り寄せるわ」

「さあ、じらさないで口を吸わせてくれ。抱かせてくれ」

「ここにおいでなさい」

香の煙が、熱情の祝典のために焚かれたかのように、ゆらゆらと二人の愛のひとときを包んだ。

しばらくして、権八は小紫の腕の中で安らっていた。小紫が言った。

「今宵は格別の愛の宴《うたげ》にいたしましょう。唄が聴こえる。ほら、あなたが呼んだ芸妓たちよ。音が階段を上がってくるわ。三味線の音がやさしくやわらかだわね。熱情の嵐のあと、まださめやらぬ風の音のよう」

小紫は笑い、大きな声でそう言った。襖が開き、太鼓持ちたちが滑稽なしぐさであとに続く芸妓たちの真似をしながら中に入ってきた。禿たちも、その傍らから入ってきた。他の女中たちが、磁器や漆塗りの器をのせたお膳をいくつも捧げ持ち、豪勢な料理を運んできた。

宴の光景は華麗で風雅だった。優美な描線と色彩は愛する二人の熱情を見事に映し出していた。宴は夜通し続いた。明け方になるころ、権八は小紫の腕の中でがくりと首を垂れ、深い眠りに落ちた。小紫は一座の者たちを下がらせ……腕の中の権八をまじまじと見た。

小紫の心の内では、激しい愛の炎と復讐の炎が複雑に入り混じって燃えていた。遊女とはそのようなものなのだろうか？　それは小紫自身にもわからなかった。命の危機に瀕したあのとき、小紫は不意にこの男に得も言われぬ愛を感じた。今も感じている。実際、小紫は熱にうかされたように権八と愛のひとときを過ごした！　だが、権八の愛は小紫の愛の奴隷なのかもしれない。手に入れたいと言ったあれやこれやの贅沢品は……本当に自分が望んだものであったのだろうか？　それは小紫自身にもわからなかった。

小紫にとって自分自身が謎であった。不思議な力が——運命の力が——小紫のこれまでの言動を駆り立てていた。われわれ人間は、この世のものではない見えない意志に突き動かされている。われわれの生は渓流や森の小川のように、ときに岩間を抜ける奔流となり、あるいはふと穏やかな流れとなり、曲がりくねって波のまにまに運ばれているのである。

目を開くと、権八は小紫の腕の中にいた。

「いとしい人」小紫がくぐもった声で言った。「さあ、行きんさい。そして今晩、また。小判を抱えておいでなんし。贅をこらして遊びましょう。二人の愛の時間を迎える前に。そのあとにも」

「わかった、そうしよう」と権八は言った。

権八は頭を片手で押さえ、よろよろと立ち上がった……ほどなくして小紫は障子窓を少し開け、人影のほとんど絶えた吉原の朝の通りにかき消えていく権八のうしろ姿をじっと見ていた。権八のように夜を明かした遊び客がほんの数人、妓楼の並ぶ通りを抜け、家路を急いでいた。妓楼は華奢に優美にたたずみ、今はだれもいない二階の露台に紫色に咲き誇る椿が、花盛りの桜並木の合間に見え、その桜には銀色の露がきらりとかかっていた。

女中たちが風呂の支度をしている間に、小紫はまた布団に身を横たえた。

「あの人はわたくしの思いのままになった」と、小紫は勝ち誇ったように言った。

その晩、権八が戻ってきた。妓楼のだれもかれもの頭上に小判を振りまき、大半は小紫の足元にばらまいた。芸妓が三味線を奏で唄った。愛する二人は床をともにし、そのあとに豪勢な祝宴が続いた。

愛する二人を包む描線と色彩はあまりにも美しく、ある名高い絵師がその光景を写しとり、色を塗って、浮世絵にしたほどであった。絵師は目立たぬところにすわり、墨筆と絵筆を交互に手にして魅入られたように描いていた。

「また来て、きっとすぐ来て」小紫は別れ際に繰り返し言った。「金子もかならず忘れずに」

「きっと忘れずに」権八も繰り返し言った。

そして小紫は障子窓を少し開け、権八を見送った。その晩、権八は戻ってこなかった。小紫は支度の整った祝宴の席にすわって芸妓たちに囲まれ待っていたが、とうとう権八は現われなかった。

前の二晩に続き、権八が二人のために用意させた三度めの祝宴の夜となるはずであった。

復讐の炎は相変わらず燃えてはいたが、小紫は激しい胸騒ぎを覚え、恐怖心と自責の念にさえ駆られていた！


その日の夕暮れどき、権八は両手から血をしたたらせている現場を目撃されていた。歓楽街では名の知られた――声望があり、客たちに愛され、芸に長けていた――年かさの芸妓の死体の傍らに立っていたのである。強盗目的の殺人であった。だが権八がとどめを刺そうとしたとき、女は最後の力を振り絞り、拳で障子を突き破って叫んだのである。

「人殺し！　だれか！」

その叫び声を聞いた通行人たちが集まり、辻番の者たちも駆けつけてきた。小ぶりで瀟洒な家の――美術品のような佇《たたず》まいであった――戸を押し開けて中に入ると権八がいた。両手からは殺した女の血がしたたり、足を大きく開いて、死にゆく女の傍らに呆然と立っていたのである。血の海の中に、小さな銭箱からこぼれ落ちた小判が緋色の漆を塗ったように散らばっていた。

権八は引っ立てられていった。当時、将軍の権力は絶大で町奉行所はその威光にあやかり、有無を言わさず裁きを下してすぐさま刑を執行した。権八は罪を犯したその手をうしろ手に縛られ、ひざまずいていた。首切り役人が一刀のもとにその首を打ち落とすのである。

ところが刑の執行が終わったあと、一人の女が駆けつけ、見物人たちをかき分けて現われた。朱塗りに金箔をほどこした下駄の音を響かせ、狂女のように駆けよってきたのである。髷がほどけ、長い髪が鬼百合を描いた銀白の豪華な花魁の着物の上に肩から背中へ、そして足先まで靡いていた。

この世の者とも思われない美しさと狂おしいばかりに取り乱した姿に、町方役人や番人たちは制止するのをためらった。そして、まるで絶望に駆られた鬼女のような形相にたじろぎ、あとずさりした。女は愛する男の首のない亡骸《なきがら》の傍らにひざまずくと自らの髪を両手でつかみ、天に向かって振りあげ絶叫した。

見物人たちはこの女は生霊に違いないと思い、蜘蛛《くも》の子を散らすように逃げ出した。すると女は身を屈め、首切り役人が思わず取り落とした刀を地面から拾い上げた。

そしてなんのためらいもなく、切っ先をみずからに向け、激情にまかせて一気に突き刺した。

首切り役人も町方役人も番人も、だれもが胆《きも》を潰して逃げ出した。空は嵐の予感を孕《はら》み、雲がどんよりと垂れ込め、夜の帳が暗く生暖かく、二人の骸《むくろ》を包み込むように下りていった……。

権八と小紫は、比翼塚にそろって眠っている。二人の激情が発端となり、二人の業《カルマ》が未来永劫にわたりからみ合うことになったのである。

二人の魂は輪廻転生の中で、ただぼんやりとした記憶のかけらは残っているものの、互いにだれであるのか気づかないまま無情にもすれ違うのかもしれない。

あるいは二人は、この苦界とは異なるどこかの天界で清らかな愛に包まれ、抱き合いひとつに溶け合って、さらに浄められるのかもしれない。そうでないとだれが言えるであろうか。

観音菩薩や地蔵菩薩、そして一切衆生を浄土に迎えるまでは自らも涅槃に入らないとお誓いになられた阿弥陀仏がおられるのである。このお方たちがさまよう二人の激情の魂を安らぎの地に迎え入れ、慈悲の懐に包んでくれるかもしれない。そしてこのお方たちの祈りがわれわれみなを否応なくさらっていく運命の非情の荒波を、逃れられない宿命の荒波を、少しでも鎮めてくれるかもしれないのである。

そうであってほしい。この二人のためにもそうであってほしい。そして、読者諸賢のためにも、われわれみなのためにも、そうであるよう祈りたい。みなでそう祈ろうではないか、おたがいのために。

第二話　雪の精

親孝行の日本奇譚

日本の冬将軍は、田畑や森の上をこれでもかというほど容赦なく荒れ狂うことがある！　農家や小さな村やほの暗く続く長い道に、乱れ散り、横殴りに吹きすさぶ雪の凄まじさといったら！　すると日は陰々として短く、夜はさらに長く陰鬱となる。その長い夜を、雪の精たちがあてどなくさまよっている。吹雪《ふぶき》の女王、恐ろしい雪女の周りをさまようのだ。

雪女そのものは白い霧に過ぎず、冷たい靄《もや》に包まれている。足がなく、身にまとった青白い夜着が螺旋状《らせんじょう》にぐるぐると巻きついているかのようである。やがて朝日が昇り始めると、その姿は白く水晶《クリスタル》のように輝き始め、凍てついた地面を越えて、雪解け水の上を舞ううちに薄い影となっていく。

雪女は、山道で疲れ果て、行き倒れになった巡礼者たちの息をまるで吸血鬼のように吸い、いつもおのれの冷えきった血を温めている。その雪女の周りで、舞い降りた雪の精たちが乱舞しているのである。この雪の精たちはみな、酷寒の冬の夜に山や谷で凍え死んだ者たちの魂であった。

男の魂も女の魂もいるが、もはや性の区別はない。足がなく、目だけにまだ生の炎を燃やし続け、痩せこけた幽霊のような顔つきである。針金のような長い髪がくぼんだ頬のまわりにまとわりつき、雪女と同じく亡霊のような体と、魂をさいなむ凍てつく寒さをやわらげるため、血を、人間の血を、温かい息を吸おうと口を大きく開けている。

雪の精たちは、こうして凍てつく寒さの夜はいつも、雪女の周りを乱れ舞っている。すべてを凍らせ雪の世界に閉じ込める、あの恐ろしい雪女の周りを。そしてやるせない気持ちで思い出している。農家や村に置き去りにしてきたかつての生活を、そこで過ごした日々を、愛していた人たちを。雪の精たちは、この哀しい地上での前世を覚えているのである。

死後、雪の精たちは地上からはそれほど離れていない、空に浮かぶ白い雪雲の国へと舞い上がっていった。その国は夏には青いエーテルに包まれているが、冬になると哀れな人間界の上を覆うように地上に近づいてくる。そして、まるで大きな冷たい白い大理石の花瓶や、ひびの入った雪花石膏《アラバスター》の花瓶を一斉にひっくり返すかのようにして、集めた雪の花を撒き散らすのである。

久左衛門《きゆうざえもん》は、一介の貧しい百姓であった。貧相な田を懸命に耕し、暮らしを立てていた。春になると、水肥を撒いた〔かつての日本では、稲作にも下肥を用いることがあった〕。裾をからげ、足をむき出しにし、前後に桶をかけた担ぎ棒を肩にしてえっさえっさと肥を運んだ。ふんどし一丁の体に、一枚しか持っていない汚れた藍色の野良着をつけて、はだけた胸元に胸毛を見せ、雨や日よけ用に先のとがったまるい菅笠をかぶった姿であった。

あたり一帯に撒かれた肥の臭いは、照りつける陽射しの中であれ、斜めに叩きつける雨の中であれ、春の雰囲気を台無しにした。幸い、今にも倒れそうな久左衛門の小さな家には、茅葺《かやぶ》きの屋根の高さまで木蓮《マグノリア》の枝が伸び、光り輝く白い花がところ狭しと美しく咲き乱れていた。この高貴な花は天の恵みをすべて受け入れようと花冠を盃のように開き、雨や陽の光を受け止めていた。まばゆい太陽のトランペットが鳴り響き、槍の如く斜めに降りしきる雨に向かって一気に夏がおしよせてくると、久左衛門の貧相な田の苗も天を仰いで立ち上がり、生育する。やがてそれは穂となって久左衛門の食糧となり、生活の糧《かて》となるのであった。

しかしその後には、まるで秋などなかったかのような厳しい冬がやってきた。凍死したかのごとく田を囲む水路は凍てつき、その傍らに久左衛門の小さな家が取り残されたようにぽつんと建っていた。雪に覆われた田の土はひび割れ、今や骨格だけとなった黒珊瑚のような姿の木蓮の木は、ゆるやかな稜線を描いて波打つ低い山がかろうじて見えるぼんやりと翳《かげ》った遠景を背に、美しく悲しげな姿をくっきりと映し出していた。

すると、久左衛門は家に閉じこもって藁座にすわり、かじかんだ手を火鉢で暖めながらぼんやりと夢見るように過ごすのだった。火鉢の中には二本の炭火が赤々と燃え、幻影のように小さな青い炎が一筋ゆらゆらと揺れていた。

ある日、いつものようにすわってぼんやりしていると、すきま風の入る小さな戸を打ちすえるような大きな音がして、そのすき間から風が勢いよく吹き込み、雪さえ舞い込んできた。

久左衛門は驚き、寒さと恐怖に震えながら立ち上がった。だがまあ、久左衛門はこのあたりでもそうはいない貧乏暮らしであり、もの取りや盗賊を恐れる必要はなかった。それで久左衛門は大声で言った。

「どなたじゃ、そこで戸を叩いてるのは？」

「疲れた者でございます。少し休ませてください！」不思議な大声が聞こえた。久左衛門は胆をつぶした。人間のものとは思えない声だったのである。

それでもこの百姓は戸を開けた。そしてあっと驚いた。雪の精が舞い込んで来たのである。背丈は人間の女より高く、すうと伸びて全身が白くおぼろげであった。実際、その姿は透けて見える靄に過ぎず、それが体なのか身にまとった着物なのかは見てもわからなかった。足はなく、空中に浮かんで細い霧の糸を青白い糸屑のように靡かせ、か細い氷のような髪が幻影のごとく痩せこけた顔中にうっすらとかかっていた。眼は生前の面影をたたえ、漆黒の星に似て爛々《らんらん》と輝いていた。また、痩せ細った手のようなものを差し出してはいたが、その指は、指というより今にも折れそうな氷柱《つらら》でしかなかった。

「ようこそおいでなさった。さあさ、奥にお入り」久左衛門は雪の精に言った。「いやあ、びっくりしてすまねえな。雪の精がよ、舞い疲れて、まさか、人間の家なんぞに休みに来ることがあるなんて、おいら、知らなかったからな」

「わたしたちの凍てついた魂は」雪の精が嘆きをこめて言った。

「この地上に、真冬の寒さの中でさえわたしたちの雪の世界よりも暖かいこの地上に、まだ未練があるのです。この地上に戻りたいと思っているのです。母の膝を恋い慕うように。その火の傍で暖まるわけにはまいりません。陽の光や火山の熱に少しでも当たると、わたしの体は解けてしまうかもしれません。今夜のこの凄まじい嵐の中、漂い、乱れ舞い、舞い降りたりしているうちに、力尽きて突風に吹き飛ばされてしまいました。風はわたしたちをむりやり連れて猛《たけ》り狂い、木々をしならせ、身をすくめた家々の屋根を吹き荒れていくのです。そしてわたしは疲れきってしまいました。

人間と同じように疲れるのです。そして、魂は苦しみや悲しみの中をさまよっておりますが、それでも供養の心はまだ残っております。ご仏前に手を合わせとう存じます」

そう言って、雪の精は粗末な仏壇の前にひざまずいた。久左衛門は灯明皿に灯りをともし、線香を一本点け、両親や祖先の名を記した位牌を整えた。どんな貧しい暮らしをしていても、どんなみすぼらしい百姓でも、生みの親やその生みの親をこの世にもうけた先祖たちをおろそかにすることはないのである。

雪の精は青白い被衣《ヴェール》を重ねたようにおぼろげな塊《かたまり》となって、小さな仏壇の前にすわり、かろうじて輪郭が見える痩せこけた顔を伏せて氷柱の指をした手を合わせた。そしてこの家の主《あるじ》にご加護をと祈り、その主をこの世にもうけた親や先祖の冥福を祈った。それが終わると、雪の精は霧がたちこめるかのように身を起こして語り始めた。

「昔、わたしはお安と申し、伊三郎という裕福な百姓の妻でした。嫁いだ家にはわたしの父母《ちちはは》も同居しておりました。今でも親孝行したいと思っておりますが、わたしは巡礼の旅に出て、お参りを済ませて帰る途中、山で吹雪に遭い、命を落としてしまったのです。それなのにかつての夫は、わたしが死ぬと父母を見捨ててしまい、二人は今、ここからそう遠くないあばら家で食うや食わずの暮らしをしております。

ほんとうは父母のところに飛んでいきたかったのですが、疲れきってしまい、もう浮かんでいる力がなく、ぐっしょり濡れた糸屑のようにこちらの家の前に墜《お》ちてしまいました。わたしの氷柱のような指をしたこの手で戸を叩くと、ありがたいことに戸が開いたのです。おかげさまでだいぶ楽になりました。戸は開けなくてもけっこうです。冷たい風が一気に吹き込んできますから。浮かび上がってあそこの小窓から抜け出ることができましょう。風に運ばれて父母のところに行き、雪の歌を歌って二人をなぐさめとうございます。二人のためにわが子が涙を流して雪を降らせているのだと、きっとわかってくれるに違いありません」

「お安さんや、おまえさん、かわいそうな雪の精だな」久左衛門は胸をつまらせて言った。「おまえさんはまだ疲れきっておる。浮かぶ力はあるまい。親御が寒さに凍えて住んでいるあの小さな小屋まではな、おいらの覚えじゃあ、ここからまだまだ遠い。ここに泊まりなされ。おいらが明日、伊三郎のところへ行って親孝行の義務を果たしたほうが身のためだと言い聞かしてみよう」

その夜お安は青白い被衣《ヴェール》にしか見えない姿で少し身を丸め、火の消えた火鉢の傍らに横たわっていた。外には嵐が荒れ狂い、猛吹雪となっていた。突風が生気の失せた田の上を吹き荒《すさ》び、もろくちっぽけな家と木蓮の木を今にも倒しそうな勢いで揺さぶっていた。

夜が明けると、久左衛門は出かけていった。雪深い道をかき分け、遠くにある伊三郎の家にたどり着いた。伊三郎はここ数年、なぜかくりかえし不運に見舞われていた。裕福な百姓と貧しい百姓の二人は、長いこと話し合った。久左衛門は、伊三郎の亡くなった妻が雪の精となって現われた前夜のいきさつを話し、雪の精が悲嘆に暮れて見捨てられた父母の身の上を語ったことを伝えた。父母は貧苦にあえぎながら露命をつないでいると。

それを聞いた伊三郎は深く恥じ入り、これはきっと阿弥陀仏のお導きに違いないと考えて、お安の父母を引き取ることを誓った。そして下男たちに命じ、二人を迎えに行かせた。

吹き荒れた吹雪がまるで嘘のように、清浄な水晶《クリスタル》の静けさと輝きに満ちた朝を迎えていた。淡い冬の光の中、解けかけた雪が金剛石《ダイヤモンド》の粉をばら撒いたかのごとく一面にきらきらと輝き、空はやさしく青く澄み渡っていた。

久左衛門が伊三郎の家を出たのは正午近くであった。そのとき、あたり一面白く輝く田のあぜ道の中を伊三郎の下男たちに連れられ、二人の老人——腰の曲がった老夫婦——が近づいてくるのが見えた。だがそれ以上に、久左衛門があっと驚いたのは、雪はもうやんでいるにもかかわらず、青空に見える雪の精のかすかな姿であった。

それは、前夜久左衛門のもとに現われたお安であった。そのときは風に吹き飛ばされてもみくちゃにされ、今にも解けてしまいそうな灰色の雪片のようであった。そしてもはや疲れ切って宙に漂うこともできず、足のない体に汚れた糸屑を垂らしていた。ところが今は喜びにあふれ、氷の輝きを放っていた。歓声をあげて宙を舞うかのごとく青空を舞い上がったその姿は、水晶《クリスタル》と金剛石《ダイヤモンド》の粉を全身に鏤《ちりば》めているかに見えた。眼は夜明けの星々のように青くきらめき、嬉しさに満ちた天使のような顔にかかる髪は光の波に似ていた。

お安が舞い上がると、身につけた雪の衣と氷の被衣《ヴェール》が飛び上がるその勢いではたはたと舞い乱れた。高みにうっすらと消えていく幻影のような姿はたとえようもなく美しく、久左衛門は家の木蓮の木の美しさに思いを馳《は》せるのであった。そして、春になって雪花石膏《アラバスター》のように白く艶やかな花を幾千も開き、盃のような花冠に陽光を受けとめながら、新たな朝の光の中に咲き誇る姿を思い浮かべた。

お安は、白い両手を開いてそこに自らの幸せをのせ、その幸せを神仏に捧げようと上へ上へと舞い上がり、天空に消えていった。孝心を讃えられ、天界に召されたのであった。

第三話　苦行者

智慧の日本奇譚

暑い夏の一日、これを最後の修行の場にしようと一人の苦行者が難路を這《は》うように登り、愛鷹連《あしたかれん》峰《ぽう》の中腹へやってきた。僧は急な山道を登りきり、連峰の西側の頂《いただき》に到着すると腰を下ろした。折しも、夕陽が沈むころであった。眼下には極楽の園のような草原が広がり、何頭もの野生馬が、みるみる傾いて姿を隠そうとする夕陽の射す中をあちらこちらに動きまわって草をはんでいた。

「ここにしよう」苦行者は大きな声で言った。「西は落陽か。きれいな金色だ。野生の馬たちがたくさん、むこうの草原を跳ねまわっておる。いい眺めだな。草原は恩寵に満ちているようだ。つらい瞑想の場所としては、愛鷹山は美しすぎるかもしれぬな。だがまあ、この景色とこの山がわしの究極の問いに満足のいく答えを出してくれたら、意固地に拒《こば》まず受け入れることにしよう」

苦行者はすわった。あの偉大な達磨大師の身に起きたように、足が腐るまでここで座禅を組み、悲痛な思いを抱いて瞑想しようと決心したのであった。達磨大師はずっと長く座禅を組んで瞑想していたため、足が腐ってとれてしまったのであった。

雨風をものともせず、飢えや渇きにも耐えよう。だれもかれも忘れて、ただ悲痛の思いに沈んで瞑想しよう。苦行者は身じろきもせずに座禅を組み、そう決意すると甘美な満足感にひたされていくのであった。草原では馬たちの姿が霧の動物かなにかのように青白い幻影となって翳っていき、夕焼けの残照を映す山陰から月が昇ってきた。夜風が吹き始めた。だが苦行者は、冷たい風をものともしないであろう。

「妙なものだ」苦行者は思った。「愛鷹山でこの足が腐るまで座禅をしようという決意に満足感を覚えて、苦い思いを抱いているこのわしが、よりによって甘い思いを味わうとはな。ここで瞑想したら、わしのこの苦い悲痛な思いが行きつくところまで行くだろうか。わしはその行きついた先から、本当の智慧を授かりたいのだ」

そんなことを考えていると、月明かりの中にすらりとした姿の若者の影が見えた。

「何者だろう？」苦行者は胸を震わせた。「御仏ではあるまい。わしはまだ法悦の境地に達するまで瞑想しておらん！　その境地になれば御仏のお慈悲もあるのだろうが。いったいだれだというのだろう？　人間ではあるまい。あんなに宙を漂うように歩けるはずがない！」

苦行者はしげしげと眺めた。そして歩いてくるのは、間違いなくあの愛らしい菩薩だと見て取った。

「クシティガルバ」苦行者は驚いて、梵語で菩薩の名をつぶやいた。

そして驚きながらも何事であろうかとその姿をじっと見ていた。月明かりに照らされ、尾根づたいに歩いてくるのは地蔵であった。苦境にあえぐ万民を見守る菩薩である。旅人や子どもたち、妊婦や無辜《むこ》の民の守り神である。その姿はか弱い若者にしか見えず、身にまとったしなやかに波打つ白い僧衣の前がはだけて、娘のようなふっくらとした胸が見えていた。

僧侶のように剃髪し、美しい眉間の上の額に白毫《びゃくごう》が光を放っており、弧を描いた眉の下の眼はやさしく微笑んでいた。耳はまるで引っ張られたように大きく長い。だが口は非常に小さく、整った鼻筋の下にかたく閉じられていた。時おり、いくつかの銀の輪の飾りのついた長い錫杖《しゃくじょう》をつきながら歩いている。といっても、ついているわけではなかった。そもそも地蔵は歩いてはいなかった。浮いていたのである。足元には、薄く白い泡のような雲が渦を巻いていた。まるで空気のような存在に見え、現実の姿ではなく幻像のようであったが、まぎれもなく苦行者に近づいてくるのであった。苦行者は唖然とした。

「このわしに一体なんの用があるというのだ」苦行者はいささか気分を損ねて思った。実際むっとして立ち上がりもせず、挨拶もしなかった。それでも地蔵は苦行者の近くまで浮かんできて、銀色の月の光に包まれた姿で言った。

「そこのお方、こんばんは。澄み切った光に包まれた夜ですね」

「まあな、クシティガルバ」と苦行者は蔑むように言った。

「わたしは地蔵です」と菩薩が言った。

「知っておるわ」と苦行者が言った。

「あなたの前にすわってもよろしいでしょうか」

「わしはここに間借りしているだけで」苦行者が言った。「なんのおかまいもできないがな。地蔵、この山々や空、それに月でさえおぬしのものであろう」

「わたしのものなど何もありません」地蔵はそう言い、苦行者の前にすわった。地蔵が身振り手振りを交えて話すと、白い衣が泡立つように舞い上がり、月の光に見まがうほどであった。その月の光は、錫杖の銀の輪にもかすかに降り注いでいた。

「この錫杖でさえわたしのものではありません」地蔵が言った。「御仏さまからお預かりしたものです。わたしは御仏さまから衆生を助け、慰める慈悲の心をお預かりしているのです」

「おぬしは菩薩にしては腰の低い奴だな」苦行者が言った。「子どもたちの魂はどこにおるのだ？三途の川の河原で、正塚婆《しょうづかのばば》の命により石を積んで壁を築く子どもたちを助けてやっておるのであろう？」

「わたしの浄土《パラダイス》にある雛菊の園で眠っていますよ」

「そこも預かりものか？」と苦行者はからかうように言った。

「ささやかな園です」地蔵はそう言ってやさしく微笑んだ。「わたしの国というより、子どもたちの魂の楽園です」

「この山の麓《ふもと》の小屋に住んでおる、あの身重の女のところに行くのか？」

「いいえ、あの女《ひと》はお寺からわたしの像をもらい受けて、枕元に置いて安産のお守りにしています。それにわたしの眷属の産婆を二人遣わしてあります」

「旅人の一行が尾根を歩いているのを見たが、人足も馬も疲れ切っておった。おぬしが守ってやるのか？」

「眷属の者を五人遣わし、見守るように言ってあります」

「なるほど、おぬしは気楽なものだな！」

「わたしはただの菩薩にすぎませぬが、それなりの霊力を持っています。眷属たちのおかげでけっこううまくいっています」

「なるほどな。われら、哀れな人間には羨ましいことだ。おぬしはあの智慧を求めてはおらぬのか？」

　地蔵はその愛らしい顔を一瞬こわばらせた。

「わたしはそれについて少しは知っています」

「わしは知らぬ」苦行者は苦笑いしながら言った。「地蔵、おぬしは幸せな奴だ。少しは知っておるとはな。それはそうだろう。おぬしは菩薩の身だからな」

「ずっと菩薩であったわけではなかったかもしれません。永遠無窮の昔、わたしは人間で、あなたのような賢者だったり、あなたがかつてそうであったようにこの地上の国主だったのかもしれません」

「おお、なんと殊勝なことだ。身重の女たちや子どもたちや旅人たちの世話で忙しいおぬしが、わしの昔のことまで覚えているとはな。その通りだ、地蔵。わしはかつて国主だった。権勢をほしいままにしておった。だが悟ったのだ。その権勢はわしの武将や侍たちの野望に突き動かされていただけで、見せかけの力に過ぎないことをな。やつらのほうが力が強かったのだ。それで権力の座を下りて、剣の道を選んだ。かつてのわしの武将に仕えるただの侍になったのだ」

　苦行者は、山を吹き抜ける冷たい風に身震いした。風はまるで昇っていく月の陰から吹きつけてくるようであった。

　地蔵はすうっと立ち上がった。実に優美な立ち居振る舞いであった。

「場所をかわりましょう。こちらにおすわりください。こちらのほうが風があたりません」地蔵がやさしくうながした。

「お忘れのようだな。わしはここで足が腐るまで座禅を組むと決心したのだ。達磨大師がそうであったように、腐った棒切れになって足がとれるまでな」と苦行者は胸を張って答えた。

「忘れておりました。どうかお許しください、苦行者の聖《ひじり》どの。この世でどんなふうに歳月を過ごされていたのか、もっと教えてもらえませんか？　とても興味深く思うのです」

「それはかたじけないな、地蔵菩薩どの」苦行者はそっけなく感謝の念を伝えた。「興味がおありだとはな。しかし、わしは身重の女でも子どもでもない。隠者ではあるが、旅人というわけでもない。おぬしがわしにできることは大してないであろう。だがまあ、わしの人生に関心をお持ちのようだから、お話ししよう。侍であったわしは、そもそもこの世で一番力があるのは学問だと思った。それで古《いにしえ》の神仏に関するあらゆる知識を学んで身につけた。経典もすべて読み、瞑想しながらそれについて思いをめぐらせた」

「それはそれは、おみそれいたしました」地蔵は慇懃丁寧に言った。「わたしは経典をあまり読んでいませんし、あまり知りません。あなたは蘊奥《うんのう》を究めたというわけですね。わたしは学問をする機会があまりなかったことを残念に思っています。小さな魂がいっぱいいるわたしの国の真ん中には蓮の葉があるのですが、そこにすわっている時間があまりないものですから」

「人間のする神仏の研究など、菩薩には何の役にも立たぬわ」苦行者は言った。「だがその研究のあとでな、やはり芸術こそが人類とその根源にある魂を左右する大切なものだと思ったのだ。そこには、この宇宙の父なる神と母なる神がその聖なる原存在から生み出し、創ったものが受け継がれているのだからな。わしが何を言っているかわかるか？」

「はい、苦行者の聖どの」と地蔵はその愛らしい頭をかわいらしく傾けて言った。

んでおるわ」

「それで」苦行者は続けた。「わしは絵師となった。詩を作った。神仏を模した像を安山岩に彫り、木に彫った。地蔵よ、おぬしの木彫りの像も作ったぞ。おまえを信仰している者たちがその像を拝んでおるわ」

「ご配慮いただき、大変恐縮に存じます」地蔵は感謝して深々と頭を下げた。

礼を言われ、苦行者はいささか気をよくして深々と礼を返した。そして話を続けた。「そのあとのことにはおぬしはあまり関心がないかもしれないが、芸術家として過ごしたあと、わしは商人《あきんど》のように地に足のついた生活のほうが人間らしいと思った。それで商人になった。そのあと、農業が本来の人間の仕事で、それこそが智慧であろうと思うようになった。それで稲を植えた。そういうふうに人間社会の階段を下りていき、最後は一年ほど人足をしておった」

「それで？」と愛らしい地蔵は興味津々の様子で聞いた。

「すべて無駄だった」と苦行者は忌々しそうに言った。「〈生〉の目的を見つけることはできなかった。〈智慧〉を見つけることはできなかった。幸せを見つけることはできなかった。一人の男としても、父親としても、友人としてもだ。だからわしは……ああ、もう何年も前のことだ……結局、隠者になったのだ。瞑想をして〈真実〉に到達するためにな」

「到達なされましたか？」と、愛らしい地蔵は好奇心にかられ、身をのり出して尋ねた。

「だめだった」苦行者は苦渋の表情をしてつぶやいた。「それでここに来たのだ。愛鷹山の二つある頂の一つにな。ここで足が腐るまで座禅をするのだ」

苦行者は冷たい風に吹かれたまま動かず、もう口をきかなかった。地蔵も黙した。地蔵は実に美しく愛らしくやさしく、空気のようにふわりとした姿で苦行者の前にすわっていた。昇りゆく月が白い光輪を織りなし、地蔵を包んで輝いていた。やがて地蔵は考え込むようにして言った。

「これは一筋縄ではいかない例だな……」

苦行者は微動だにせずにいたが、突然感極まったように口を開いた。眼には苦渋をたたえ、口も皺《しわ》だらけの年老いた顔も苦渋に満ちて歪《ゆが》み、まるで論じ、訴え、挑むかのように問いかけた。

「地蔵よ、このすべてがなぜ存在しているか知っておるのか?」苦行者は手を大きく掲げ、天や地上を、月や山々を指し示した。「知っておるのか?」苦行者は続けた。「なぜ神仏や人間が存在しておるのか? なぜわれわれは生まれてきたのか知っておるのか? なぜ苦しみ、あくせくと働き、われわれには不可解なこの地上の無意味な生の果てに、なぜ病んで死んでいくのか知っておるのか?

幾星霜もの時が、なぜ巡っているのか知っておるのか? なぜわしは人足となって重荷を背負い、稲を植え、絹や茶を商い、芸術や学問に励み、戦場で戦い、国主の座についておったのだ? わしはどこから来てどこへ行くのだ? あれだけ考えあぐね、探し求め、瞑想してきたのに、わしはいったい何を知っておるというのだ? おぬしは何か知っておるのか? 仏陀は何か知っておられるのか? 涅槃《ねはん》とはいったい何だ? 地蔵よ、それが何か知っておるのか? 地蔵よ、おぬしは観音菩薩や、一切衆生を浄土に迎え入れるまでは自らも涅槃の地に赴《おもむ》かないと誓われた阿弥陀仏に倣《なら》ってこの世にとどまっておるが、おぬしが行こうとしない彼岸《あそこ》のことを知っておるのか? 仏陀がまどろむように優美な姿でおすわりになったまま、極楽の音に包まれ、蓮の葉の中を通っていかれたあの地のことを。人間にとって何が救いなのか知っておるのか?

なぜ天界や冥界が、そしてこの地上が存在しているのか知っておるのか? そうだ、なぜこのおぞましい地上や人間が存在しているのだ？　人間はこのぐるぐる回るちっぽけな地球に住む虫けらではないか。そうか地蔵、おぬしは何も知らないのだな。おぬしは見た目もかわいげで、あの慈悲の仏を若くしたようだ。まあ、おぬしのやさしげな首にはあの慈悲の糸はかかってはおらぬがな。おぬしはいい奴だ。実にいい奴だと思う。苦しんでいるものや助けを求めているすべてのものに憐れみをかけておる。今夜も、わしが苦々しい思いを抱いてここで鬱々と瞑想をしながら座禅を組むのを知って、わざわざやってきたのであろう。わしが法悦や恍惚の状態を望んでいるわけではないことを知ってな。そうなったときにだけ、御仏ご自身はもちろん、少なくとも観音菩薩や阿弥陀仏がご出現なさるのだがな。

そうだろう、知っていたのだろう。何もかも知っていてここに来たのだろう。わしを慰めるためにな。だがわしをいかに慰めようというのだ？　子どもたちや助けを求める人たちの守り本尊よ、世界に対するわしのこの苦々しい洞察をどんな甘い手口で癒そうというのだ？　何もわからぬというわしの洞察をな。ただ一つわかっているのは、われわれ人間の悲惨とは結局何なのか決して量り知ることなどできないということだ。その悲惨の中で、じっと耐え、じっと感じ、考えあぐね、あくせく働き、〈生きがい〉だとか好都合な〈人生の目標〉だとか、たわいもない幻想を創り出したとしても、そこにはいつも〈なぜ？〉という忌まわしい問いがつきまとってうごめいているのだ。地蔵よ、よく聞け。ここで腐った棒きれのようになって足がとれるまで座禅を組むこのわしは、この生、この世界、この地上と天空に、恨みをこめて『消え失せろ！』と言ってやりたい。人間どもに、神仏どもに、わし自身に、そしておぬしにもな！　この永遠に続く幻影と幻覚はいったいなんのためなのだ？　知っているなら、教えてくれ。知らないのなら、おぬしは慈悲とやらときっぱり縁を切るがよい。かわいい地蔵よ、やさしい地蔵よ、おぬしは地獄の婆《ばばあ》を恐れる子どもたちの魂を周りに集めておるが、婆などただの作り話ではないか。地蔵よ、おぬしは助けを求める人たちに憐れみを垂れているが、かえって人生の道をよろよろとさらに一歩、また一歩と歩ませて、もがかせているだけではないか。それよりも、天変地異や荒れ狂う暴風を世界に送り込み、早く楽にさせてやったらどうなのだ。そのあと、この地球は裂けて砕け、詩情あふれる月のかけらとともに天が灰《あ》汁《く》となって崩れ落ち、何十億もの星が雨あられと降ってきてこの世の終わりが訪れるだろう！」

苦行者は拳を振り上げ、「消え失せろ」と叫んだ。そして苦行者が口を閉ざすと、悲しみのあまり泣くように風が吹き渡り、雲が月を覆い隠していった。地蔵は頭《こうべ》を胸元へ垂れ、肩にもたせかけた錫杖を握りしめて聴き入っていたが、ようやく頭をもたげた。月の薄明かりの中、その両眼に真珠の雫《しずく》が二筋垂れて輝いていた。泣いていたのである。

「泣いておるのか！」と苦行者は蔑むように言った。

「はい」心根のやさしい地蔵は小さな声で言った。「泣いています。おっしゃる通りだと思って泣いているのです。天界に居場所を与えられたり、あちらこちらで悲しんでいる人の魂を癒す慈悲の力を授けられてはいますが、ただの菩薩でしかないわたしたちも何も知らないのです。

そうなのです。わたしたち菩薩は知らないし、あなたも知らないのです。なぜこのすべてが存在し、なぜあなたが存在し、なぜ菩薩であるわたしたち自身が存在しているのか。おそらくこの混迷と混沌は——中でも、この地上の人間の状態はわたしの見る限り、そう言うしかありません——この世界を創った造化の神々の避けようのない間違いだったのかもしれません。造化の神々は世界ができあがったあとに初めて、自分たちがとりかえしのつかないものを創った、〈惨憺たるもの〉を生み出したことに気づいたのです。でもこの〈惨憺〉以外を創ることはできなかったでしょう。何十億回試みても、まるで鏡に映すように〈惨憺〉しか、おぞましい神仏や人間しかできなかったのですから。

おそらくはこの世界のすべてが、そして今こうして昇っている月や、天空をめぐる星や、明日も昇ってくる太陽を包むこの宇宙でさえ間違いだったのです……でもすべてが間違いであるとしても、ここにこうしてあるのです。すべてはこのように存在しているのです。わたしたち菩薩も、人間であるあなたも。わたしは思うのですが、苦行者の聖どの……」

地蔵はすわったまま深々と頭を下げ、苦行者もすわったまま深々と頭を下げた。

「わたしは思うのですが」愛らしい地蔵は続けた。「このすべてがこうして今存在しているからには、造化の神々の途方もない間違いを受け入れたほうがいいと思うのです。そしてわたしたちのできることを行ない、わたしたちに差し出されたものを引き受けるのです。人間界の賢者どの、お聞きください。わたしはただの菩薩にすぎませんが、ありあまる露の雫を撒き散らすように、慈悲の恵みを周りにそそいでいます。

わたしは子どもたちを愛し、早くに亡くなった子どもたちを憐れんで、その魂を雲のように包んで周りに集めて住まわせています。そしてあの地獄の婆の恐ろしげな作り話なんか恐がることはないんだよと教えてやるのです。ちなみに子どもたちは、あの性悪な悪魔の婆など存在しないのだとすぐにわかるのですよ。でも、わたしのことは、本当に存在していて、いっしょに遊んだり、すてきなおとぎ話を聞かせてくれたりすると知っています。わたしがやさしい言葉でわかりやすく話すおとぎ話は、作り話ではなくて本当のことだと子どもたちにはわかっているのです。

辛い思いをしている身重の女の人は、お寺でわたしの像をもらい受けて家に持って帰り、枕元に置きます。そうするとほんとうに楽になるのです。ありがたいことに、そうすれば楽になると女の人たちが自分で信じ込んでいるからなのです。旅人たちが谷底に落ちないように気をつけてあげたり、盗賊に遭わないようにしてあげたりしていますが、わたしの名を呼ぶだけで本当に安心するのです。

こうしてわたしは、毎日自分の務めを果たしています。菩薩の身のこのわたしでさえ、それでほんの少し満ち足りた気持ちになるのです。それに世界には美しくてすてきなものがあります。この月を見てください。この星空を、この山並みを、この銀色に輝く谷を、はるか遠くに少し見える海を。ここにいらっしゃるときに、野生の馬たちがあちらこちらに動き回っている光景をご覧になってご自分でも感動されたことを、覚えておいででしょう？

お読みになったありがたい経典や、お作りになった絵や像の中に、大いなる美を見いだされたことを思い出してみてください。それに比べれば理想的な仕事だとはいえないかもしれませんが、力仕事をなさっていたときでさえ、充実した気持ちになったり、実に美しいと思ったときもおありだったのですよ。人足になられて、櫃《ひつ》や袋を水平に肩に担いで釣り合いをとりながら上り下りなさっていたとき、あなたは清らかな音の調べが耳や心に響いてくるような満ち足りたお気持ちでしたよね。そうではありませんか？」

苦行者は肩をすくめ、苦々しく見下すように言った。

「世界に関する究極の智慧や目的に比べれば、そんな絶望の淵へと消えていく満足感や達成感や美しさなどは、ちっぽけなことで大した意味などないわ」

「まったく同感です」地蔵はことのほかやさしく言った。「異を唱えるつもりはまったくありません。あなたは正しいのです。おっしゃる通りなのです。少なくともその満足感や達成感や美しさは、絶望に沈みがちなわたしたちの目にまるでプリズムを通したように、ときにかわいく色とりどりに見える虹色の現象なのですから。

その色とりどりに現われる現象をありがたく思ってみてはどうでしょうか？　そこに幸せを感じてみてはどうでしょうか？　それはとてもとてもちっぽけな幸せです。ですが、たった一粒の露はちっぽけでも、とても美しく豊かなものなのです。その美しく豊かなものをありがたく思い、何かを実践し、何かを楽しむほうが、苦々しい思いを抱いて手足が腐ってとれるまで座禅を組むよりずっといいと、賢者の苦行者どの、わたしは思うのです。足が腐るまで九年も座禅を組んでいた達磨大師も、その同じ足で一時《いっとき》ほど峰を登り、今のように雲一つないこの美しい月を目の当たりに見たり、秘密に満ちた風の音に耳を澄ましたら、もっともっと満ち足りた気持ちになったかもしれません」

「わしも風の歌に耳を傾けておったが」苦行者は言った。「――おぬしには何もわからない、決してわかりはしない！――としか聞こえなかった。ずっとそうわしの耳にささやいておったわ」

「そんなふうにわかろうとすることに固執するのは、不毛だと思うのですが」愛らしい地蔵がやさしく言った。「わたしたち万物にとって、わかろうとするより、実践する……実践し続けるほうがずっと実りあることではないでしょうか？」

「実践し続ける？　何を実践するのだ？」

「あなたがそれをなすべくして生まれた、そのことを実践するのです、苦行者どの。あなたは賢者になるために生まれたのかもしれません。でも人足になるために生まれたのでは決してありません」

「確かか？」

「確かです。ただの菩薩の身ですが、それなりの知識と智慧を持っています。これも確かです。賢者の苦行者どの、あなたは国主になるべくして生まれたのです。そのために国主であったあなたのお父さまとお母さまが、あなたをこの世にもうけたのです」

「ほんとうにそう思うか？」

「間違いありません。それはそうと、子どもたちの魂に三途の河原で石を積ませているあの性悪の婆が作り話であるように、九年間座禅を続けて達磨大師の足が腐ってとれたというのも、作り話だとは思いませんか？」

「達磨大師の足が腐ってとれたことを疑ったためしなど一度もないわ！」

「賢者の中の賢者であるあなたともあろうお方が、そんな考え違いをなさっていたとは。ただの菩薩の身であるわたしのささやかな見解ですが、はっきりと申し上げておきましょう。みんな作り話なのです。しかもいい作り話ではありません。あの地獄の婆よりももっとひどい話です。いいですか、人間の体であろうと神仏の体であろうと、この世でも天界でもどんなに不完全であっても、わたしたちの体には美の精髄が宿っているのですよ。それをことさらに否定したり、腐らせたりするのは――まあ、九年間座禅を続けられたとしてですが――自殺と同じように大罪なのですよ。ご存じの通り、御仏は――世尊に祝福あれ――そんなことをお望みではありません」

苦行者は興味津々の様子で目を輝かせ、老いた口元に微笑みを浮かべて言った。「地蔵よ、おぬしはかわいらしいが、なかなかの教師だな！　おぬしの智慧は桜の木に咲く花のようだ」

「そうおっしゃっていただけるだけでうれしいです」地蔵はそう答えた。「桜の木には何千もの花が咲きますからね。ですが、苦行者どの、わたしには畏《おそ》れ多い譬《たと》えです。ともあれ過分なお褒めをいただき、大変恐縮です」

二人はすわったまま、微笑みを交わしながら深々と頭を下げた。

「だが、わしはどうしたらいいのだ、地蔵？」苦行者は戸惑いながら尋ねた。「おぬしが言うように、この頂で何年もすわっていても、リウマチになって関節が痛むだけで足など腐りはしないとしたら？」

「あなたがそれをなすべくして生まれたことを、改めて実践するのです」地蔵が説いた。

「そう思うか？」

「立ち上がるのです。新しい夜明けとともに愛鷹山を下りるのです。そしてまた国主にお戻りなさい。この年月、あなたのご家老や重臣たちが会議で決めて、国主はいないままになっています。ご家老や重臣たちは、苦行者のあなたとその苦々しい思いを語り合うことを拒絶しているわけではないのです」

新しい一日が始まろうとしていた。地蔵は立ち上がった。

「今夜この岩の上でずっと座禅を組んでおったせいで、足がしびれて体が動かぬ」と苦行者が言った。それでも、地蔵がただにこりと笑って錫杖を少し動かすと、苦行者はまるで助け起こされるようにすっと立ち上がった。

苦行者は立ち上がったまま、大きくため息をついた。

「やさしい地蔵よ」苦行者は言った。「子どもたちや助けを求める人たちの守り本尊よ、わしは甘い言葉にのせられて、すっかり手玉にとられたようだな。よかろう。山を下りて城に戻ろう。そしてまた国主となろう。だが、これは言っておくぞ。なぜそうするのか、わしにはわからぬ。〈なぜ〉とはどういうことかもわからぬ」

「わたしにもわかりません」地蔵がやさしく微笑みながら言った。「それでも、わたしたちにできる限りのことを、ただ実践しようではありませんか。わかろうとはせずに」

「わしはどうかしておる！」国主に戻ると決めた苦行者は、最後の悪あがきをしてみせた。

「そんなことはありません！」と地蔵が大きな声で言った。

その瞬間、さっと射し込んできた朝日の光の中で地蔵の姿は突然まぶしく輝き始め、金色のきらめきの中に溶けるように消えていった。そして地蔵の声が響き渡った。

「苦行者どの、あなたはついに智慧を授かったのです！」

雲雀《ひばり》たちが空高く舞い上がる中、国主は山を下りていった。眼下には、燦々《さんさん》と降りそそぐ陽に包まれた美しく広大な光景が、地上の世界の谷や海が一面に広がっていた。

第四話　銀色にやわらかく昇りゆく月

憂愁の日本奇譚

もはやだれも竹を切ることもなく、密林のように伸び放題に生い茂った竹藪があった。それでもその中を二本の道が通り、道が交差する広い四つ辻の傍らに樵《きこり》の、いや、もはや竹を切ることのない竹取の翁《おきな》の館が建っていた。

その時代にはおとぎ話のような出来事が起きていたが、実はおとぎ話などではなく、真の、現実の出来事であった。幻影が人々の目に見せる虹色の世界や万華鏡のような世界ですら、当時は日常の現象だったのである。というわけでこの話は当時、実際に起きたことである。ある月の都の女人が嵐の神に乱暴されて双子を身ごもり、男児と女児を産んだ。

男児は父が黒雲のマントの裾に包んで嵐とともに連れ去ったが、女児は母を失い、二本の竹の間に置き去りにされていた。母は月の都の人々の非難を浴び、辱めを受けた身を恥じて亡くなったのである。そして、そこに異様に白く光り輝き、さも人間の子のように泣いている女児を、竹取の翁が見つけたのであった。

翁は女児を嫗《おうな》の待つ家に連れ帰り、二人でその子を育てることにした。二人は小さな樵小屋で暮らしていた。月の都の人々はその子を育ててもらう礼に、暮らしに困らぬようにと、いくら使っても空にならない米俵と、いくら切ってもまた元どおりになる絹の反物、そして一、二粒使ってもたちまち元どおりの三という神聖な数に戻る三粒の黄金の入った巾着袋を与えた。

その子は人間界に生まれて人間に似ているため、月の都の人々は連れ戻さずに下界に残すことにしたのである。

そして養父母たちは長者となって竹藪の中の四つ辻に竹の館を構え、この養女と暮らしていた。竹藪の道の向こう側や町の中では人間たちががやがやと日々の暮らしを営んでいたが、竹藪の中にはいつも〈静寂〉という精霊のささやくような不思議な歌声が聴こえていた。

その子は〈銀色にやわらかく昇りゆく月の姫〉と名づけられた。まるで一筋の月の光のように儚《はかな》げでもあり、光り輝く月明かりのようでもあり、その目にも月のやわらかな光を宿していたからである。

姫は、人間界で過ごし始めた幼女のころから他の子どもたちとはすでに異なった存在であった。子どもたちはこの世のものとは思えない姫の様子を見て、薄気味悪いとも思っていた。姫が人形で遊んでいると、不思議なことに人形に命が吹き込まれ、蝶のような羽が生えて飛び去っていくのであった。そのような日々を過ごす姫は、養父母の翁と媼の愛を一身に受け、たくさんの召使いの乙女たちにかしずかれて竹の館の中で大切に育てられた。

風が吹きすぎ、竹藪を撫《な》でるようにざわざわと鳴らす晩になると、姫は誘われるように外に出て、天を仰ぎ、雲に向かって叫ぶのだった。

「お父さま！」

するとあたりがいっそう激しくざわめいたかと思うと、竹藪の上の雲間から嵐の神が現われた。美しい顔立ちだが、浅黒い武人の顔で燃え上がる炎のような眼をし、口髭が跳ね上がり、身につけた黒々とした鎧が雷鳴のような音を立てていた。娘がまた父に向かって叫んだ。

「お父さま、わたしはだれなのでしょう?」

「おまえの名は〈憂愁〉だ!」嵐の神が娘に向かって叫んだ。「またの名は〈物思い〉だ!」

「わたしを風にのせて連れていってはくれないのですか?」

「おまえはか弱すぎて、わしの猛り狂う力には耐えられぬ。わしはおまえの兄を引き取ることにしたのだ。あの暴れん坊めをな。あいつはわしの雲の城で暴れ狂っておる。稲妻を持って遊んでおるわ」

「お母さまの魂はどこなのでしょう?」

「業《カルマ》に従ってな、転生するのを待っておる。月ではない他の星に生まれ変わる日をな」

「お父さま、わたしの胸にはいつも物思いや憂愁がこみあげてくるのです! では、もう二度とわたしを連れていってはくれないのですか?」

答える代わりに、嵐の神がざっと撫でる仕草をすると、竹藪は鞭打たれたように大きくしなり、腰のうしろに背負った胡籙《やなぐい》から鳥の尾のように広がる幾多の矢が鉄の響きを立てて鳴った。氷の接吻のような霰《あられ》がひとしきりなよやかな色白の子の姫に降りそそいだ。荒々しい父の愛撫であった。

翁と媼に中に入るようにと呼ばれ、姫は竹の館にもどった。召使いの乙女たちが半円となってすわり、琵琶を奏でながら伝承歌を次々に歌い続けていた。すべて月の都の人々にまつわる数々の言い伝えを物語る歌で、どれも憂愁と物思いに満ちていた。雨が降りしきり風が吹きすさぶ天空のはるか彼方、陽の光と月の輝きが昼夜をわかつ天空のはるか彼方、地上から月を、月から地上を、たがいに恋うる言い伝えである。

姫は、琵琶を奏でる乙女たちの間に入って舞った。物思いの届かない天空の世界へ焦がれるように身を伸ばしたかと思うと、憂愁に満ちてふたたび地上に降りてくるかのような舞いであった。

その様子を、翁と嫗が見ていた。

「そろそろ姫に見合う婿どのを見つけてやらねばならぬの」と翁が言った。

「ほんに、それがよろしかろうの」と嫗が言った。

竹取の翁は巾着袋から三粒の黄金のうちの二粒を取り出した……すると黄金はすぐに三粒になった……嫗は、毎日使っている米俵がいっぱいかどうか、絹の反物が元どおりかどうかを確かめた。

「変わりありませぬ」嫗が翁に向かって大声でそう言うと、翁は二人の使いの者に黄金の粒をそれぞれ渡し、姫にふさわしい婿を見つけてくるように言い渡した。

最初に現われた求婚者は石作皇子《いしづくりのみこ》であった。その名の通り、高貴な出自である。太って醜い年配の男で、その赤鼻には大きな疣《いぼ》が鎮座しており、そこに毛が三本生えていた。太鼓腹であるにもかかわらず、無理に三度も深々とお辞儀をしたため、こめかみから汗が滝のように流れ出し、お辞儀のあとはずっと扇で顔をあおいでいた。

皇子は姫と結婚する用意があり、持参金として米と絹と黄金を差し出すこと、姫が月の都の女であろうと嵐の神の隠し子であろうと、一向にかまわぬことを滔々《とうとう》と弁じた。

姫は管弦を奏でている乙女たちの間に交じり笑っていたが、ふと何かを思いついたように言った。

「釈迦牟尼仏さま御自身がその御手に捧げ持っておられた〈木の托鉢の鉢〉を皇子どのが探してく

だされば、お嫁に参りましょう」

「よろしかろう」太った皇子はそう言ってはみたものの、あとになってどうしたものかと頭を抱え、どこかの古寺で亡くなった隠者が使っていた古びた鉢を見つけてきた。

そして皇子はその鉢を持参した。姫は鉢を手に取ってしげしげと眺め、鉢が神々しい光を放っていないことに気づくと、やさしく笑って鉢を返した。

石作皇子はむっとしながら引き下がり、月の都の女と結婚するのは物騒だからお断りしたのだと負け惜しみを言うのだった。

二人目の求婚者である車持皇子《くらもちのみこ》に、姫は〈魔法の島の宝の木の枝〉を取ってきてもらいたいと命じた。それは宝の花の咲く木であった。その古びた幹は翡翠でできており、葉はエメラルドとアメジストであった。水晶とトパーズの花が咲き、秋には大きなルビーほどの柿のような実をつけた。不思議なことにこの宝の木は幹が年輪を刻むと巨木に成長し、葉が芽吹き、咲き乱れたあとに花の散る木で、実にはとびきりおいしい果肉と果汁がつまっていた。また、枝を折ってもひじょうに長持ちし、花が枯れることもなく、実が熟れすぎることもなかった。

車持皇子には初めて耳にする話であった。そして皇子が実のついた玉の枝を持参すると、姫は笑い、皇子どのは実に腕のいい匠をお抱えのようですねと言いながら丁重に枝を返すのであった。

心やさしい月の都の乙女は人間のごまかしに嫌気がさし、家の外に列をなして待っている他の求婚者たちに引きとってもらうと、翁と媼に言った。

「あのお方たちには、〈燃えない白狐の皮〉や〈海の龍が口にくわえている柘榴石《ざくろいし》〉など見つけることはできないでしょう。お父さま、お母さま、もう婿探しはおやめください。この地上にはわたしに見合う運命のお方はおりませぬ」

ところがである。その日、帝の狩りの一行が森を駆けめぐっていた。自ら馬に乗った若い帝は、逃げていく白い鹿を執拗に追い続けているうちに一行からはぐれてしまった。そして白鹿が狂ったように眼をむき、口から血の泡を吹いて野原や竹藪の中の道を駆け抜けるのを追う間に、夜になっていた。

帝が鹿のすぐうしろに迫り矢を放とうとしたとき、まるでエーテルのような、異様に白い姿の乙女が突如輝き出した月の光の中にふいに現われ、制するように手を掲げて叫んだ。

「逃がしてあげて！」

若い帝が猛り狂って駆ける馬を止める間に、白い鹿は逃げていった。

「そなたは何者だ？」と帝は魅入られたように呆然として尋ねた。

姫は名を告げた。帝は自分はこの国の天子で十六歳であること、しかし権勢をふるう廷臣たちの操り人形の身でしかないことを語った。

その夜、二人はたがいに思いを寄せ合った。しかしそれは、憂愁と物思いに過ぎない清らかな愛であった。まだ子どものような二人の若者は、ただやさしく抱き合っていた。

「わたしの妃になっておくれ！」と帝が言った。

「心よりお慕い申し上げます」姫は小さな声で言った。「でも、わたしは憂愁と物思いにとり憑《つ》かれて、身も心も疲れ果てているのでございます」

「わたしも同じだ」帝が言った。「天子とは名だけ、ただの操り人形にすぎぬ。きっと今も廷臣どもがわしを探しておる」

「では、お戻りください」姫は言った。「わたしはこの地上では愛する人といっしょになれませぬ。いつも故郷が恋しくてたまらないのです。わたしの故郷は月なのです」

「わたしの故郷は太陽だ」

「では、いつか天空の世界をいくつも越えて光り輝きながら太陽に戻る日がくるかもしれないのですね」姫は言った。「月であなたをお待ちいたします。そこで出会えたら、いっしょに太陽へお連れくださいますか？」

「わかった、約束しよう」と帝が言った。

二人は抱き合い、そしてそれぞれ戻っていった。姫は、姫を探している翁と媼のもとへ、帝は、帝を探している廷臣たちのもとへと。

次の日、姫は病に臥《ふ》せった。物思いと憂愁による病であった。この地上に芽生えた愛でさえ、その二つの思いを鎮めることはできなかったのである。姫はそのまま息絶えてしまうのではないかと思われた。

しかしその日の夕暮れどき、満月が竹藪の上に昇り、空が一面銀色に光り輝いたかと思うと、月から大勢の者たちが降りてきた。まるで夢と幻想の世界のように異様に白い姿の者たちが銀の泡のごとく渦巻く雲に乗り、何百人も降りてきたのである。銀の錦の覆いのついた輝く輿を持ち上げている羽のついた者たちは、日本の少女だった姫の遊び相手の人形たち、命を吹き込まれたあの人形たちに似ていた。

「姫よ！」月の都の者たちが呼びかけ、歌を歌った。「われらのもとに来るがよい！　われらのもとに戻る日が来たのだ！」

その光景を内裏から見ていた若い帝は、黒革縅《くろかわおどし》の鎧《よろい》に身を固めた武将や兵士たちの軍勢を遣わした。月の都の者たちが、自分の花嫁になるはずの姫をさらっていくのを防ぐためである。帝は、姫のことがどうしても忘れられないのであった。

軍勢は平地や野原の周囲や道沿いに陣取り、竹の館の周りを固めた。月の都の者たちは脆《もろ》く透きとおるように輝き、今にも壊れそうに思えたものの、帝側の武将たちはたちまち思い知らされた。地上の武器では、このつかみどころのない空気のような存在にはまったく歯が立たないのであった。

満月の光が皓々と地上に降りそそぐ中、とうとう月の都の者たちが姫を連れ去るときが来た。月の都の者が天の羽衣を姫に着せかけると、翁と媼はさめざめと泣いた。その衣をまとうとたいがいは、地上で過ごした間の人間の感情をすべて忘れてしまうのである。二人の唯一の慰めは、無尽蔵の米俵と絹の反物、そして常に三粒ある黄金だった。

ところで姫は、輿に乗る前に月から迎えにきた者たちから贈りものを受け取っていた。この地上で姫に愛を捧げてくれた若い帝への贈りものである。それはまるい天然の水晶の中に入った、三滴の不死の霊薬であった。

だが若い帝は悲しみのあまりその霊薬を飲むことを拒み、聖なる富士の山の頂にふりかけるよう命じた。山が不死の身となって、地上の世界が続く限り、この国をいつまでも見守ってくれるようにと。そして帝は薨《みまか》った。

月の都の乙女は月の国で地上を恋しく思い返していた。天の羽衣をまとったにもかかわらず、若い帝への愛を忘れることはなかったのである。そして帝の魂がすでにどこかをさまよっていることを知らないのであった。

憂愁は至るところに、どの世界にもあり、物思いを鎮める術もない。

訳者あとがき

本書の成立

一九二二（大正十一）年三月末に長崎港に到着したルイ・クペールスは、約五ケ月のあいだ日本各地を旅行してオランダへの帰途についた。この間、オランダの新聞「ハーグ・ポスト」社の依頼で書き送っていたエッセイ風の旅行記は、同紙に掲載後、一九二五年に書籍化された。原題は*Nippon*、邦訳は『オランダの文豪が見た大正の日本』（二〇一九年、作品社、以下『日本』と略記）、クペールスの経歴は同書のあとがきに詳述したので、ご参照いただければ幸いである。

『日本』はノンフィクションだが、本書『慈悲の糸』はフィクションである。クペールスが遺した日本関連の作品は、この二作のみである。一九二二年秋に日本からオランダに帰国した作家は、日本を題材に文芸作品の執筆を始め、「慈悲の糸」というタイトルのもとに文芸誌上で順次発表していた。翌一九二三年四月から七月にかけて掲載された作品は二十二篇、同年七月に作家が他界した直後の八月号には、さらにスケッチ風の三篇、そして十月号に絶筆の一篇が掲載された。一方、同時期に別の文芸新聞にも「日本奇譚」というタイトルのもと、四篇の作品が掲載されていた。

この作品群を一冊にまとめ、クペールス逝去の翌年に刊行したものが本書『慈悲の糸』（一九二四年）である。同書の編集には亡き作家の夫人で翻訳家のエリーザベトが協力し、「慈悲の糸」と「日本奇譚」の二部構成で一冊に編まれた。

日本を描いているとはいえ、時に奇抜な事象が登場し、不思議な印象を与える作品もあるのではないかと思う。また、明らかに西洋色を帯びているが、二十一世紀に生きる現代の日本人には見ることのできなかった百年前の日本、作家自身の目で見た大正の日本も垣間見える。以下、読書の参考になればと各話の「解題」を記してみたい。これらの作品をクペールスは正味半年ほどの間、体調不良にもかかわらず精力的に執筆していた。それを思うにつけ、どんな時にも絶え間なく書き続けた作家の魂に圧倒される。

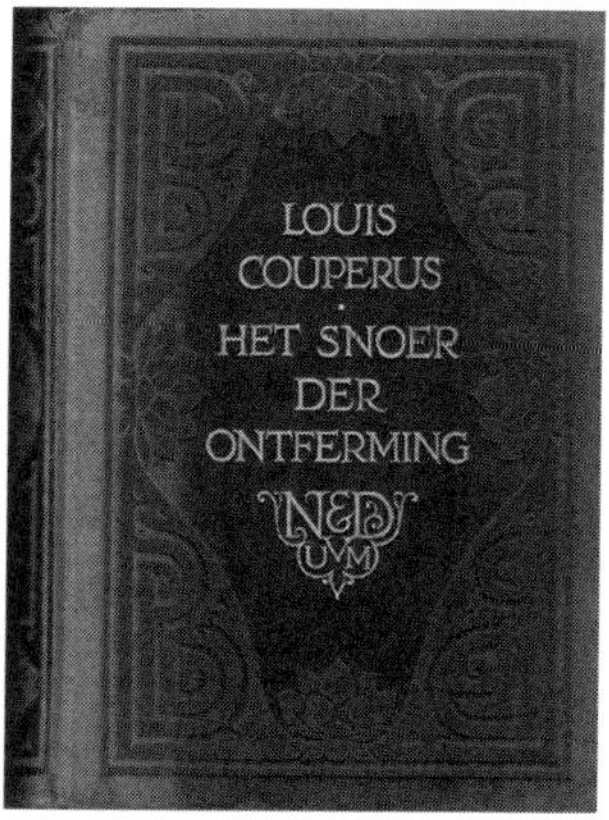

『慈悲の糸』（1924年）原書

解題

「慈悲の糸」

序奏

旅行中、日本人の暮らしの中に息づく神仏への信仰を見聞する中で、クペールスは浄土と俗世の間で衆生を助け、あらゆる生きものに心を寄せる阿弥陀や観音、地蔵という存在にとりわけ深く印象を受け、心惹《こころひ》かれた。本書に収録された作品群の根底に流れるものは、前世から続く業《カルマ》、宿命、神仏の慈悲というような思想である。

ここでは、阿弥陀が「東の水平線の上に」姿を現わすと書かれている。作家は〈西方浄土〉を知らなかったのではない。東西どちらにあってもよいと考えていた。阿弥陀が山の谷間から無量の光を放ちながら朝日とともに姿を現わすというのは、鎌倉時代以降に描かれるようになった日本の仏教独特の構図であるという。

第一話　女流歌人たち

一および二は、小野小町が勅命により平安京の神泉苑で和歌を詠《よ》むと大雨がたちどころに降ったという〈雨乞い小町〉の逸話と、老いて零落《れいらく》した小町の姿を描いた月岡芳年の浮世絵〈百月姿シリーズの〈卒塔婆月〉〉からそれぞれ着想を得て創作したものと考えられる。三は、有名な鶯宿梅の故事を扱ったもので、『日本』でも紹介されている。

第二話　岩塊

夏の日光を訪れたクペールスは、干上がった川に岩塊がごろごろと横たわるさまや地蔵群〈マレー社が刊行していた『日本旅行者のためのハンドブック』一九一三年版には〈百地蔵〉と記載されている。同ガイドブックは以下『マレー社のハンドブック』と略記〉、積まれた小石なども見た。〈子どもたちや妊婦、旅人の守り神〉である地蔵についても、通訳ガイドのカワモトから話を聞いて心打たれ、地蔵の膝の上に石を置いたりもしている。岩というものは無機物ではなく、瞑想しているのだという話は、病後の静養中、箱根の富士屋ホテルでカワモトから聞いている。

第三話　扇

クペールスが日本を旅行中に携帯していた『マレー社のハンドブック』には、琵琶湖の伝統漁法である魞漁《えりりょう》や近江八景、瀬田の長橋についての記述がある。近江八景と絵師といえばすぐに連想されるのは歌川広重だが、広重と扇を結びつける逸話というものは伝えられていない。扇に関しては、扇流しという典雅な遊びが平安時代より行われていた。室町時代、足利将軍が旅の道中、お供の童子が誤って扇を橋から川へ落としてしまったが、そのさまがあまりに美しく、同行者たちも同じく一斉に扇を川へ投げ、しばし風雅な遊びに興じたという逸話も残っている。

第四話　蛍

「聖人《ひじり》」というのは、西国三十三所第二十八番札所、成相寺の開祖である斎遠禅師（真応上人）をさしている。また、

喜多川歌麿〈蛍狩り〉

クペールスは歌麿の浮世絵〈蛍狩り〉、同作についてのエドモン・ド・ゴンクールによる『歌麿』（一八九一年）の記述からも着想を得ている。

第五話　草雲雀《くさひばり》

草雲雀は、こおろぎの一種。別名アサスズ。昼夜問わずに美しい鳴き声を発する。八月～十月に成虫となる。ラフカディオ・ハーンの作品に草雲雀を題材にしたものがある。英国の歴史家ハドランド・デイヴィスの著書『日本の神話と伝説』にもハーンのこの話が紹介されており、こちらはクペールスが読んでいたことはまちがいない。作家は日本を旅行する前にオランダで行った朗読会でも同書から作品を選んでいる。また、自作のこの「草雲雀」は、「女流歌人たち」「岩塊」「若き巡礼者」とともに、一九二三年三月に催されたハーグでの朗読会で朗読している。

第六話　蟻

この話の冒頭の描写は、クペールスが宿泊していた富士屋ホテルの庭園の情景と似ているように思われる。ラフカディオ・ハーンの著書『怪談』の中にも「蟻」という一篇がある。ただし、内容に共通点はない。「苔むした岩の階段しか描かれていない」浮世絵が何であったかは不明。

第七話　明かり障子

クペールスは四月に京都ホテル（現在京都ホテルオークラの建つ場所にあった）に宿泊している。その際に界隈《かいわい》を歩き、賀茂川沿いの家々の障子に薄明かりが灯る風景を見た印象を綴《つづ》ったものと考えられる。

第八話　篠突く雨

冒頭の歌麿の浮世絵は〈大木の雨宿り〉。日本を訪れる前に浮世絵で見ていた番傘、蓑、菅笠などの日本の雨具が実際に使われている光景を目にした作家は、さぞ珍しく思ったにちがいない。旅行中に集めた写真の中にも、鵜飼いの漁師たちが蓑や笠をつけた姿を撮ったものが含まれている。

第九話　野分のあとの百合

このスケッチ風の文章は、吉田兼好『徒然草』第百三十七段から着想を得ている。それが明らかであるため、〈望月の隈《くま》なき（空）〉〈散り萎《しお》れた（百合）〉〈村雲かかる（月）〉など、『徒然草』原文から引用できそうな語句を訳語に取り入れてみた。

第十話　枯葉と松の葉

文中に大名とあるが、千利休にまつわる逸話として知ら

喜多川歌麿〈大木の雨宿り〉

れている。わび茶を完成させた利休は、塵《ちり》ひとつなく掃き清められた庭よりも、花びらや葉がはらはらと落ちている方がよほど風流だとした。京都の庭園などを目にしたクペールスも、西洋的な概念での美しさとは異なる不完全の美というものがあると感じていることがわかる。

第十一話　鯉のいる池と滝

神戸での入院生活のあと、しばらく静養した箱根宮ノ下の富士屋ホテルで、通訳ガイドのカワモトと同ホテルの庭を一緒に散策しながら作家は岩の瞑想の話を聞いている。同ホテルの庭には、錦鯉の泳ぐ池があり、高く組まれている岩の間から滝が流れ落ちている。見晴らしのいい場所には、黒い蝶が二羽、飛び交っている。京都で目にしたさまざまな椿も、すこぶる印象的だったらしい。椿の「紫色」は、もともとクペールスが好んだ色で、他の作品にもよく登場する。

第十二話　着物

クペールスは、京都で骨董屋を訪れ(『マレー社のハンドブック』に、浮世絵などを扱う〈古美術商、松木：新門前〉という広告あり)、『青楼十二《じゅうに》時《とき》』の何枚かを見せてもらった。それを題材にして書いた話である。作家は、歌麿の描く遊女たちの

喜多川歌麿『青楼十二時』〈子の刻〉

着物を称賛しながらも、そこで働かざるを得なかった女性たちの事情や身の上の悲惨さについてデベッカー『不夜城』（後述）で読んで知っており、きわめて否定的な考えを抱いていた。万物は盛衰し滅びていくという仏教的な結びには、そのあたりの心情が反映されている。

第十三話　花魁《おいらん》たち

東京では吉原を見物しなかった作家は、旅の終わりに横浜を訪れた際、カワモトに頼んで横浜のいわば〈吉原〉である当時の永真遊郭を案内してもらった。カワモトは、そのような場所へ行くのをとんでもなく罪深いことだと思っており、作家があれこれ話を聞こうとしてもおし黙っていた。そして、その代わりに、デベッカー（Joseph Ernest De Becker、日本に帰化して小林米珂《べいか》と名乗った）の『不夜城』という吉原についての本を持ってきて作家に差しだした。クペールスはこの著作の中に登場している花魁の名や逸話を引用し、独自の創作を加えている。

第十四話　屏風

三組の屏風絵のうち、はじめの二組はなにを指しているのか定かではないが、三番目に紹介されている、寄り添って眠る二羽の雀というのは、二条城の白書院の障壁画〈雪中梅竹柳小禽図〉に描かれている〈ねむり雀〉である（ただし、雀たちがとまっているのは楓ではなく竹の枝）。以下、「ハーグ・ポスト」紙には字数の関係で掲載されず、しかし手稿に残されている幻のテキストを訳出しておきたい。

黄金の間が連なっている。中にはひじょうに有名な広間がある。日本人の心の奥には詩情があり、それを表わしていることで有名なのである。たとえば、ここは〈二羽のねむり雀〉の間である。金箔地に雪景色が描かれている。くすんだ金地の上の綿毛のような雪がひじょうに美しい。そして雪化粧をした木の枝に、羽をふくらませ身を寄せ合って眠る二羽の雀がいる。

二羽の雀は細部まで綿密に描かれ、世にもかわいらしい。黄金の広間という大きな空間の中の二羽の小鳥という小さな小さなモチーフである。そこに漂う詩情と〈ねむり雀〉という呼び名は、わたしには真に日本的なものであるように思える。〈ねむり雀〉は広間全体を圧倒し、見る人の視線をとらえて離さない。ちっぽけでくすんだ、ほとんど消えかかった二点の染みか汚れのようなものなのにだ。しかし、どうだ、そのちっぽけな雀たちのおかげでこの部屋は有名になったのだった。

二条城白書院四の間〈雪中梅竹柳小禽図〉（部分）

第十五話　ニシキとミカン

『不夜城』には、吉原の成り立ちやしきたり、遊女として働くのは貧しい家の少女たちがほとんどだったことなどが書かれている。クペールスは、両親によって幼い頃に遊郭へ売られ、年季が明けるまで廓《くるわ》の外に出ることは許されず、客から病気をうつされたり、悪くすれば死んでしまったりする、そんな遊女たちの生活を不当で悲惨だと思った。『不夜城』には、遊女と客との心中についても書かれている。ニシキ、ミカン、ミコシなどの登場人物の名称は『マレー社のハンドブック』中にある単語集からとったものらしい。

第十六話　歌麿の浮世絵　『青楼絵抄年中行事』下之巻より

ゴンクールの『歌麿』中の記述をオランダ語に置き換えて引用している。同著には浮世絵そのものは掲載されておらず、一九の記述がフランス語に翻訳され、ゴンクール自身もエッセイを綴っている。題材にしている浮世絵は〈良夜の図〉（中秋の名月の月見のようすを描いたもの）と、同書中にはない〈墨田川の舟遊び〉である。すべては夢のような光景云々というのは、吉原、遊女、遊郭を否定的にとらえ、ゴンクールのジャポニスム礼賛にもさして感心することのなかったクペールスの皮肉《アイロニー》である。

喜多川歌麿『青楼絵抄年中行事』〈良夜の図〉

第十七話　吉凶のおみくじ

一九二三（大正十二）年三月二十七日の朝、エンプレス・オブ・アジア号で長崎港に到着したクペールスは、下船した折に諏訪神社へ行った。この時、おみくじを買い、大吉を引いたと書いている。諏訪神社には、大正三年から英語のおみくじがあった。日本初の英語のおみくじだったそうである。クペールスは大吉のおみくじを持ち帰り、そこに記されていたご神託をこの話に反映させているのではないかと言われている。凶のおみくじは、木に結びつけておけば神々の息がかかり、運を転じてくれるのだとガイドから聞いたのが強く印象に残っていたことがうかがわれる。〈モモ〉〈スイカ〉という、二人の少女の名は『マレー社のハンドブック』にある単語集からとったものと思われる。

第十八話　源平

作家は何枚かの武者絵を示しながらこの話を書いているが、どの版画だったのかについては一切触れておらず、推測するしかない。一ノ谷の戦いでの熊谷直実《なおざね》と平敦盛《あつもり》の逸話は、平

喜多川歌麿〈隅田川の舟遊び〉

家物語の記述をもとに、能、歌舞伎、幸若舞などにそれぞれ脚色されながら伝えられている。清盛や直実と敦盛についてはマレー社の『ハンドブック』に掲載されている。敦盛の遺した笛の名〈月あかりの音〉は、クペールスの創作。『平家物語』では〈小枝《さえだ》〉、のちには〈青葉の笛〉という名でも伝えられている。

第十九話　蚕

「手元にある版画」というのは、歌麿の〈女織《じょしょく》 蚕手業草《かいこてわざぐさ》〉のことである。ゴンクールが同作品および養蚕についてフランス語で記したものを多分に引用し、オランダ語で紹介している。そのかたわら、人間は無意識のうちに自分たちの贅沢な絹の衣服のために蚕の命を犠牲にしているが、結局は人間も動物も、小さな虫も、いずれは同じように涅槃《ねはん》に入るのだという仏教的な思索をしている。

第二十話　狐たち

クペールスは、神戸の生田神社で見た稲荷の狐に興味を抱き、しばらくあとに同じ神戸で七週間入院した万国病院で、

喜多川歌麿〈女織蚕手業草 壱・弐・三〉

看護婦のアラヤさんに狐憑《きつねつ》きの話を聞いた。また、鎌倉で能を観賞した際、どこか不気味に感じられる夜景を見ながら広重の版画〈王子装束ゑの木 大晦日の狐火〉を想い出したことを記しており、同時に、カワモトから〈九尾の狐〉の話を聞いている。

第二十一話　鏡

神仏混淆的なこの一篇は、幻想文学的である。ヨーロッパの作家が古来から伝わる日本神話を知れば、おそらく奇想天外に感じられたのではないだろうかとも思われる。本篇などは、日本人でないからこその型破りな創作物語として捉えることもできるだろう。誘惑に打ち勝てなかった小さい巫女《みこ》アマに、神仏が連携して〈慈悲〉を施している。

歌川広重〈王子装束ゑの木 大晦日の狐火〉

第二十二話　若き巡礼者

西洋を必死に模倣する大正の日本を目の当たりにしたクペールスは、それを少しも好ましく思わなかったが、日本人が古くから大切にしてきた慣習などを見聞きすると、深く感じ入った。『日本』でも、八月に日本全国から富士山参拝に訪れる巡礼者たちのひたむきさに感嘆している。この話は、富士山ではなく高野山を舞台に展開するが、巡礼の一途さ、煩悩《ぼんのう》と葛藤し、魂の救済を阿弥陀仏に求める姿、そして阿弥陀仏の慈悲という、創作の源流は共通している。

第二十三話　蛇乙女と梵鐘

安珍と清姫の物語をもとにしたクペールスの創作である。作家はこの話を『マレー社のハンドブック』、デイヴィス『日本の神話と伝説』で読んでいた。前者では、清姫が〈ドラゴン〉つまり〈龍〉に変化《へんげ》したと記されており、後者では〈龍蛇《ドラゴンセルパント》〉となっていて“A Bell and the Power of Karma”（鐘と業《カルマ》の力）という標題で紹介されている。クペールスが清姫を蛇女であるとともに龍の化身としている理由はここにある。荘厳な梵鐘の音は、日光に滞在中、実際に耳にしているので、道成寺の鐘のイメージも湧いたにちがいない。

第二十四話　波濤

西洋で大人気の北斎の浮世絵中に描かれた〈波〉を取り上げる一方、古代の女帝である神功皇后を乗せて運んでいった〈波〉についても同時に綴っている。この女帝は浮世絵にも多々描かれており、明治時代には十円、五円、一円紙幣にも肖像画が印刷され、大正時代には、神功皇后の三韓征伐の武勇伝が学校の日本史の教科書にも掲載されていた。神風が吹

葛飾北斎『富嶽三十六景』〈神奈川沖浪裏〉

き渡りそこに生じた波が軍船の海上の往来を守ったという伝承をクペールスは『マレー社のハンドブック』やデイヴィスの著作で読んでいた。海の生物たちが皇后を助けたことが作家にとっては印象深く、そこに光を当てて書いている。

第二十五話　審美眼の人

安土桃山時代に茶の湯を通して美を追求した利休の逸話をもとに、架空の〈オチャ〉という少年を登場させ、独創的なストーリーをくりひろげている。作家は京都で、茶の湯がどのようなものかを実際に体験しており、利休を祖とする〈わび・さび〉の美意識についても一応は知っていたにもかかわらず、この物語の中の〈茶の湯〉では、それとはなはだ矛盾した光景が描かれている。利休の辞世の句についても同様である。クペールスは、デイヴィスの著作で英訳を読んで内容を知っていたが、ここでは作家自身による長い詩を添えている。

この利休の物語を執筆中のクペールスは、体調すぐれず、ほどなくして世を去ることになる。オランダで刊行されたH・T・M・ファン＝フリート氏による研究書『慈悲の糸』（二〇一八年）には、そのような環境で綴られた文章であること、そこにクペールス自身の美意識や幸福についての考えが投影されていると解説されている。

第二十六話　雲助

この一篇（原題はKoelie「苦力《クーリー》」）は、クペールスの絶筆である。書籍化の際には「慈悲の糸」の最終話として組み入れられたが、作家自身がそれを意図していたかどうかは定かでなく、いくつかの理由から、「日本奇譚」の方に含まれるべきだったのかもしれないとも言われている。

　東海道および箱根の関所については『マレー社のハンドブック』に記されている。この物語の登場人物たちである〈カモ〉や〈アカリ〉という名も、同書の語彙集から選んだらしいことがわかっている。しかし、たとえば、箱根の関所に生えていた〈見返りの松〉や雲助の唄など、同書に掲載のない事柄については、カワモトから聞いたのかもしれない。

「日本奇譚」

第一話　権八と小紫　激情の日本奇譚

　白井権八と小紫の伝承をクペールス風に味つけした物語。クペールス文学愛好者たちにはおなじみの、運命的な出会い、そして阿弥陀や観音、地蔵による魂の救済などがキーワードとなっている。本名を平井権八という江戸時代初期の実在の人物と吉原の花魁小紫の伝承話を『不夜城』を通して知り、そこで引用されているミットフォード『日本の昔話』(*The Old Tales of Japan*, 1871) も参考にして着想のもととしたのかもしれない。ただ、権八も小紫も、伝承にあるよりもさらに劇的に描かれ、小紫はヨーロッパのファム・ファタール風でもある。吉原については『日本』の中でも記しているように、少女たちの身の上にきわめて同情的であることがこの物語からも読み取れる。

第二話　雪の精　親孝行の日本奇譚

〈雪の精〉〈雪女〉といえば、ラフカディオ・ハーンが英語で紹介した「雪女」の話をまず思い浮かべるかもしれないが、このクペールスの創作はデイヴィス『日本の神話と伝説』の中に収められた一篇をもとにしている。プロジェクト・グーテンベルグに収録されている原作を見ると、有名な雪女の話とともにこの話も紹介されていることがわかる。これは新潟に伝わる民話であるらしい。

第三話　苦行者　智慧の日本奇譚

達磨大師や菩薩、地蔵などという登場人物や、愛鷹山《あしたかやま》については『マレー社のハンドブック』の中に記載があるのでそれを参考にしたのだろうと察しはつくが、この物語自体、どこから着想を得たのか不明であり、クペールス自身が創作したオリジナルであることにほぼ間違いないとファン＝フリートの研究書に記されている。横柄な態度の苦行者とあくまでもかわいらしく苦行者を説得する地蔵とのやりとりが一種独特。

第四話　銀色にやわらかく昇りゆく月　憂愁の日本奇譚

日本最古の物語『竹取物語』から着想を得て創作された話である。かなり端折った内容だが、一読すればわかるように、クペールスはかぐや姫と帝《みかど》との恋愛に焦点を当てたかったらしい。原作の『竹取物語』には登場しない米俵や反物は、デイヴィスの著作中で紹介されている「龍王」（Dragon King）という別の話からとっている。

二〇二三年は、ルイ・クペールス没後百周年に当たり、オランダでは記念行事が計画されている。この記念すべき年に本書を翻訳出版、紹介する機会をいただけたことをありがたく思う。この『慈悲の糸』を関連書『オランダの文豪が見た大正の日本』と合わせて手に取っていただければ幸いである。今回も編集の青木誠也氏に大変お世話になった。また、訳者が廓詞《くるわことば》などの扱いに頭を抱えているのを見かねて、会話文に磨きをかけてくださったのが、元文藝春秋の編集者で長年歴史・時代小説を手がけておられた大嶋由美子氏であることをここでぜひお伝えし、心からの感謝を捧げたい。夫の國森正文も、いつもどおり訳者を支えてくれた。時おり登場する詩の部分は夫の翻訳であり、訳者はほとんど手を入れていない。

二〇二三年一月二十二日　オランダ、ライデンの自宅にて

國森由美子

【著者・訳者略歴】

ルイ・クペールス（Louis Couperus）

1863年6月10日、オランダ・ハーグ生まれ。ヨーロッパの「ベル・エポック」期に数々の大作を発表し、国内外で広く知られた、第二次世界大戦以前のオランダ近代文学史上、ムルタトゥリ以降の最大の作家。オランダ領東インド（現インドネシア）の植民地政庁の上級官吏を引退した父親と東インドに代々続く名家一族出身の母親との間に生まれる。1872年、一家で東インドに渡り、10歳から15歳までをバタヴィア（現ジャカルタ）で過ごす。1878年にハーグに戻り、エミール・ゾラやウィーダを読んで影響を受けるとともに創作活動をはじめ、詩作で文壇にデビュー、本格的な執筆活動を開始した。散文第一作目である『エリーネ・フェーレ（*Eline Vere*）』（1889年）は、主人公エリーネを中心とした人間模様を描いた作品で、連載当時から大評判となった。1891年、4歳年下の従妹エリーサベトと結婚。夫妻はイタリア、フランス、ドイツ、スペイン、東インド、英国、北アフリカなど、旅続きの生活を過ごした。1897年、31歳でオランダ王家勲章を受勲（オフィシエ）。日本から帰国後の1923年6月9日、60歳の誕生祝いの折りに二度目のオランダ王家勲章受勲（騎士）。同年7月16日逝去。オランダ学術アカデミー編纂による全50巻の「クペールス全集」（1988-96年）がある。

國森由美子（くにもり・ゆみこ）

東京生まれ。桐朋学園大学音楽学部を卒業後、オランダ政府奨学生として渡蘭、王立ハーグ音楽院およびベルギー王立ブリュッセル音楽院にて学び、演奏家ディプロマを取得して卒業。以後、長年に渡りライデンに在住し、音楽活動、日本のメディア向けの記事執筆、オランダ語翻訳・通訳、日本文化関連のレクチャー、ワークショップなどを行っている。ライデン日本博物館シーボルトハウス公認ガイド。訳書に、マリーケ・ルカス・ライネフェルト『不快な夕闇』（早川書房）、ロベルト・ヴェラーヘン『アントワネット』（集英社）、ルイ・クペールス『オランダの文豪が見た大正の日本』、ヘラ・S・ハーセ『ウールフ、黒い湖』（以上作品社）などがある。

【装画】

渡辺省亭
カヴァー：『花鳥魚鰕画冊』より「百《も》舌鳥《ず》に蜘蛛図」
扉：「龍頭観音」

Nederlands
letterenfonds
dutch foundation
for literature

This publication has been made possible with financial support from the Dutch Foundation for Literature

慈悲の糸

2023年3月10日初版第1刷印刷
2023年3月15日初版第1刷発行

著　者　ルイ・クペールス
訳　者　國森由美子

発行者　青木誠也
発行所　株式会社作品社
〒102-0072 東京都千代田区飯田橋2-7-4
TEL.03-3262-9753　FAX.03-3262-9757
https://www.sakuhinsha.com
振替口座00160-3-27183

編集担当　青木誠也
本文組版　前田奈々
装　幀　水崎真奈美（BOTANICA）
印刷・製本　シナノ印刷株式会社

ISBN978-4-86182-961-1 C0097

【作品社の本】

ウールフ、黒い湖

ヘラ・S・ハーセ著　國森由美子訳

ウールフは、ぼくの友だちだった――
オランダ領東インド。農園の支配人を務める植民者の息子である主人公「ぼく」と、現地人の少年「ウールフ」の友情と別離、そしてインドネシア独立への機運を丹念に描き出し、一大ベストセラーとなった〈オランダ文学界のグランド・オールド・レディー〉による不朽の名作、待望の本邦初訳！

『ウールフ、黒い湖』は、過去を探し求める旅の記録である。オランダの若者である〈ぼく〉は、一九四七年、現在のインドネシアで過ごした自分の少年時代、また、同い年の現地少年とのかつての友情を顧みる。そして、二人の関係が永遠に断たれたと思われたとき、主人公は答えを出さねばならないという思いに駆られる。

あそこはほんとうに自分の居場所だったのだろうか？　ウールフは、ほんとうに友だちだったのだろうか？　自分はあの国の内情やそこに暮らす人々を知っていたのだろうか？　ウールフは、実は〈ぼく〉のかたわれの分身であり、自らの闇の部分、自分も知らぬ影の部分なのだ。

ヘラ・S・ハーセ「あとがき　ウールフと創造の自由」より

ISBN978-4-86182-668-9

【作品社の本】

オランダの文豪が見た大正の日本

ルイ・クペールス著　國森由美子訳

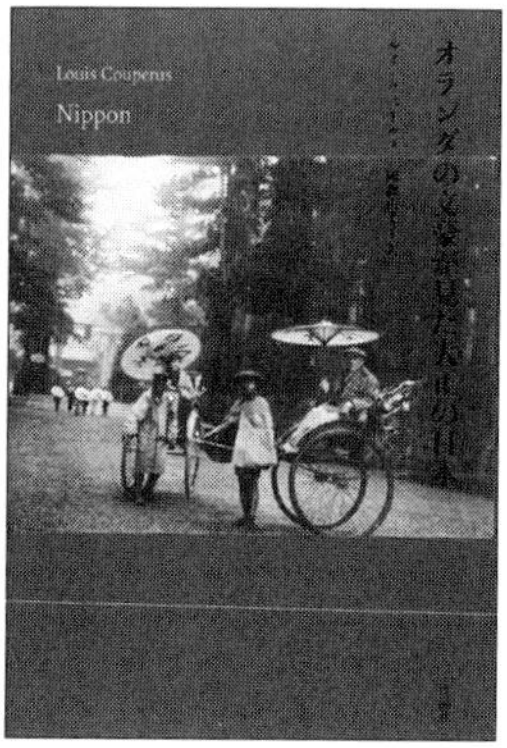

長崎から神戸、京都、箱根、東京、そして日光へ。
東洋文化への深い理解と、美しきもの、弱きものへの慈しみの眼差しを湛えた、ときに厳しくも温かい、五か月間の日本紀行。
写真70点収録！

春はいまだ寒い。樟はその艶のある葉を震わせている。その葉を摘み、われわれは樟脳の香を確かめる。細く美しい——日本の——笹は、けば立ち少し波うったような、すこぶる長いダチョウの羽のように、束になって地面に密生し、岩の上に飾り物のような姿を見せている。藤——オランダ語で「青い雨」——は、いまだ黙したままだ。一世紀の間、身をよじらせてきた幹は、さらに螺旋を描いて伸び、その枝を蔓棚や東屋の棚に蛇のように絡ませ、最初の一葉、またそれが花房となるのを待ちながら裸身を晒している。そして、身を切るような風の中、今年初めての桃の花は、紫色に、身震いする小枝の間で、まき散らされ吹き飛ばされるかのごとく、幽く寒さに震えている。(…)それから、たいてい傍らに庭石を飾りに添えた盆栽のある庭がある。そしてわれわれにお辞儀をする女性たちは艶やかな髪を結い上げ、干し物をしている。

（本書より）

ISBN978-4-86182-769-3